Diogenes Taschenbuch 24482

FABIO VOLO, geboren 1972 bei Brescia in der Lombardei, ist Autor mehrerer Bestseller, Schauspieler in Filmen z. B. von Alessandro D'Alatri und Cristina Comencini sowie in der Verfilmung seines eigenen Romans *(Il giorno in più – Noch ein Tag und eine Nacht)* durch Massimo Venier, und er hat eigene Sendungen in Radio und Fernsehen. Fabio Volo lebt mit seiner Frau und zwei Söhnen in Mailand.

Fabio Volo

Seit du da bist

ROMAN

Aus dem Italienischen von
Petra Kaiser

Diogenes

Titel der 2015 bei
Arnoldo Mondadori Editore, Mailand,
erschienenen Originalausgabe: ›È tutta vita‹
Copyright © 2015 by Mondadori
Libri S. p. A., Mailand
Die deutsche Erstausgabe
erschien 2017 im Diogenes Verlag
Covermotiv: Foto von
Hansruedi Rohrer, Zürich

Veröffentlicht als Diogenes Taschenbuch, 2019
Alle deutschen Rechte vorbehalten
Copyright © 2017
Diogenes Verlag AG Zürich
www.diogenes.ch
40/19/36/1
ISBN 978 3 257 24482 3

Für Johanna

The important thing is
what comes next,
and are you ready for it?
Keith Richards

Eins

Für ein glückliches Paar gibt es nichts Bedrohlicheres als ein Kind.

Ein Kind kann sich leicht zum Zündstoff entwickeln, der dazu führt, dass die Partner sich plötzlich unversöhnlich gegenüberstehen. Unter solchen Umständen muss man schon echten Kampfgeist aufbringen, um die Beziehung zu retten, muss bereit sein, alles zu geben, um sich dem anderen wieder so weit anzunähern, dass man seine Hand ergreifen kann. Ohne diesen unbedingten Willen, ohne den Wunsch zusammenzubleiben, kann ein Kind schnell zu einem willkommenen Vorwand werden, sich zu trennen.

Diese Gedanken gingen mir im Halbschlaf ständig durch den Kopf, während mir die Lüge über meine Reise nach Berlin auf der Seele lag: In ein paar Stunden würde ich im Flugzeug sitzen und bald Hunderte von Kilometern von meiner Familie entfernt sein.

Sofia stand unter der Dusche, vom Rauschen

des Wassers war ich aufgewacht. Leo, kaum zu glauben, schlief: einer der seltenen Momente, in denen er uns eine Atempause gewährte.

Aus zwei Kissen hatte ich mir eine Rückenlehne gebaut und mich bequem hineingekuschelt. Nun sah ich mich im Zimmer um, alles war weiß: die Wände, die Decke, der Schrank, die Kommode.

An der Wand gegenüber hing ein gerahmtes Schild, das ich in einem Hotel entwendet hatte: BITTE NICHT STÖREN.

Inzwischen hing es schon so lange da, dass ich es fast nicht mehr wahrnahm. Eigentlich ist es überflüssig, Dinge zu verstecken, die man nicht mehr sehen will, es reicht, wenn man sie ständig vor Augen hat: das gilt für Nippes, Tattoos und Ehefrauen gleichermaßen.

Das Schild hatte ich eingerahmt und Sofia geschenkt, als sie bei mir einzog.

Es stammte aus dem Hotel, in dem wir unser erstes gemeinsames Wochenende verbracht hatten. Damals hatte ich mir große Mühe gegeben, es heimlich einzustecken, weil ich sie damit überraschen wollte.

Das Schild nahm ich deshalb mit, weil mir an diesem Wochenende klar wurde, dass sie die Frau war, mit der ich den Rest meines Lebens verbringen wollte. Obwohl wir uns erst seit einem Monat kannten, hatte ich in diesem Augenblick nicht den geringsten Zweifel. Hätte man mich gefragt, woher ich diese Sicherheit nahm, ich hätte keine Antwort gewusst. Aber sie war die Richtige, da war ich mir absolut sicher. Sie und keine andere. Punkt.

Seit ich ihr begegnet war, war es, als meldete sich da etwas zum ersten Mal zu Wort, irgendetwas tief in mir. Ich erhielt die Antwort auf eine Frage, die ich unbewusst immer schon in mir trug. Eine neue Antwort. Meine Antwort.

Instinktiv spürte ich sofort, dass sie für mich, für mein Leben unverzichtbar war. Mit ihr hatte sich jede weitere Suche erübrigt. Mit ihr, das fühlte ich, würde ich etwas wagen, ohne genau zu wissen, was.

Sie war nicht die perfekte Frau, mit der sich alles wie von selbst ergab, an so etwas habe ich ohnehin nie geglaubt. Aber wir gehörten zusammen, da war eine Gemeinsamkeit, die über uns, über unseren Willen hinausging. Irgendetwas von ihr war schon in mir, lange bevor ich ihr begegnete.

Wieder sah ich zu dem Schild hinüber: BITTE NICHT STÖREN. Das war der richtige Satz, unsere Botschaft an den Rest der Welt: Stört uns nicht, lasst uns in Ruhe, wir sind uns selbst genug.

Ich erinnerte mich noch genau an dieses Wochenende, alles war perfekt.

Wegen des Spa-Hotels hatte ich Mauro um Rat gefragt, denn wenn einer sich mit Wellness auskennt, dann er. Es war einer dieser Traumorte, wo man, wenn einem danach ist, den ganzen Tag im Bademantel verbringen kann.

Die Fahrt im Auto, die Musik, die leichte Brise, die durch die offenen Fenster hereinwehte, wir lachten über alles und jeden, waren glücklich wie Schauspieler in einem amerikanischen Film. Alles stand uns offen, die Welt lag uns zu Füßen. Wohin wir fuhren, war unwichtig, uns genügte irgendein beliebiger Ort, wenn er nur genügend Raum bot für unser Glück.

Schon während der Fahrt hatte ich nur den einen Wunsch, möglichst bald anzukommen, um über sie herzufallen. Ich war so besessen von dem Wunsch, in sie hineinzubeißen, dass ich mir pausenlos auf die Lippen biss. Ich konnte es kaum erwarten. Damals konnte es passieren, dass ich schon bei einer SMS von ihr eine Erektion bekam. Ich fand Sofia so sexy, dass sie mir den ganzen Tag barfuß durch den Kopf spazierte. Eines Nachmittags war ich bei der Arbeit derart erregt, dass ich auf der Toilette onanieren musste, allein bei dem Gedanken an sie konnte ich nicht mehr an mich halten.

Als wir im Hotel ankamen, bestellten wir eine Flasche Champagner und gingen aufs Zimmer. Im

Aufzug gaben wir uns einen Kuss, der drei Stockwerke dauerte. Dann setzten wir uns auf den Balkon und blickten aufs Meer.

»Komm«, sagte ich und klopfte auf meinen Oberschenkel, »setz dich hierhin.«

Sie schlang mir einen Arm um den Hals, in einer Hand hielt sie das Champagnerglas, mit der anderen zog sie mich an sich und küsste mich auf den Mund. Ein langer, zarter Kuss. Ich schob die Hand unter ihr T-Shirt und berührte ihre Brust.

Wir sahen uns in die Augen.

Ich hob sie hoch, trug sie ins Zimmer, auf dem Bett fielen wir übereinander her.

Auch nach all den Jahren habe ich noch immer ein glasklares Bild ihres nackten Körpers vor Augen. Die verschwitzte Haut, die Kontur des Rückens, die warmen, weichen Schenkel. Damals haben wir uns oft köstlich amüsiert, weil sich nach dem Sex in ihrem Bauchnabel eine kleine Schweißlache gebildet hatte.

Vielleicht war das schon der Höhepunkt, vielleicht hätten wir danach einfach auseinandergehen sollen, um die Erinnerung daran, wie wir damals waren, ungetrübt zu bewahren.

Bei diesem Gedanken wurde mir klar, was mir am meisten fehlte, ich trauerte nicht der schönen Zeit hinterher, sondern diesem Gefühl der Unbeschwertheit, das uns später abhandenkam. So unbeschwert und glücklich waren wir später nie wieder.

Am liebsten wäre ich zu dem Hotel gefahren, um nachzusehen, ob sie noch da waren, diese beiden, eingehüllt in weiße Bademäntel oder nackt im Bett, beim Plaudern, Lachen, Lieben trotz der Julihitze.

Schmerzlich vermisste ich die Frau, in die ich mich damals Hals über Kopf verliebt hatte, jene Sofia, die mich mit einem einzigen Blick verzaubert hatte und immer so herzerfrischend lachte. Wie wunderschön sie doch war, wenn sie so lachte.

Mittlerweile fühlte ich mich mies, wenn ich das BITTE NICHT STÖREN-Schild sah, weil es mich daran erinnerte, wie wir einmal waren und was aus uns geworden ist.

Das kleine Schild erzählte von einem schweren Verlust.

Als hätten wir uns durch das Zusammenleben gegenseitig verschlungen.

Ich hasste Sofia dafür, was sie aus mir gemacht hatte, und fühlte mich zugleich schuldig dafür, was ich aus ihr gemacht hatte.

Ich hatte etwas sehr Kostbares und Zerbrechliches geschenkt bekommen, es dann aber nicht geschafft, behutsam damit umzugehen.

Dabei hatten wir so gut angefangen. Es gab eine Zeit, wo mir alles klar war, wo ich genau wusste, was ich wollte und was ich nicht wollte. Aber dann ist irgendetwas schiefgegangen, vielleicht aus Unachtsamkeit, aus Angst oder, schlimmer noch, aus Überheblichkeit. Und urplötzlich nahm alles eine ganz andere Richtung.

Das Entscheidende für eine Beziehung ist nicht, ob man sich noch liebt, sondern ob es gelingt, die beiden durch das Zusammenleben veränderten Persönlichkeiten in Einklang zu bringen.

Zwei

An einem Nachmittag fünf Jahre zuvor war ein furchtbares Desaster passiert.

Schon seit einer Ewigkeit wartete ich darauf, dass Mauro mir endlich ein paar alte Boxen vorbeibrachte, die er nicht mehr brauchte. Mauro ist mein bester Freund, zusammen mit Sergio. Die beiden wissen Dinge über mich, die sich Sofia nicht einmal in ihren kühnsten Träumen vorstellen kann.

Erst kürzlich hatte ich mir einen gebrauchten Plattenspieler mit Verstärker gekauft, was mir noch fehlte, waren die Boxen. Aber bei Mauro kam immer wieder etwas dazwischen, so dass ich schließlich beschloss, die Boxen selbst bei ihm abzuholen: »Heute Abend komme ich bei dir vorbei.«

»Nein, heute kann ich nicht, hol sie morgen.«

»Aber ich brauche sie unbedingt, heute kommt eine Frau zu mir, der will ich ein paar Platten vorspielen.«

»Wer denn?«

»Eine aus dem Fitnessstudio, die ist noch nicht ganz überzeugt, da brauche ich ein bisschen Hilfe.«

»Was denn für eine Hilfe?«

»Coltrane, Chet Baker, Massive Attack. Ich habe da eine Platte von Sonny Rollins, die ist echt der Hammer!«

»Aber heute Abend geht es wirklich nicht. Ich bin mit Michela zum Sushi-Essen verabredet, gleich nach der Arbeit. Aber wenn es so dringend ist, wie wär's dann in einer Stunde? Du könntest mich im Büro abholen, wir fahren schnell bei mir vorbei, und danach setzt du mich wieder hier ab.«

»Okay, super, um drei bin ich bei dir.«

»Du bist eine echte Nervensäge.«

»Ich weiß.«

Um drei stand ich vor Mauros Büro, um zwanzig nach drei parkten wir vor seinem Haus.

Auf der Treppe redeten wir über die Frau, mit der ich mich abends treffen wollte.

Aus der Wohnung dröhnte laute Musik: »Michela hat bestimmt die Stereoanlage angelassen.«

»Eine Lampe anlassen, das würde ich ja noch verstehen, aber die Stereoanlage …«

Ich sah ihn erstaunt an.

»Michela ist eben schusselig, vielleicht hat sie gerade telefoniert. Weißt du, wie oft ich schon nach

Hause gekommen bin und der Schlüssel steckte von außen? Aber sich dann beschweren, wenn ich die Klobrille nicht runterklappe.«

Drinnen ging ich direkt in die Abstellkammer, um die Boxen zu holen. Mauro zog derweil die Jacke aus, hängte sie an die Garderobe und ging ins Wohnzimmer, um die Musik auszumachen.

Als ich aus der Kammer trat, war in der Stille ein eigenartiges Stöhnen zu hören.

Ich blieb stehen, Mauro kam aus dem Wohnzimmer und sah mich fragend an.

Dann steuerte er auf das Schlafzimmer zu. Ich hoffte inständig, dass es nicht das war, wonach es sich anhörte.

Mit einer Box in der Hand lief ich hinter Mauro her. Das Stöhnen hatte aufgehört, Michela stieß einen Schrei aus.

Als ich die Tür erreichte, zog sie gerade ein Bettlaken über sich, als würde Mauro sie zum ersten Mal nackt sehen, neben ihr lag ein Mann, mehr oder weniger in unserem Alter.

Weil die Musik spielte und das Fenster auf war, hatten sie uns nicht kommen hören.

Mauros Reaktion hat mich ziemlich verblüfft. Man meint immer zu wissen, dass man selbst in so einer Situation den Mann verprügeln oder die Frau ohrfeigen oder alles kurz und klein schlagen würde, aber wie man tatsächlich reagiert, weiß man erst, wenn man es selbst erlebt hat.

Nie werde ich sein Gesicht vergessen, jedes Mal wenn ich daran denke, bricht es mir fast das Herz, genau wie damals. Er sah Michela an und sagte nur ein einziges Wort: »Warum?« Dann flüsterte er mir zu: »Lass uns gehen.«

Der arme Mauro, ausgerechnet er, der festen Beziehungen immer misstraut hatte und vor Michela ein eingefleischter Beziehungsmuffel war, war nun aufs Gemeinste hintergangen worden.

Wie vom Donner gerührt saßen wir mindestens eine halbe Stunde schweigend im Auto. Ich sagte kein Wort, wusste, dass Reden jetzt völlig sinnlos war, ich wollte nur bei ihm bleiben. An diesem Nachmittag gingen wir beide nicht mehr zur Arbeit zurück. Ich war kurz davor, Sergio anzurufen, doch Mauro wollte das nicht, er wollte lieber mit mir allein sein. Vermutlich hätte Sergio ohnehin nicht gekonnt, denn seit er eine Tochter hatte, war er so gut wie abgetaucht.

An diesem Nachmittag nahm die Beziehung zwischen Mauro und Michela ein abruptes Ende. Ich rief die Frau aus dem Fitnessstudio an und verschob unser Abendessen.

»Meinetwegen musst du deine Verabredung nicht absagen, im Gegenteil, ruf sie noch mal an und sag ihr, sie soll kommen, und dann vögelst du sie durch, bis ihr Hören und Sehen vergeht. Sind doch eh alles Nutten, die wollen es gar nicht anders.«

Dann gingen wir zu mir und blieben den ganzen Abend zusammen, bis drei Uhr morgens, Mauro schlief auf dem Sofa. Wir redeten viel, redeten und tranken.

»Ich habe echt abgefahrene Musik, die würde ich dir jetzt vorspielen, aber leider habe ich ja keine Boxen«, sagte ich, um ihm ein Lächeln abzuringen.

»Du meinst, wegen dieser Nutte.«

»Genau.«

Er hob kurz die Augenbrauen, dann seufzte er tief. »Vielleicht ist es ja nicht allein ihre Schuld, bekanntlich gehören immer zwei dazu.«

»Respekt, du bist ja wahnsinnig abgeklärt«, sagte ich, »aber spar dir deine Weisheit für morgen auf, heute ist es dafür wirklich noch zu früh.«

Am nächsten Morgen ging ich zur Arbeit, Mauro nahm sich frei. Offenbar gefiel es ihm auf meinem Sofa, denn er richtete sich dort häuslich ein, ohne mich zu fragen.

Die ersten drei Tage war ich sogar froh darüber, ich wollte ihn nicht alleinlassen. Eines Abends, als er gerade das Nudelwasser salzte, fragte er mich: »Soll ich eine Sauce machen, oder gibst du dich mit Olivenöl und Parmesan zufrieden?«

In Erwartung meiner Antwort fügte er noch hinzu: »Wäre es nicht schön, wenn ich hier einzöge, was meinst du?«

»Ich meine, Öl und Parmesan sind wunderbar.«

Nach dem Essen kam Sergio.

Irgendwann platzte ich in die Stille hinein: »Warum machen wir nicht mal wieder einen schönen Wochenendtrip?«

Sprachlos sahen sie mich an.

»Wir nehmen das Auto und fahren irgendwohin. Das haben wir schon ewig nicht mehr gemacht«, legte ich nach.

»Ich glaube, ich kann nicht, im Augenblick jedenfalls nicht«, erwiderte Sergio.

»Verdammt, man könnte meinen, du hättest das Kind alleine. Wir wären doch nur zwei Tage weg, nicht vier Wochen.« Mauro war genervt.

Sergio sah ihn schief an: »Und wer bringt das der Königin bei? Du vielleicht?«

»Ich rede mit Lucia, mir wird sie das bestimmt nicht abschlagen«, sagte ich.

»Und wo fahren wir hin?«

»Ich wüsste da schon was.«

»Was denn?«

»Das Rolling-Stones-Konzert am Freitag in Rom.«

»Die treten immer noch auf?«, fragte Sergio.

»Na klar.«

»Wie alt sind die denn inzwischen?«

»Alle schon über sechzig, aber immer noch ziemlich gut in Form, bei einem Wettrennen um den Block würden die uns glatt abhängen.«

»Schon erstaunlich, wenn man bedenkt, was die sich alles reingezogen haben.«

»Es heißt, sie fahren regelmäßig in die Schweiz, zum Blutaustausch.«

»Guck doch mal im Netz, ob es noch Karten gibt.«

»Sollen wir nicht lieber ans Meer fahren?«, fragte Mauro, der bis dahin geschwiegen hatte.

»Genau«, sagte Sergio.

»Ans Meer können wir doch jederzeit, aber das Konzert ist was Besonderes, es könnte das letzte sein, in ihrem Alter. Kommt schon.«

»Na gut.«

»Okay.«

Ich sah Mauro an. »Ich kümmere mich um alles, Hotel, Eintrittskarten, das ganze Drum und Dran. Das schenke ich dir zum Geburtstag.«

»Aber jetzt haben wir Juli, mein Geburtstag ist doch erst am 2. Oktober.«

»Ich weiß. Aber deinetwegen werden die ja kaum den Konzerttermin verschieben. Das ist das Wochenende ›Scheiß auf Michela, und lass mit den

Stones die Sau raus‹. Gib mir mal das Telefon, dann rufe ich gleich deine Frau an«, sagte ich zu Sergio.

»Lass mal lieber. Wenn du sie fragst, regt sie sich nur wieder auf. Sie glaubt sowieso, ich würde sie immer als Drachen hinstellen, der mich nur herumkommandiert.«

»Stimmt ja auch«, sagte Mauro.

»Klar, aber das braucht ja keiner zu wissen. Ich mach das schon, ich sage einfach, wir müssten dir jetzt beistehen und über die schwere Zeit hinweghelfen. Sie kann ja ihre Mutter anrufen, damit die ihr mit dem Kind hilft.«

Am Freitag, dem 6. Juli, um 9 Uhr morgens fuhren wir los.

Extra für die Fahrt hatte ich ein paar Playlists zusammengestellt, darunter auch eine mit den Hits der Rolling Stones, um bei Sergio und Mauro die Erinnerung aufzufrischen. Bei mir war das überflüssig, ich war der Einzige, der ernsthaft daran interessiert war, sie live zu sehen.

Unsere letzte gemeinsame Fahrt hatten wir mit fünfundzwanzig gemacht, damals waren wir mit Sergios Micra nach Cadaqués an der Costa Brava gefahren. Eine unvergessliche Reise.

In einer Anwandlung von Schwachsinn war Mauro damals nämlich auf die Idee verfallen, uns eine Regel vorzuschlagen: Während der gesamten

Fahrt sollten wir nichts wegwerfen, kein Papier, keine Plastiktüten, keine Flaschen, keine Dosen. Alles sollte im Auto bleiben. Schwachsinniger ging's nicht, aber wir stimmten zu. Ich werde nie vergessen, wie zugemüllt das Auto war, als wir wieder in Mailand ankamen. Um es wieder richtig sauber zu kriegen, hätte man es eigentlich abfackeln müssen.

Es war schön, wieder einmal zusammen zu verreisen. Eigentlich hatten wir uns vorgenommen, Michela mit keinem Wort zu erwähnen, aber das war unmöglich. Sie war allgegenwärtig, ganz besonders in der Stille.

»Weißt du, was das Schlimmste ist?«

»Dass sie es in eurem Bett getrieben haben?«, fragte Sergio.

»Das auch. Aber am meisten wurmt mich, nicht zu wissen, wann genau die Lügerei angefangen hat. Ich frage mich dauernd, was von all dem, was sie in den zwei Jahren so von sich gegeben hat, wirklich aufrichtig war. Ich kann Wahrheit und Lüge nicht mehr unterscheiden, das verunsichert mich total.«

»Aber einer, die es in eurem Bett mit einem anderen treibt, kann man doch sowieso nichts glauben«, sagte Sergio kategorisch.

»Wisst ihr eigentlich, dass sie jetzt ein Paar sind? Das war nicht bloß irgend so eine kurze Affäre, die sind jetzt richtig zusammen. Wobei ich nicht einmal weiß, ob das nun besser oder schlimmer ist. Jedenfalls schockiert es mich, mit welcher Dreistigkeit sie die Männer wechselt, von einem Augenblick auf den anderen.«

In Rom angekommen, gingen wir nur kurz zum Duschen ins Hotel und machten uns dann gleich wieder auf die Socken, um etwas zu essen und uns die Stadt anzusehen.

Wir setzten uns in ein Straßenlokal und bestellten ein Bier. Alles schien perfekt, der Tag, das Wetter, das Licht, das Haus und der Springbrunnen auf der anderen Straßenseite. Und in ein paar Stunden stand das Konzert der Stones an.

»Was die jetzt wohl gerade machen? Ob sie noch im Hotel sind oder schon beim Soundcheck?«

»Wenn ihr mich fragt, machen die gerade ein Nickerchen«, antwortete Sergio. Bei der Vorstellung von Mick Jagger in Schlafanzug und Pantoffeln mussten wir grinsen.

Plötzlich bemerkte ich zwei junge Frauen, die sich angeregt unterhielten. Eine kehrte mir den Rücken zu, ihr Gesicht konnte ich nicht sehen. Sie trug ein leichtes haselnussbraunes Kleid; ich betrachtete ihre nackten Schultern, die langen glatten braunen Haare, die bis über die Schulterblätter reichten, die Form ihrer Hüfte, die Fußknö-

25

chel. *Dreh dich um, dreh dich um, dreh dich um,* beschwor ich sie in Gedanken, aber es war nichts zu machen, sie wollte partout nicht auf mich hören. Ich wurde immer neugieriger und ungeduldiger. Während ich weiter darauf wartete, dass sie sich endlich umdrehte, stellte ich mir vor, wie sie wohl aussah. Die Augen, die Nase, den Mund. Je länger ich im Geiste mit ihren Gesichtszügen spielte, desto dringender wollte ich sie sehen: *Ich zähle jetzt bis fünf, und bei fünf drehst du dich um. Eins, zwei, drei, vier, fünf!* Wenn es nicht wirklich passiert wäre, würde ich es nicht glauben, aber bei fünf drehte sie sich tatsächlich um. Erstaunt stellte ich fest, dass sie überhaupt nicht so aussah, wie ich es mir vorgestellt hatte. Trotzdem fand ich sie hinreißend, sie gefiel mir.

Im Gegenlicht sah ich durch das Kleid die Konturen ihrer Schenkel, damals ahnte ich noch nicht, dass sich zwischen diesen Schenkeln mein Schicksal verbarg.

Das war der Augenblick, in dem ich Sofia zum allerersten Mal sah.

Drei

Ich weiß nicht, ob zwei Menschen sich begegnen, weil es göttliche Bestimmung ist, oder ob das Leben nur aus einer Verkettung unberechenbarer Zufälle besteht, aus Überraschungen, die sich irgendwie ergeben. Dazu hatte ich nie eine eindeutige Meinung, ich kann nur sagen, dass es in unserem Leben immer wieder Ereignisse gibt, die so perfekt ineinandergreifen, dass man den Eindruck haben könnte, sie würden irgendwie gesteuert.

Als Sofia in mein Leben trat, hatte ich diesen Eindruck.

Am Tisch neben uns saß ein Touristenpärchen, ich weiß noch, dass sie Deutsch sprachen. Als sie gingen, setzten sich die beiden Frauen an ihren Tisch. Ich hätte nur den Arm ausstrecken müssen, um sie zu berühren.

Als Sergio sie ansprach, kamen wir sofort ins Gespräch. Die beiden hatten beruflich in Rom zu tun und wollten noch am selben Abend nach Bologna zurück.

Schon nach den ersten Worten waren Sofia und ich so voneinander fasziniert, so voller Neugier, dass wir alles um uns herum vergaßen und uns, ohne es zu wollen, vom allgemeinen Gespräch abkapselten. In Sekundenschnelle war es um mich geschehen. Es war nicht ihre Schönheit, die mich fesselte, sondern etwas eher Unsichtbares, eine besondere Ausstrahlung. Sofia war vollkommen anders als alle Frauen, die ich bisher kennengelernt hatte, sogar anders als die Frau, von der ich immer geträumt, die ich mir immer vorgestellt und gewünscht hatte.

Ich mochte es, wie sie die Hände bewegte, wie sie lächelte, wie sie lachte, wie sie die Haare hinter die Ohren schob. Sie zum Lachen zu bringen war genauso leicht, wie über das zu lachen, was sie sagte. Wir entdeckten schnell, dass wir viel gemeinsam hatten, doch noch mehr verband uns, was wir beide nicht mochten. Wir hassten dieselben Dinge.

Bei dieser ersten Begegnung hatte ich nie das Gefühl, sie würde es darauf anlegen, mir zu gefallen. Sie wirkte authentisch, ohne Angst, etwas falsch zu machen oder beurteilt zu werden, und sie besaß Selbstironie, eine Gabe, die ich schon immer faszinierend fand.

Sofia schien sagen zu wollen: *Was du siehst, das bin ich wirklich.* Sie fühlte sich sichtlich wohl, und ihre Spontaneität war so entwaffnend, dass auch ich nicht anders konnte. Lachend legte sie ihre Hand auf meine, eine rasche, unerwartete Geste, die jedoch genügte, um mich erschauern zu lassen. Am liebsten hätte ich stundenlang mit ihr geredet, die Zeit verflog, ohne dass wir es merkten.

»Jungs, wir müssen jetzt los«, sagte Sergio irgendwann.

Ich wollte nicht und sah Sofia an: »Wollt ihr nicht mitkommen zum Konzert? Am Stadion gibt es bestimmt noch Karten.«

»Unser Zug fährt bald«, sagte Elisabetta, ihre Freundin.

Wir verabschiedeten uns, doch beim Weggehen fiel mir ein, wie idiotisch es war, dass ich sie gar nicht nach ihrer Telefonnummer gefragt hatte.

Ich rannte zur Bar zurück und hoffte, sie dort noch anzutreffen. Als ich vor ihr stand, sagte ich atemlos: »Wieso hast du eigentlich nicht nach meiner Telefonnummer gefragt? Habe ich vielleicht was Falsches gesagt?«

Sie lachte, nahm mein Handy und tippte die Nummer ein.

»Und den Namen, kannst du dir den so merken? Oder soll ich ›Frau aus der Bar in Rom‹ dazuschreiben?«, fragte sie mit spöttischem Blick.

Ich grinste.

Als ich wieder bei Sergio und Mauro war, merkte ich, dass ich glücklich war.

»Mensch, Nicola, was hast du nur mit der, die Freundin war doch viel schärfer«, sagte Mauro.

»Von Frauen hast du nun wirklich keine Ahnung«, erwiderte ich.

»Das stimmt, aber die andere war doch richtig sexy.«

»Und Sofia etwa nicht?«, mischte sich Sergio ein.

»Außen schick, schlechter Fick! Aber die, mit der ich geredet habe, hat mich richtig angemacht. Ich habe sogar mit dem Gedanken gespielt, sie auf der Toilette zu vernaschen. Da gab es so einen Augenblick, da wäre sie glatt mitgekommen.«

»Was für ein Blödsinn«, sagte Sergio.

»Hast du etwa nicht gesehen, wie die mich angeguckt hat?«

»So wie du dich aufgeführt hast, mit deinen ewigen Geschichten über deine Ex, wäre sie höchstens auf die Toilette gegangen, um sich aufzuhängen. Bei uns mag es ja noch angehen, wenn du uns dauernd damit volllaberst, das gehört dazu. Aber bei Fremden geht das entschieden zu weit. Hast du nicht bemerkt, wie der Typ von der Tankstelle dich angesehen hat?«

Mauro sagte nichts, er nahm die Kritik schweigend hin, fügte dann aber doch noch hinzu: »Jedenfalls wäre sie mitgekommen. Es war meine eigene Blödheit, alles nur, weil ich noch nicht so weit bin, sonst müsstest du dich jetzt bei mir entschuldigen. Du brauchst dich gar nicht so aufzuregen, dein Problem ist doch, dass du ungefähr so scharf bist wie ein Pornofilm, wenn man schon gekommen ist.«

Während die beiden so herumalberten, schickte ich Sofia eine SMS.

Hier ist meine Nummer. Ich bin der »Mann aus der Bar in Rom«, falls du den Namen vergessen hast.

Eigentlich dachte ich, sie würde sofort antworten, aber es kam nichts. Während ich auf eine Antwort wartete, las ich immer wieder, was ich geschrieben hatte, um zu prüfen, ob der Tonfall stimmte.

Wir erreichten das Stadion, die Bühne war riesig, die Leute aufgekratzt, das Konzert würde super.

»Was spielen sie wohl als Erstes?«, fragte Mauro.

»Bestimmt *Start Me Up* oder *Jumpin' Jack Flash.*«

Dann kam die Antwort: *Ich kenne dich gar nicht, vielleicht hast du dich verwählt.*

»Das darf doch nicht wahr sein«, sagte ich laut, »sie hat mir eine falsche Nummer gegeben.«

»Alles Schlampen, sag ich doch«, sagte Mauro.

»Die doch nicht.«

»Vielleicht hat sie sich vertippt.«

Ich war gekränkt.

Ein paar Sekunden später kam die nächste SMS:

Haben sie schon Brown Sugar gespielt?

Ich grinste.

Es hat noch gar nicht angefangen.

Und was passiert jetzt, wo du meine Nummer hast?

Morgen rufe ich dich an.

Und dann?

Dann sehen wir uns wieder.

Wann fangen die Opas an zu spielen?

Bald, aber ihr könntet es noch schaffen. Wo seid ihr jetzt?

Auf dem Weg ins Hotel, die Koffer holen, dann zum Bahnhof.

Es war ein Fehler, nicht mit zum Konzert zu kommen.

Es war ein Fehler wegzugehen.

Da hast du recht.

Grüß Mick von mir.

Sag dem Taxifahrer, dass er dich hierherfahren soll.

You can't always get what you want.

Maybe.

32

Dann war Schluss. Ich las sämtliche sms noch einmal durch.

In der Zwischenzeit hatte Sergio Bier geholt, wir stießen an. Ich war energiegeladen, war mit meinen besten Freunden zusammen, und gleich würde das Konzert meiner Lieblingsband anfangen.

Schweigend starrte ich eine Weile in Richtung Bühne.

Immer wieder gingen mir Bilder von Sofia durch den Kopf, der Rücken, die glatten Haare, das haselnussbraune Kleid.

Ich wandte mich Sergio und Mauro zu: »Ich melde mich später. Ich muss jetzt weg.«

»Wohin denn?«

»Zum Bahnhof, mich von Sofia verabschieden.«

»Was redest du denn da? Bist du verrückt geworden?«

»Die nimmt dir doch keiner weg, die kannst du nächste Woche auch noch haben.«

»Wir telefonieren später.«

»Das ist doch Wahnsinn, hast du nicht gesehen, was da draußen los ist? Hast du überhaupt eine Ahnung, wie weit das ist bis zum Bahnhof? Das schaffst du nie.«

Sie redeten weiter auf mich ein, aber ich hörte schon gar nicht mehr hin. Als das Bühnenlicht langsam ausging, war ich schon weit weg.

Dann hörte ich einen Knall, bei den ersten Klängen von *Start Me Up* verließ ich das Stadion, um zu ihr zu eilen.

Ich begriff nicht, warum ich mich so leicht fühlte. Es dauerte eine Weile, aber dann wusste ich es: Ich war glücklich, weil ich einen Menschen gefunden hatte, der die Kraft besaß, mich zu dem zu bewegen, was ich gerade tat.

Vier

Als ich am Bahnhof ankam, suchte ich nach dem Gleis, von dem der Zug nach Bologna abfuhr, und rannte los: Sie wusste nicht, dass ich kommen würde, ich hatte ihr nicht Bescheid gesagt. Falls ich sie verpasste, würde ich ihr nie davon erzählen.

Dann sah ich sie den Bahnsteig entlanggehen, blieb aber auf Distanz.

Ich wollte ihr heimlich folgen und erst im letzten Moment auftauchen, um zu fragen: »Kann ich Ihnen helfen?« Ich freute mich schon auf ihr verdutztes Gesicht, doch mein Plan ging nicht ganz auf. Während sie sich mit Elisabetta unterhielt, drehte sie sich plötzlich ohne ersichtlichen Grund um, und weil ich darauf nicht gefasst war, konnte ich mich nicht mehr rechtzeitig verstecken. Allein um ihr entgeistertes Gesicht zu sehen, hatte sich die ganze verrückte Aktion schon gelohnt.

Sie brachte kein einziges Wort hervor, und als ich vor ihr stand, küsste ich sie auf den Mund.

Das war unser erster Kuss.

Dann sagten wir irgendetwas, was genau, weiß ich nicht mehr, wir waren ziemlich durcheinander.

»Steig nicht ein.«

»Ich kann nicht.«

»Natürlich kannst du.«

»Aber wir kennen uns doch erst seit zwei Stunden.«

»Macht das einen Unterschied?«

»Keine Ahnung, aber ich will nichts überstürzen.«

»Ich bin nicht hier, weil ich etwas überstürzen will.«

»Sondern?«

»Ich weiß auch nicht, ich hatte einfach das Gefühl, das Richtige zu tun.«

Sie sagte nichts.

»Bestimmt denkst du, so ein armes Würstchen, er hat mich gerade erst kennengelernt, und schon läuft er mir hinterher.«

»Das denke ich gar nicht.«

»Solltest du aber, denn ein bisschen stimmt es schon.«

»Ich kann nicht einfach hierbleiben, lass uns lieber in aller Ruhe telefonieren.«

Ich wusste nicht, was ich sagen sollte, wollte nicht weiter insistieren.

»Klar kannst du hierbleiben«, sagte da plötzlich Elisabetta, »wir telefonieren, wenn du zurück bist.« Sie gab ihr einen Kuss und stieg ein.

Sofia und ich sahen ihr nach. Wir waren verlegen. Die Unbekümmertheit, mit der wir uns in der Bar unterhalten hatten, war verflogen.

Wir brachten ihre Sachen in mein Hotel und spazierten durch die Stadt.

Unterwegs nahm ich ab und zu ihre Hand, mit ihren Fingern zu spielen, machte mir Spaß.

»Ich habe Hunger, und du?«

»Ich auch, aber ich habe keine Lust, in ein Restaurant zu gehen.«

»Wir könnten uns ein Stück Pizza holen und uns draußen irgendwo hinsetzen.«

Also gingen wir zu Fuß bis zu einer Pizzeria in Trastevere, wo sie die Pizza aus dem Holzofen stückweise verkauften, und setzten uns zum Essen auf die Treppe vor einer Kirche.

Ich erfuhr, dass Sofia ursprünglich aus Reggio Emilia kam, aber zum Studieren nach Bologna gezogen war. Sie hatte einen älteren Bruder, und ihr Vater besaß einen Betrieb, der Eis herstellte und verkaufte. Sie selbst war Produktmanagerin bei einem Bekleidungsunternehmen mit Filialen in aller Welt und hatte oft beruflich in Mailand zu tun.

»Siehst du? Das ist Schicksal.«

»Meinst du?« Sie lächelte mich an.

Ich weiß nicht mehr genau, was wir uns alles erzählt haben, ich weiß nur noch, dass wir über alles Mögliche geredet haben, ein Wort gab das andere. Irgendwann kamen wir dann auf Schuhgeschäfte zu sprechen.

»Früher waren die doch nicht so elegant, heute könnte man fast meinen, man ginge zum Juwelier«, sagte ich. »Damals stand ein Schuh auf dem Karton, und der andere lag darin.« Und weiter: »Und weißt du noch, die gekippten Spiegel? Um sich darin ganz zu sehen, musste man so weit zurücktreten, dass man unweigerlich das Geschäft verließ.«

Das war nun wahrlich kein romantisches Thema, doch es brachte sie zum Lachen. Aber wir redeten auch über die Bücher von García Márquez, über Woody Allen und Pink Floyd.

Ich weiß noch, dass sie mich nach einem Gelächter so nachdenklich ansah, als wolle sie mir etwas sagen. »Warum siehst du mich so an?«, fragte ich.

»Ich musste gerade an etwas denken.«

»Woran denn?«

»Meinetwegen hast du auf das Rolling-Stones-Konzert verzichtet, bist zum Bahnhof gerannt und hast mich geküsst, bevor ich auch nur ein Wort sagen konnte. Und jetzt redest du schon seit Stunden, ohne es noch einmal zu tun.« Einen Augenblick lang sah ich sie nur an, dann nahm ich ihr Gesicht in die Hände und gab ihr einen langen Kuss.

Mein Handy klingelte, es war Mauro: »Wo bist du?«

»Am Campo de' Fiori. Wie war das Konzert?«

»Phantastisch. Du bist echt verrückt.«

»Ich weiß.« Dabei sah ich Sofia an und spürte, dass ich nicht das Geringste bereute. Ich hatte das Richtige getan.

»Ich hoffe, es hat sich gelohnt. Treffen wir uns noch, oder spielt ihr die Turteltäubchen?«

»Letzteres.«

»Was macht ihr denn gerade?«

»Reden.«

»Was, immer noch? Worüber bloß? Na gut, egal, mach's gut, Arschloch, wir sehen uns morgen.«

Wir setzten unseren Spaziergang fort. Alles, was ich wahrnahm, jedes Detail, wirkte wie eine Einladung, sie zu küssen, ihre Mimik, ihre Art zu lächeln, ihr Schweigen, die römische Kulisse. Als wir an den Trevi-Brunnen kamen, forderte ich sie auf hineinzusteigen wie in dem Film von Fellini. »Aber denk dran, nicht nach Marcello rufen, sondern nach Nicola.« Aber das wollte sie nicht.

Gegen eins gingen wir ins Hotel zurück. Es lag

eine eigenartige Zärtlichkeit in der Art, wie wir uns berührten, wie wir uns ansahen, alles war wie in der Schwebe, sogar die Zeit schien stillzustehen. Wir blieben die ganze Nacht wach, erst als der Morgen heraufdämmerte, schliefen wir ein, noch immer angezogen. In dieser Nacht haben wir uns nicht geliebt. Beim Aufwachen waren wir verwirrt, irgendwie kam es uns komisch vor, zusammen in einem Hotelzimmer zu sein. Ernüchterung machte sich breit, der große Zauber war verflogen. Die prachtvolle Kutsche, die uns zum Ball gefahren hatte, hatte sich wieder in einen Kürbis zurückverwandelt.

»Wenn du willst, kannst du auch mit uns zurückfahren, im Auto ist noch Platz. Wir fahren morgen.«

»Nein, danke, ich fahre lieber heute mit dem Zug.«

»Bist du sicher?«

»Ja.«

Ich brachte sie zum Taxi. Bevor sie einstieg, umarmten wir uns und blieben ein paar Sekunden schweigend stehen. Kein Kuss. Wir erlebten etwas Merkwürdiges. Darauf waren wir nicht vorbereitet, es war wie ein Hagelschauer mitten im Sommer. Wir wussten nicht, ob es ein endgültiger Abschied war oder ob wir uns wiedersehen würden.

Keiner wagte, danach zu fragen, weil es auf diese Frage keine eindeutige Antwort gab.

Während des Tages gab ich mir Mühe, mich möglichst normal zu verhalten. Sergio und Mauro zogen mich auf, weil ich nicht nur das Konzert verpasst, sondern nicht einmal mit Sofia geschlafen hatte.

Ich fragte mich, ob ich wohl eine SMS oder einen Anruf von ihr bekommen würde. Nach dem Mittagessen gingen wir ins Hotel, um uns ein wenig auszuruhen. Die beiden waren nach dem Konzert spät ins Bett gekommen. Als ich in mein Zimmer kam, war die Erinnerung an Sofia noch so lebendig, dass ich sie auf dem Bett liegen sah.

All meine Gedanken kreisten um sie. Ich sah sie lachen, sah sie grinsen, während sie mir etwas Witziges erzählte. Ich dachte daran, wie sie mich angesehen hatte, kurz bevor sie sich vorbeugte, um mir einen Kuss zu geben, oder wie sie krampfhaft versucht hatte, sich ein Lachen zu verkneifen, weil sie gerade ein Stück Pizza im Mund hatte.

Plötzlich vermisste ich sie, wünschte mir, sie wäre noch da, und bekam Angst, sie nie wiederzusehen.

Zuerst griff ich nach dem Handy, um ihr eine SMS zu schicken, überlegte es mir dann aber anders und beschloss, sie anzurufen.

»Ich bin's, Nicola.«

»Ciao.«

»Wie war die Fahrt?«

»Gut, ich habe sogar geschlafen.«

Verlegenes Schweigen. Ich wusste nicht, was ich sagen sollte, hatte mir nichts überlegt.

»Ich bin in meinem Zimmer und musste gerade daran denken, was gestern Nacht passiert ist.«

»Und was hast du gedacht?«

»Dass ich mich wohl gefühlt habe. Heute Morgen war dann alles irgendwie komisch, und jetzt weiß ich überhaupt nichts mehr. Ich weiß nicht, ob wir uns noch mal wiedersehen oder ob du es dir vielleicht anders überlegt hast. Deshalb wollte ich unbedingt mit dir reden. Weißt du denn, was gestern passiert ist?«

»Ich glaube schon, aber sicher bin ich auch nicht, vielleicht liege ich ja falsch.«

»Womit denn?«

»Das sage ich dir, wenn wir uns wiedersehen.«

Fünf

In den nächsten Tagen telefonierten wir ausgiebig, und noch bevor die Woche zu Ende ging, fuhr ich zu ihr.

Als Autofahrer ist man im Zentrum von Bologna verloren wie ein Kind. Überall Videokameras und verkehrsberuhigte Zonen, die einem noch größere Rätsel aufgeben als die Mülltrennung. Ein echter Alptraum.

Ich glaube, allein für die Parkplatzsuche habe ich mehr Zeit gebraucht als für die gesamte Strecke von Mailand nach Bologna.

Trotzdem war ich vor ihr da und wartete in der Bar, wo wir zum Aperitif verabredet waren. Als sie auf mich zukam, hatte ich dasselbe Gefühl wie beim ersten Mal in Rom.

Wir umarmten uns, wussten nicht recht, ob ein Kuss angebracht war. Wir waren verlegen. Eigentlich waren wir noch dieselben wie in Rom, ließen es offenbar nur langsamer angehen, weniger getrieben von einem übertriebenen Enthusiasmus, von dem Gefühl, etwas Verrücktes zu tun. Alles war irgendwie normaler.

Wir gingen essen, danach machten wir einen kurzen Spaziergang über die Piazza Maggiore, dann brachte sie mich zum Auto.

Beim Abschied gaben wir uns den ersten und einzigen Kuss des Abends. Ich hatte jedes Zeitgefühl verloren, hätte am liebsten für immer so weitergemacht.

Als ich abfuhr, blickte ich so lange in den Rückspiegel, bis sie verschwunden war. Auf der Autobahn hätte ich noch stundenlang so weiterfahren können, langsam und mit offenem Fenster. Ich hatte es nicht eilig, wollte die Fahrt genießen. Ab und zu streckte ich die Hand nach draußen und spielte mit dem Fahrtwind. Auch zu Hause fühlte ich mich zunächst gut. Aber kurz vor dem Einschlafen überkam mich, keine Ahnung, wieso, plötzlich die Angst, ich könnte alles kaputtmachen, wenn ich nicht aufpasste, die falschen Worte wählte, zu viel auf einmal wollte. Das wollte ich auf keinen Fall riskieren. Es ist immer heikel, sich in den Raum einer anderen Person vorzuwagen. Hält man sich zu sehr zurück, kommt das leicht als Desinteresse rüber, geht man hingegen aus sich heraus, muss man befürchten, als krampfhaft profilierungssüchtig dazustehen. Deshalb nahmen wir uns viel Zeit, ließen es locker angehen. Denn die Art, wie man sich einem anderen nähert, sagt mehr über einen Menschen als alle Worte.

Da sie am darauffolgenden Montag beruflich in Mailand zu tun hatte, schlug sie vor, einen Tag früher zu kommen, dann könnten wir den Sonntag zusammen verbringen. Um jede Peinlichkeit zu vermeiden, kündigte sie mir vorsorglich an, dass sie im Hotel übernachten würde.

An dem Sonntag besuchten wir einen Flohmarkt an den Navigli, gingen ein Eis essen und dann ins Kino. Keine Ahnung, ob wegen des Films oder wegen der Kühle im Saal.

Nach dem Essen brachte ich sie zum Hotel, vor der Drehtür küssten wir uns. Doch ich ging nicht mit rauf.

Das nächste Mal sahen wir uns in Bologna, dann wieder in Mailand. Eines Nachmittags trafen wir uns gegen fünf vor der Pinacoteca di Brera.

Zu meiner Verblüffung kam sie mit dem Fahrrad.

»Wo hast du das denn geklaut?«

»Das ist ein Dienstrad, Eigentum der Firma. Hast du nicht gesehen, wo ich arbeite?«

»Wie fortschrittlich. Da können wir nicht mithalten. Bei uns hat es gerade mal für einen neuen Kaffeeautomaten gereicht. Wenn es bei uns irgendwann mal Fahrräder geben sollte, bin ich bestimmt schon längst in Rente.«

»Dabei dachte ich immer, ihr Designer wärt dem Rest der Welt um Lichtjahre voraus.«

»Das habe ich auch immer gedacht«, sagte ich schmunzelnd.

Die Gemäldegalerie kannte ich gut, in diese Ecke von Mailand gehe ich oft, wenn ich Ruhe suche. Der Anblick von Schönheit hilft mir beim Nachdenken.

Eigentlich hatte ich Lust, Sofia ein paar Geschichten über die ausgestellten Gemälde zu erzählen, aber dann sagte ich doch lieber nichts. Ich wollte nicht, dass sie denkt, das sei eine Strategie, um Eindruck zu schinden und mich interessant zu machen.

Abends gingen wir zum Essen in ein Lokal in der Gegend. Die herrlichen Gemälde, die anregende Unterhaltung, der Wein, alles schien dazu angetan, uns den Kopf zu verdrehen. Wir kamen uns nah, waren vertrauter miteinander als die vorherigen Male.

Als wir am Tisch saßen, schob ich die Gläser beiseite und nahm ihre Hand, spielte mit ihren Fingern wie damals bei unserem ersten Spaziergang in Rom. Nur dass ich ihr diesmal dabei in die Augen sehen konnte.

Irgendetwas schwang in unseren Stimmen mit, die Lust aufeinander war kaum noch zu verhehlen.

Ich begehrte sie, so sehr, dass ich sie am liebsten auf den Tisch gezogen und mit Küssen bedeckt hätte.

Ich stellte mir vor, wie ich sie ins Bad trug, wie sie das Waschbecken umklammerte, ich sie von hinten nahm und dabei ihr Gesicht im Spiegel beobachtete. Ich glaube, sie wusste, wie sehr ich sie begehrte.

Ich sah ihr in die Augen und sagte: »Weißt du, woran ich gerade denke?«

»Ich kann's mir vorstellen.« Sie zögerte ein paar Sekunden und sagte dann mit einem Lächeln, in dem ich unterschwellig etwas Maliziöses zu entdecken meinte: »Gehen wir.«

Als wir das Lokal verließen, regnete es in Strömen.

Wir riefen ein Taxi und fuhren zu mir.

Als ich mit einer Flasche Wein aus der Küche kam, stand sie vor meiner Plattensammlung.

»Darf ich, oder schmeißt du mich raus, wenn ich sie anfasse?«

»Du kannst ruhig eine auflegen.«

Während sie an dem Wein nippte, sah sie sich ein paar Cover an. In diesem Augenblick fand ich sie

47

unglaublich sexy. Schließlich entschied sie sich für Billie Holiday und fragte: »In Ordnung?«

»Sehr gute Wahl.«

Kurz darauf sang eine wunderbare Stimme *Stormy Weather.*

Wir setzten uns aufs Sofa, und kurz versuchte ich noch, meine Lust zu zügeln. Doch dann wurde alles Wirklichkeit, was ich mir im Restaurant ausgemalt hatte. Ich erinnere mich an den Geruch ihrer Haut, an ihren Hals, die Bisse, die Küsse, das Stöhnen, das Erschauern. Wir fingen auf dem Sofa an, dann trug ich sie ins Schlafzimmer. Das offene Fenster, das Gewitter, das Rauschen des Regens, die kühle Brise, die über unsere Körper strich. Alles wirkte wie nur für uns inszeniert.

In dieser Nacht schlief Sofia bei mir. Am nächsten Morgen wachte ich früh auf und beobachtete sie im Schlaf. Diese Frau gefällt mir wirklich sehr, sagte ich mir. Dann ging ich duschen, und als ich wiederkam, war sie wach.

»Guten Morgen, ich hoffe, du hast gut geschlafen.«

»Guten Morgen.«

Ich öffnete eine Schublade und nahm eine saubere Unterhose heraus: »Ist es nicht phantastisch, dass wir uns jetzt ohne Kleider gegenübertreten können?«

Sie schmunzelte.

»Aber keine Sorge, zum Frühstück können wir uns anziehen, jedenfalls heute.« Dabei warf ich ihr ein T-Shirt zu.

»Danke, angezogen fühle ich mich beim Essen einfach wohler.«

Sie ging ins Bad, ich in die Küche.

Als sie zurückkam, fand ich sie noch schöner. Das Gesicht nach dem Aufwachen, die langen Haare, die nackten Beine, die aus dem T-Shirt herausragten.

»Wenn du willst, kann ich schnell zum Bäcker runtergehen und Croissants holen. Sonst hätte ich Obst, Zwieback, Kekse und Marmelade.«

»Ist schon gut. Hauptsache, du hast Kaffee.«

»Da kann ich dir sogar vier verschiedene Varianten anbieten.«

»Vier Varianten, wie geht das denn?«

»Espresso aus der Moka, mit Pads, amerikanisch und französisch in allen Ausführungen: mit warmer Milch, mit kalter Milch, mit oder ohne Schaum. Alles da.«

»Aus der Moka ist okay«, antwortete sie erfreut.

Wir frühstückten zusammen, aßen ein paar Zwiebäcke mit Marmelade, und als der Kaffee fertig war, nahmen wir ihn mit aufs Sofa.

»Wenn du magst, kann ich dich mit dem Roller zu deinem Fahrrad bringen.«

»Danke.«

»Tatsächlich kann ich es kaum erwarten, deine Brüste in meinem Rücken zu spüren.«

Sie lächelte, ich sah sie schweigend an. Dann nahm ich ihr die Tasse ab, stellte sie auf den Tisch und machte Anstalten, sie zu umarmen.

Lachend versuchte sie, mich abzuschütteln: »Ich muss zur Arbeit.«

»Ich auch.«

»Im Ernst«, sagte sie lachend. »Ich muss vorher noch ins Hotel, um mich umzuziehen. In dem Aufzug kann ich nicht ins Büro. Außerdem …«

Weiter kam sie nicht, weil ich sie küsste.

Ich drückte sie an mich, und wir sanken aufs Sofa. Ich kniete mich hin, um mein Hemd aufzuknöpfen, dann zog ich ihr den Slip aus.

»Ich darf nicht zu spät kommen«, sagte sie, wobei sie die Arme hob, damit ich ihr das T-Shirt ausziehen konnte.

»Ich auch nicht.«

Wir liebten uns, ihre Lippen schmeckten nach Kaffee, als ich sie küsste und hineinbiss. Sofia habe ich oft gebissen, von Anfang an, so als wäre Küssen nicht genug.

Keine Ahnung, ob es daran lag, dass wir noch

leicht verschlafen waren, jedenfalls fand ich es noch viel schöner als am Abend zuvor.

Danach blieben wir noch ein paar Minuten eng-umschlungen liegen und küssten uns zart. Dann, als wäre plötzlich Feuer ausgebrochen, ging alles in rasendem Tempo. Duschen, Anziehen, Losgehen.

Mit dem Roller fuhren wir zu ihrem Fahrrad, ein schneller Abschiedskuss und ab zur Arbeit. Am Abend wäre ich gern zum Bahnhof gefahren, um mich von ihr zu verabschieden, aber ich konnte nicht weg.

Danach haben wir uns ein paar Tage nicht gesehen.

Als sie das nächste Mal in Mailand zu tun hatte, ging sie nicht mehr ins Hotel, sondern kam direkt zu mir. Es war meine Initiative, und sie schien sich zu freuen.

Mittlerweile war es Ende Juli, in ein paar Tagen würden wir in Urlaub fahren. Ich mit Mauro nach Griechenland, sie mit ihren Freundinnen nach Formentera, denn um eine gemeinsame Reise zu planen, hatte die Zeit nicht gereicht.

Ich stellte fest, dass ich eifersüchtig war und befürchtete, sie könnte einen anderen treffen.

Ohne sie zu verreisen, missfiel mir ungemein.

Aufgedreht und ängstlich zugleich schlug ich ihr

ein gemeinsames Wochenende vor. Bei dieser Gelegenheit ließ ich dann das BITTE NICHT STÖREN-Schild mitgehen.

An diesem Wochenende gestand sie mir, dass auch sie lieber mit mir verreist wäre.

»Und was ist, wenn dir nun plötzlich einer über den Weg läuft, der dir gefällt?«

»Schon passiert.«

»Aber was ist, wenn da noch einer auftaucht?«

»Unwahrscheinlich, aber falls doch, sage ich es dir.«

Ich war nicht sonderlich begeistert, eigentlich wollte ich was ganz anderes hören.

Deshalb sagte ich nach einem kurzen Schweigen: »Pass nur auf, dass du nicht auf die Sonnenbräune reinfällst. Braungebrannt sieht jeder schöner aus, und im September bereust du es dann.«

Sie lächelte und gab mir einen Kuss: »Und was ist, wenn du eine triffst?«

»Für andere Frauen habe ich gar keine Augen mehr, dafür hast du gesorgt«, antwortete ich und kitzelte sie. Sie lachte, dann liebten wir uns. Das Gelächter ging in Stöhnen über, und dann, als wir immer leidenschaftlicher wurden, nahm ich ihr das Versprechen ab, sich im Urlaub mit keinem anderen einzulassen.

»Versprich es mir!«

Mit gerötetem Gesicht sah sie mich freudestrahlend an und sagte: »Ich verspreche es.«

»Sag mir, dass du mir gehörst.«

»Ich gehöre dir.«

»Noch mal.«

»Ich gehöre dir.«

Im Urlaub haben wir jeden Tag telefoniert. Manchmal sogar am frühen Morgen direkt nach dem Aufwachen, noch vor dem Aufstehen. Im Geiste redete ich den ganzen Tag ununterbrochen mit ihr.

Als wir uns im September wiedersahen, hatte sich zwischen uns nichts verändert, wir hatten sogar noch mehr Lust, zusammen zu sein.

»Und, muss ich mir Sorgen machen? Hast du eine andere getroffen?«, fragte sie.

»Nein, keine Chance.«

Ich hatte Phantasien über uns, mein Kopf war voller Bilder von Dingen, die wir schon gemacht hatten, und solchen, von denen ich träumte. Einfache, alltägliche Dinge, nichts Ungewöhnliches. So träumte ich etwa davon, mit ihr gemeinsam einzukaufen, zu kochen, zu plaudern, Filme anzusehen, spazieren zu gehen, miteinander zu schlafen, zu lachen, zu reisen. Samstagnachmittags in eine Pasticceria zu gehen und sämtliche Torten durchzuprobieren.

Für zwei, die sich gut verstehen, ist der September ein vielversprechender Monat. Der Herbst scheint wie für sie gemacht. Nach dem sommerlichen Exodus erwachen die Städte wieder zum Leben und laden zum Pläneschmieden ein.

Im Winter nahm ich manchmal ihre Hand und steckte sie in meine Manteltasche, weil der Schal ihr Gesicht bedeckte und ich sie nicht küssen konnte. Ich habe noch vor Augen, wie sie fast nackt, nur mit dicken Wollstrümpfen bekleidet, durch die Wohnung lief.

Weil ihre Wohnung größer und gemütlicher war, fuhr ich oft nach Bologna. Einmal habe ich mir sogar vorgestellt, wie es wäre, zu ihr zu ziehen, alles aufzugeben und noch einmal neu anzufangen.

Sämtliche Wochenenden verbrachten wir gemeinsam. Wenn ich dann montags in mein altes Leben zurückkehrte, war ich noch immer so aufgekratzt, dass mir jedes Lied im Radio gefiel, sogar die scheußlichen, die ich mir sonst nie angehört hätte.

Eines Tages sagte sie mir am Telefon: »Am Samstag hat mein Bruder Geburtstag, da gibt's ein Essen bei meinen Eltern, hast du Lust mitzukommen?« Ich wusste nicht, was ich sagen sollte.

»Hallo? Nicola? Bist du noch da, oder bist du in Ohnmacht gefallen?«

»Nein, nein, ich bin noch da. Ich weiß nicht recht, was meinst du denn?«

»Ich würde mich freuen, wenn du mitkommst. Dann sehen sie dich wenigstens mal und hören auf zu denken, ich hätte dich nur erfunden.«

Ich lachte. »In Ordnung, was soll ich mitbringen?«

»Das überlegen wir uns, wenn du hier bist.«

»Alles klar. Soll ich mich schick machen?«

»Du bist doch immer schick angezogen. Entspann dich, das ist ein ganz normales Essen.«

Es war erst das zweite Mal in meinem Leben, dass ich die Familie meiner Freundin kennenlernen sollte.

Am besagten Samstag gingen wir für ihren Bruder ein Geschenk kaufen, einen Rollkragenpullover.

Wo wir schon mal dabei waren, kaufte ich auch für mich ein paar Sachen, und Sofia half mir beim Aussuchen. Ich kaufte Hosen, Hemden und ein paar Pullover. Sie überzeugte mich davon, Sachen anzuprobieren, auf die ich alleine niemals gekommen wäre. Und die Farben, die sie für mich aussuchte, standen mir wirklich gut. Grün, Dunkelblau und Bordeaux passten zu mir.

Aber am verblüffendsten war die Sache mit der Hosengröße. Ich kaufte immer Größe zweiunddreißig, aber sie meinte, eigentlich hätte ich eine Dreißig. Und sie hatte recht, die Dreißig passte. Ich hatte also jahrelang die falsche Größe getragen.

Wir packten alles ins Auto und fuhren nach Reggio Emilia.

Die neuen Klamotten zog ich nicht gleich an, zu dem Essen bei Sofias Eltern wollte ich lieber so, wie ich war, in meiner alten Kluft, als könnte sie mir Schutz bieten.

Sofias Mutter ist eine Frau, die sehr auf ihr Äußeres achtet, immer geschminkt und frisiert, auch wenn sie alleine zu Hause ist. Sie trug eine dunkelblaue Samthose und einen senffarbenen Pullover. Als wir ankamen, hatte sie noch die Schürze um. Der Bruder saß mit seiner Freundin auf dem Sofa, der Vater war noch nicht da, sollte aber jeden Augenblick kommen.

Ich war aufgeregt. Lucio, ihr Bruder, war ungefähr in meinem Alter, also in den Vierzigern, und ziemlich aufgeschlossen, er machte ein paar scherzhafte Bemerkungen über Sofia, legte aber kein angeberisches Gehabe an den Tag, keine unterschwellige Konkurrenz. Lucio ist tüchtig und arbeitet bei seinem Vater, die beiden verbindet eine regelrechte Hassliebe. Für mich war mein Vater nie ein Rivale, den ich besiegen wollte, sondern immer ein Kumpel, auf den ich warten musste. Ein Leben lang habe ich vergeblich auf ihn gewartet, als Kind, dass er mit mir spielt, als Jugendlicher, um mich mit ihm zu messen, als Erwachsener, dass er mir einen Rat gibt. Aber er war einfach nur da, drängte sich nicht auf, gab keine Befehle, versuchte nie, mir den Sinn des Lebens zu erklären. Mein Vater war da, so nah, so fern, jeden Tag bis zum letzten. Aber ich musste ihm immer hinterherlaufen.

Lucio hingegen, das war mir sofort klar, steht völlig im Schatten seines Vaters, der zu der Sorte Menschen gehört, die immer alles ganz genau wissen und, sobald sie den Mund aufmachen, nicht etwa Ratschläge geben, sondern unumstößliche Wahrheiten verkünden. Und tatsächlich, kaum war der Vater da, wirkte Lucio schlagartig wie ausgewechselt, hatte jegliche Unbefangenheit verloren.

Als ich mich vorstellte, sah mir der Vater in die Augen und sagte: »Ich weiß, wer du bist«, dann gab er mir die Hand, genauer gesagt zerquetschte sie geradezu. Aber ich ließ mir nichts anmerken.

Das Essen war recht kurzweilig, obwohl fast ausschließlich Sofias Vater redete. Er legte Wert darauf, mir mitzuteilen, wer er war, was er im Leben alles vollbracht hatte. Er wollte die Hackordnung klarstellen.

Ihm zu gefallen war für mich ein Kinderspiel. Ich musste nur andächtig zuhören, ihm zu verstehen geben, wie beeindruckt ich war, und alles vermeiden, was seine Männlichkeit in Frage gestellt hätte.

Der Mutter stand die Langeweile ins Gesicht geschrieben, man sah ihr an, dass sie die Geschichten schon hundertmal gehört hatte.

Nachdem wir gegangen waren, sagte Sofia: »Ganz schön anstrengend mein Vater, stimmt's?«

»Geht schon.«

Sie lächelte mich an.

»Du hast allen gut gefallen, vor allem aber mir.«

»Das ist doch das Wichtigste.«

Wenn ich auf solche Angebertypen wie Sofias Vater treffe, bringt mich das nicht in Rage, ich will ihnen nichts beweisen, sie tun mir eher leid.

Auf Dauer muss das Bedürfnis, pausenlos Eindruck zu schinden, um immer der Größte zu sein und alle anderen auszustechen, doch zermürbend sein, für mich jedenfalls wäre es das.

Als Kind war ich wie elektrisiert, wenn der Rummel kam, ich war ganz versessen aufs Karussellfahren, am liebsten saß ich in einem Raumschiff oder thronte auf einem Pferd.

Auf dem Kinderkarussell gab es das sogenannte Zopf-Spiel. Wenn man sich im Vorbeifahren einen von der Decke hängenden Zopf schnappte, durfte man eine weitere Runde umsonst fahren. Das wollten natürlich alle Kinder, sie waren ganz versessen darauf und strengten sich furchtbar an. Wer es nicht schaffte, sah sich verstohlen nach den anderen um, denn wenn keiner es hinkriegte, bekam man eine zweite Chance. Für die anderen bestand der einzige Zweck des Karussellfahrens deshalb darin, den Zopf zu erwischen. Wenn sie es schafften, sahen sie sich stolz nach ihren Eltern um. Der Zopf war ihre Trophäe. Einmal fragte mich mein Vater, warum ich es gar nicht erst versuchte, denn manchmal bugsierte der Karussellbetreiber den Zopf direkt vor meine Nase, und ich hätte bloß die Hand ausstrecken müssen, um zuzupacken. Die Erwachsenen lachten über mich, aber mir war der Zopf egal, ich konzentrierte mich lieber auf die Fahrt, wollte gar keine zusätzliche Gratisrunde, sondern lieber voll auskosten, was ich gerade tat.

Sofias Vater ist wie die Kinder auf dem Karussell, sein Lebenszweck besteht darin, möglichst viele Zöpfe zu erhaschen und dafür von allen bewundert zu werden. Trotzdem werde ich das Gefühl nicht los, dass Menschen wie er die Fahrt nie genossen haben.

Als Sofia und meine Mutter sich kennenlernten, war alles ganz einfach.

Es gibt unterschiedliche Frauentypen: Manche Frauen sind geborene Mütter, verraten schon als ganz kleines Mädchen einen ausgeprägten Mutterinstinkt. Manche sind geborene Ehefrauen, andere Geliebte, wieder andere sind frei von jeglicher Rollenzuschreibung. Meine Mutter hingegen ist die geborene Großmutter. Sie ist durch und durch gutmütig, kein bisschen einschüchternd, so dass jeder sie sofort ins Herz schließt. Wie Großmütter so sind, steht sie immer ein bisschen über den Dingen, die in der Welt passieren. Sofia und meine Mutter mochten sich auf Anhieb.

»Mein Sohn sieht richtig gut aus, seit er mit dir zusammen ist, und angezogen ist er auch besser.«

Ich glaube, sie hatte recht, ich mochte mich selbst auch lieber.

Bei Sofia hatte ich das Gefühl, ich selbst zu sein, auch wenn alle anderen behaupteten, ich hätte mich verändert. Dabei war ich viel authentischer, viel näher an dem, was ich tief in meinem Inneren empfand. Es kam mir nicht so vor, als wäre sie es, die mich veränderte, es passierte vielmehr wie von selbst.

Mit ihr war alles ungewohnt, ganz anders, als ich es bisher erlebt hatte, und doch irgendwie vertraut.

Langsam dämmerte mir, dass sie genau die Frau war, der ich früher auf keinen Fall begegnen wollte. Ich hatte nämlich immer eine Heidenangst davor, mich in so eine wie sie zu verlieben, weil ich davon überzeugt war, bis zu einem gewissen Alter wäre es ein Unglück, der Frau seines Lebens zu begegnen.

Denn, so dachte ich, bevor man sich für den Rest seines Lebens auf eine einzige Person festlegt, muss man reisen, sich ausprobieren, Fehler machen und erst einmal versuchen, Dichter oder Schriftsteller zu werden. Erst danach ist man bereit.

Doch bei Sofia schien von vornherein alles auf eine gemeinsame Zukunft hinauszulaufen. Ich wollte nur noch mit ihr verreisen, sie immer und überall um mich haben, nichts mehr ohne sie machen. Ich hatte Lust auf das neue Leben, das sie für mich verkörperte.

Ihre bloße Anwesenheit genügte, um mich glücklich zu machen.

Wenn sie sonntagabends nach Bologna zurückfuhr, erschien mir die Wohnung wie verwaist. Plötzlich empfand ich das Alleinsein, das ich immer gewollt und mit allen Fasern verteidigt hatte, als Mangel, plötzlich fehlte mir etwas, von dessen Existenz ich bis dahin gar nichts gewusst hatte.

Sonntagmorgens gingen wir gern im Park joggen, gleich nach dem Aufstehen. Auf dem Rückweg kauften wir Zeitungen und Croissants, dann duschten wir und nahmen ein ausgiebiges Frühstück ein. Mit Sofia habe ich die längsten Frühstücke meines Lebens erlebt.

Zusammen lernten wir, wie man Eier Benedict macht, und wurden süchtig danach, zunächst, weil wir sie lecker fanden, später dann, weil sie unsere Spezialität wurden. Verliebte drücken der Welt ihren Stempel auf.

Eines Sonntags, als wir gerade aufbrechen wollten, war ich von ihrem Anblick in Leggings plötzlich so erregt, dass wir wieder im Bett landeten. Danach lag Sofia mit dem Gesicht auf meiner Brust, streichelte meinen Bauch, und ich spielte mit ihren Haaren.

Während ich so vor mich hin sinnierte, eigentlich an nichts Bestimmtes dachte, kam mir plötzlich die Idee, sie zu fragen, ob wir nicht zusammenziehen sollten.

»Weißt du, was ich mir gerade überlegt habe?«

»Was denn?«

Ich wartete ein paar Sekunden und sagte dann, keine Ahnung, warum: »Dass ich zu großen Hunger habe, um vorher noch zu joggen.«

Sechs

Am Montagmorgen, als sie weg war, rief ich Mauro an und verabredete mich mit ihm zum Abendessen, ich musste unbedingt mit einem Freund reden, denn ich hatte eine Krise. Ich war völlig durcheinander. Den ganzen Tag versuchte ich, nicht daran zu denken, versenkte mich total in die Arbeit. Abends kaufte ich zwei Pizzen und einen Becher Eis und ging zu Mauro. Wie immer blödelten wir zuerst ein wenig herum. Mauro ist der König der Blödelei, ohne ihn wäre mein Leben viel trister und kälter.

Ich biss gerade in das zweite Stück Pizza, als Mauro nach einem Schluck Bier sagte: »Weißt du noch, wie wir über unsere Ambitionen geredet haben und dann zu dem Schluss gekommen sind, dass man im Leben gut dasteht, wenn am Ende zwischen dem, was man wollte, und dem, was man erreicht hat, kein allzu großes Missverhältnis besteht?«

Ich nickte.

»Ich habe ein bisschen über diese Theorie nachgedacht und hatte schließlich die Idee zu einem Buch.«

»Und zwar?«

»Es geht um ein Huhn, das sich in den Kopf setzt, fliegen zu können, weil es ja Flügel hat. Es versucht, alle anderen Hühner im Stall davon zu überzeugen, dass auch sie fliegen können. Die alten, weisen Hühner versuchen, ihm zu erklären, dass Hühner nicht fliegen können, aber das Huhn lässt sich nicht davon abbringen und versucht es immer weiter. Wenn wir Flügel haben, sagt es sich, heißt das doch, dass wir zum Fliegen bestimmt sind, warum hätte uns der Hühnergott sonst Flügel gegeben?«

»Was ist das denn für eine blöde Geschichte? Und Hühnergott, das ist doch bestimmt Blasphemie.«

»Quatsch! Aber unterbrich mich nicht dauernd, es wird noch besser, das ist eine echt geile Geschichte, und wahr ist sie noch dazu, nicht wie dieser ganze New-Age-Kram, der einem weismachen will, dass jeder etwas Besonderes ist, dass jeder eine Begabung hat, die man nur finden muss. Aber in Wahrheit ist es doch so: Man muss die eigenen Voraussetzungen akzeptieren und darf sich nichts in den Kopf setzen, was die eigenen Möglichkeiten übersteigt. Manche Tiere können fliegen und andere eben nicht. Punkt. Jeder sollte danach streben, die eigenen Möglichkeiten maximal zu nutzen und nicht die Möglichkeiten irgendeines anderen.«

Das klang logisch.

»Das junge Huhn lässt sich also nicht unterkriegen und versucht sein Leben lang zu fliegen, schafft es aber nicht. Mitunter gelingt es ihm, durch kräftiges Abstoßen und wildes Flügelschlagen ein paar Meter in der Luft zurückzulegen, mehr aber auch nicht. Zum Schluss stirbt es, ohne je geflogen zu sein, kein einziges Mal.«

»Mensch, Mauro, das ist die traurigste Geschichte, die ich je gehört habe.«

»Ich weiß. Aber ist sie nicht auch äußerst lehrreich? Ich glaube, sie wäre perfekt für ein Kinderbuch.«

»Ja, das passt wie die Faust aufs Auge. Perfekt ist der richtige Ausdruck.«

»Da gibt es gar nichts zu lachen«, erwiderte er selbst lachend, »ich habe sogar versucht, sie aufzuschreiben, aber schon nach ein paar Zeilen kam ich irgendwie nicht mehr weiter. Ein ganzes Buch schreiben, wie macht man das bloß?«

»Da fragst du den Falschen. Ich habe in meinem ganzen Leben zwei Gedichte geschrieben, in der Mittelstufe, zu mehr hat es bei mir nie gereicht.«

»Ich habe auch einmal ein Gedicht geschrieben, vor ein paar Jahren.«

»Das hast du mir ja gar nicht erzählt.«

»Weil es nicht gut ist und vielleicht auch noch nicht fertig. Ich glaube, man könnte es noch verbessern.«

»Ein Liebesgedicht oder ein existentielles?«

»Verfasst habe ich es als Liebesgedicht, aber man könnte es auch existentiell lesen. Es ist superkurz.«

»Und wie lautet es?«

Mauro lächelte, stieß einen Seufzer aus und rezitierte dann: »Das bist du, das bist du, das bist du. Und jetzt?«

Es folgte ein Schweigen, weil ich nicht wusste, ob das alles war oder ob er versuchte, sich an den Rest zu erinnern.

»Ist das alles?«

»Ich glaube schon.«

»Nicht schlecht.«

»Ein Kurzgedicht, wie diese japanischen, wie heißen die noch mal?«

»Haiku.«

»Genau, ich dachte, es wäre Scheiße, aber es ist ein Haiku.«

»›Das bist du, das bist du, das bist du. Und jetzt?‹ Weißt du, dass das gerade perfekt auf mich zutrifft?«

»Hast du etwa die Nase voll von Sofia?«

»Nein, im Gegenteil, ich finde sie super.«

»Ja und?«

»Ich sitze in der Scheiße.«

»Hast du mit einer anderen geschlafen?«

»Nicht doch! Gestern hätte ich sie beinah gefragt, ob sie bei mir einziehen will.«

»Na endlich. Und wo ist das Problem?«

»Ich bin einfach echt durcheinander. Ich spüre, dass sie die Richtige ist, wir verstehen uns gut, ich glaube, ich bin sogar richtig verliebt in sie, aber ich habe Angst, alles zu ruinieren. Zurzeit läuft es super, weil die Dosierung stimmt, aber wer weiß, was passiert, wenn wir zusammenziehen, vielleicht wird dann alles anders, und es gibt plötzlich Probleme. Jetzt geht es doch gut, vielleicht sollten wir gerade deshalb alles so lassen, wie es ist, und nichts verändern. Wenn wir den Druck erhöhen, bricht vielleicht alles zusammen, oder, schlimmer noch, in einem Jahr kann ich sie vielleicht nicht mehr ertragen.«

»Außerdem müsste sie dafür alles aufgeben, die Arbeit, die Wohnung, ihr Leben in Bologna, die Freundinnen. Eine ganz schöne Verantwortung.« Mauro trank sein Bier aus.

»Eben.«

»Aber Tatsache ist, dass es kein Zurück mehr

gibt, selbst wenn du jetzt kneifst, wird sich die Frage früher oder später zwangsläufig stellen. Das Thema steht einfach an. Eigentlich verwunderlich, dass ihr noch nicht darüber gesprochen habt.«

»Bisher zumindest nicht.«

»Ich sage dir eins, so wie ich die Frauen kenne, hat sie bestimmt schon die Fühler ausgestreckt, ohne dass du etwas davon gemerkt hast.«

»Wie meinst du das?«

»In unserer Einfalt halten wir Männer vieles, was die Frauen so sagen, für einfache Fragen, dabei steckt dahinter oft ein Kalkül. Frauen sondieren immer das Terrain.«

»Zum Beispiel?«

»Na, wenn sie ganz harmlos fragen: ›Wenn du mit einer meiner Freundinnen schlafen müsstest, welche würdest du dir aussuchen?‹ Wir halten das für eine Spielerei, aber dahinter steckt viel mehr.«

»Das hat sie mich tatsächlich schon mal gefragt.«

»Ich hoffe, du hast nicht ernsthaft darauf geantwortet. Denn falls dir eine ihrer Freundinnen gefällt, musst du unbedingt eine andere auswählen, am besten eine, die ihr nie trefft.«

»Ich weiß gar nicht mehr, was ich gesagt habe. Aber Sofia scheint mir auch gar nicht der Typ dafür.«

»Hat sie dich noch nie gefragt, ob du irgendwann Kinder willst?«

»Nein, nie. Einmal hat sie gefragt, falls ich je Kinder haben sollte, wie viele ich dann gerne hätte. Aber sie hat gesagt, falls *ich* Kinder haben sollte, nicht falls *wir* Kinder haben sollten.«

Mauro grinste verschwörerisch.

»Verdammt, das ist mir gar nicht aufgefallen.«

»Wir Männer sind einfach zu naiv. Was hast du geantwortet?«

»Dass ich zwei will.«

»Hättest du gesagt, dass du überhaupt keine Kinder willst, wäre das Thema garantiert ein paar Tage später wiederaufgetaucht.«

»Meinst du?«

»Bestimmt. Ihr seid doch keine Kinder mehr, bisher spielte das Thema keine Rolle, aber bald wollt ihr wissen, worauf das alles hinausläuft, sie auf jeden Fall. Sie ist schließlich über dreißig.« Mauro sah mich an, als müsste ich endlich das Offensichtliche begreifen. »Wenn sie Kinder will, hat sie nicht mehr viel Zeit und wird dich früher oder später darauf ansprechen. Und wenn sie fragt, musst du es wissen.«

»Was muss ich wissen?«

»Was du vom Leben erwartest.« Jetzt sah Mauro mich an, als wäre ich fünf.

Es ärgerte mich, als Vollidiot behandelt zu werden: »Über all das habe ich auch schon nachgedacht, aber Angst habe ich trotzdem. Es fällt mir schwer, den entscheidenden Schritt zu tun.«

»Wenn du sie bittest, alles aufzugeben, um zu dir zu ziehen, und sie sich darauf einlässt, dann bestimmt nicht, um das Liebespaar zu spielen. Da musst du schon ein bisschen mehr in die Waagschale werfen.« Er sah mich ein paar Sekunden an, dann starrte er ins Leere, wie ein Schauspieler kurz vor der Schlusspointe: »Du musst wissen, ob sie die Frau ist, mit der du den Rest deines Lebens verbringen willst. Ob sie die Richtige ist.«

Jetzt kam ich mir wirklich wie ein Fünfjähriger vor: »Gibt es denn überhaupt ›die Richtige‹?«

Mauro antwortete nicht sofort. Womöglich dachte er an Michela. »Auf jeden Fall gibt es die, für die es sich lohnt, es herauszufinden. Ich kann dir nur sagen, dass Sofia anders ist als alle, mit denen du vorher zusammen warst. Und auch du bist anders, sowohl zu ihr als auch allgemein. Seitdem ihr zusammen seid, hast du dich sehr verändert, du bist ruhiger geworden, weniger flatterhaft.«

»Mein Gefühl sagt mir, sie ist die Richtige. Nur was mich angeht, bin ich mir nicht so sicher. Ich will zwar Kinder, aber jetzt, wo es ernst wird, mache ich mir ins Hemd. Für immer dieselbe Frau, will ich das wirklich? Kann ich das überhaupt? Im Moment verspüre ich zwar kein Bedürfnis nach anderen, aber wird das immer so bleiben? Werde ich vielleicht eines Tages aufwachen und mir vorkommen wie in einer Falle?«

»Du musst tun, was du jetzt für richtig hältst. Was die Zukunft bringt, weiß keiner.«

»Und wenn ich dann eines Tages eine andere treffe, die mir besser gefällt? Eine, die intelligenter und sympathischer ist, bei der ich das Gefühl habe, mit ihr wäre alles viel besser … Was ist dann?«

»Dann redest du mit Sofia darüber. Sie wird sich tierisch aufregen, dir vorwerfen, dass du ihre Zeit verschwendest, dass du ihr Leben ruiniert hast und so weiter, und das war's dann, aber das Leben geht weiter.«

»Aber woher soll ich wissen, ob wir wirklich füreinander geschaffen sind?«

»Das weiß keiner.«

»Manchmal bin ich echt froh, wenn sie wieder weg ist. Aber nicht, weil ich die Nase voll habe und sie loswerden will, sondern weil ich dann die Wohnung mal wieder für mich habe, meine Sachen, meine Musik, meine Bücher.«

»Dieses Bedürfnis wirst du, glaube ich, immer haben.«

»Und wie soll das gehen?«

»Du nimmst dir einfach weiter deine Freiheiten, eine Beziehung ist ja schließlich kein Knast. Wir können uns jederzeit auf eine Pizza treffen, so wie heute, außerdem wird sie ab und zu verreisen, um ihre Familie und ihre Freundinnen zu besuchen. Da kannst du echt von Glück reden, denn so wird sie immer wieder mal für ein paar Tage nach Bologna fahren.«

»Stimmt, zumal sie hier in Mailand außer mir niemanden hätte.«

»Das ist natürlich auch nur am Anfang so, wenn sie erst mal einen Job hat, lernt sie irgendwann automatisch auch andere Leute kennen, Kollegen von der Arbeit, Leute aus dem Fitnessstudio, oder ich stelle ihr die Frauen vor, mit denen ich ausgehe.«

»Deine Frauengeschichten haben doch eine Lebensdauer wie eine Katze auf dem Stadtring.«

Mauro brach in schallendes Gelächter aus. Seit Michela ihn verlassen hatte, hatte er ein Date nach dem anderen, Flop auf Flop.

»Du steckst doch schon mittendrin, dir bleibt ohnehin keine andere Wahl«, sagte er dann.

»Ich weiß nicht, ob ich dazu fähig bin.«

»Natürlich ist es ein Risiko. Du musst halt entscheiden, ob du dich darauf einlassen willst.«

»Dabei ist es noch gar nicht lange her, da war alles so herrlich einfach. Ein Date war ein Date, mehr nicht. Es musste nicht unbedingt zu etwas führen. Hauptsache, man hatte Spaß zusammen. Dagegen hat man in unserem Alter plötzlich immer das Gefühl, als ginge es auf große Fahrt und man müsse sich entscheiden, wohin die Reise gehen soll.«

Wir schwiegen eine Weile, dann sagte ich: »Und weißt du was? Manchmal fällt es mir echt schwer, ihre Liebe anzunehmen. Dass eine wie sie mich liebt, ist mir dann so unheimlich, dass mich die Angst überkommt, sie könnte sich womöglich vertan haben, so als hätte ich sie reingelegt.«

»Das ist doch totaler Quatsch. Pass auf, du kannst ihr doch ganz offen sagen, dass du gern mit ihr zusammenziehen würdest, aber auch Angst davor hast und eine große Verantwortung spürst. Schließlich ist sie erwachsen und kann selbst entscheiden. Wenn es schiefgeht, kann man halt nichts machen, so ist das Leben. Aber das wisst ihr erst, wenn ihr es ausprobiert.«

Ich gab keine Antwort und seufzte nur. Ich wollte das Thema wechseln: »Willst du noch ein Bier?«

»Ja, gern.«

Als ich mit zwei Flaschen zurückkam, fing Mauro wieder von den Hühnern an: »Mal was ganz anderes, willst du mir nicht helfen, das Buch über das Huhn zu schreiben?«

»Ich glaube, das kann ich nicht. Aber das Gedicht gefällt mir sehr. Darf ich es Sofia vortragen? Natürlich sage ich, dass es von dir ist.«

»Klar. Auch die Geschichte von dem Huhn, das nie fliegt, aber lass bitte weg, dass sie autobiographisch ist.«

»Wieso? Ist sie das denn?«

»Natürlich, ich bin das Huhn und muss mir mein Scheitern eingestehen.«

»Du hast sie ja nicht mehr alle.«

In den nächsten Tagen war ich in einer merkwürdigen Stimmung. Ich rief Sofia seltener an, wenn wir telefonierten, war es meistens ihre Initiative.

»Was hast du, Nicola? Habe ich vielleicht was Falsches gesagt?«, fragte sie eines Tages.

»Nein, wieso?«

»Du bist so distanziert.«

Ich hielt kurz inne: »Sofia.«

»Was ist?«

»Liebst du mich?«

»Ja.«

»Hast du überhaupt keine Zweifel?«

»Doch, natürlich.«

»Und wie sehen die aus?«

»Manchmal bin ich so glücklich, dass ich Angst bekomme, es könnte alles nicht wahr sein. Ich frage mich, ob ich das Richtige tue, ob ich dich für immer lieben werde oder ob dieses Gefühl irgendwann verschwindet oder du mich vielleicht eines Tages nicht mehr liebst. Warum fragst du?«

Ich spürte, dass sie aufgeregt war, fast erschrocken. Nach einer langen Pause sagte ich: »Ich möchte, dass du zu mir ziehst, für immer. Ich möchte dich jeden Tag sehen.«

Sieben

Es vergingen sechs Monate, bis Sofia zu mir zog, in meine Mansarde, die ich seit zehn Jahren bewohnte. Zum Schluss hatte sie sich dazu entschlossen, ihre Stelle zu kündigen, um in einem Showroom in Mailand zu arbeiten. Ich hatte sie mehrmals gefragt, ob sie ihre Stelle als Produktmanagerin wirklich aufgeben wollte. Sie antwortete mit Bestimmtheit: »Es ist doch nur vorübergehend, so lange, bis ich weiß, was ich machen will.«

Ein Umzug ist die Gelegenheit schlechthin, sich radikal von allem Überflüssigen zu trennen. Man bekommt Lust, Ballast abzuwerfen.

Sofia war darin sehr gut, und ich versuchte, ihr nachzueifern. Beide trennten wir uns von vielem, sie, um für die Zukunft Platz zu schaffen, ich, um für sie Platz zu schaffen.

Das Aussortieren stellte mich jedoch auf eine harte Probe, nicht wegen der Sachen, sondern wegen der damit verbundenen Erinnerungen, an ein Konzert, einen Urlaub.

Bei einem bestimmten T-Shirt beispielsweise änderte ich mindestens zehnmal meine Meinung, erst kam es in den Müll, dann zurück in die Schublade und zum Schluss wieder in den Müll. Von manchen T-Shirts konnte ich mich einfach nicht trennen, weil sie mich an die Sonntage zu Hause erinnerten und an die Frauen, die sie getragen hatten, während wir zusammen frühstückten.

Wenn man umzieht, erfindet man sich neu, ohne es zu wissen.

An ihrem letzten Abend in Bologna organisierte Sofia ein kleines Fest, um sich von der Wohnung zu verabschieden und die Sachen zu verschenken, die sie nicht mitnehmen wollte. Wir kamen spät ins Bett und brauchten eine Weile, um einschlafen zu können.

Ich weiß nicht genau, was ihr durch den Kopf ging, als dann Stille einkehrte, aber bestimmt verspürte sie neben der Vorfreude darauf, endlich zusammenzuleben, die langen Telefonate durch den direkten Kontakt zu ersetzen, auch eine gewisse Verunsicherung, eine unbewusste Angst davor, zu stolpern und zu stürzen. Vielleicht war das der eigentliche Grund dafür, warum wir uns irgendwann umarmten und fest aneinanderklammerten.

Als der Augenblick gekommen war, die Schlüssel endgültig auf den Tisch zu legen, machte Sofia ein melancholisches Gesicht.

»Ich muss noch ein paar geschäftliche Telefonate führen, ich warte unten auf dich.« Das stimmte zwar nicht, aber ich wollte ihr so viel Zeit und Raum lassen, wie sie brauchte, um sich von ihrem alten Leben zu verabschieden.

Während der Fahrt schwand die Melancholie langsam dahin und wurde allmählich abgelöst von der Vorfreude, endlich nach Hause zu kommen, die Kartons auszupacken, alles zu verstauen und die neuen Räume in Besitz zu nehmen.

Tag um Tag mehrten sich die Anzeichen von Sofias Anwesenheit, kleine Veränderungen, wodurch die Mansarde noch gemütlicher und anheimelnder wurde: die Blumen am Fenster, der rosa Morgenmantel an der Schlafzimmertür, Fotos von uns beiden, Kerzen, eine Decke auf dem Sofa, ihre Cremes im Bad, der Fön, die Bürsten. Die Kleider und vor allem die Schuhe. In ihrem früheren Leben, so mein Gedanke, muss sie ein Tausendfüßler gewesen sein, das war die einzige Erklärung.

Da sie oft kochte, roch die Wohnung bald auch anders, neue Düfte, neue Gerüche hielten Einzug.

Auch die Lampe, die sie mitgebracht hatte, schenkte ein anderes Licht.

Die Mansarde schien wie für uns gemacht, sie

war zwar nicht besonders groß, aber genau deshalb passte sie zu uns. Es war schön so auf Tuchfühlung, ohne Distanz. Ich hatte das Gefühl, in dieser Wohnung mit ihr alt werden zu können, ohne je das Bedürfnis nach mehr Raum zu haben.

Es gab viel zu entdecken, wir mussten einander neu kennenlernen. Als ich nach ihrer Vergangenheit fragte, erzählte sie von sich als Kind, als Teenager und erwachsene Frau, und ich versuchte, mir das vorzustellen. Doch nach einer Weile verlor ich das Interesse, ihre Erzählungen langweilten mich, aber nicht, weil ich darin nicht vorkam, sondern weil mir ihre Vergangenheit aus unerfindlichen Gründen plötzlich gleichgültig war. Ich tat lieber so, als hätte ihr Leben mit mir erst angefangen.

Dagegen ließ ihr Interesse an meiner Vergangenheit niemals nach, sie wollte alles genau wissen, wo ich schon überall war, ob ich in der Schule und an der Uni gut war, wie es war, als ich anfing zu arbeiten, und vor allem, wie ich mich anderen Frauen gegenüber verhalten hatte. Ob ich sie gut oder schlecht behandelt hatte, ob ich nett zu ihnen war oder ein Arsch. Ob mir eine besonders am Herzen lag und ob ich noch Kontakt zu ihr hatte.

Eines Tages fragte sie nach meinen Verflossenen: »Wie viele Frauen haben vor mir in diesem Bett gelegen?«

Ich gab eine vage Antwort, begriff aber, dass für Sofia das Vergangene allgegenwärtig war. Ein paar Tage später schlug ich vor, eine bequemere Matratze anzuschaffen, eine härtere, so wie ihre in Bologna. Meine alte warf ich weg.

Der Entschluss zusammenzuziehen entpuppte sich als die beste Idee, die wir je hatten.

Ob lange Gespräche oder verliebtes Schweigen, alles gab uns das Gefühl, am richtigen Platz zu sein. Dabei machten wir gar nichts Ungewöhnliches, aber es war ein gutes Gefühl, das Normale gemeinsam zu machen. Allein dadurch, dass wir sie miteinander teilten, wurden diese Augenblicke zu etwas Besondrem.

Wenn ich im Winter, womöglich bei strömendem Regen, abends nach Hause kam, empfing mich, sobald ich die Wohnungstür aufmachte, eine wohlige Wärme; meistens war Sofia in der Küche, das Licht der Dunstabzugshaube brannte und auf dem Herd stand ein dampfender Kochtopf. Wir gaben uns einen Kuss, ich half ihr bei den letzten Vorbereitungen, dann deckten wir den Tisch, setzten uns und dankten einander für unser Glück.

In dieser Zeit hätten wir das BITTE NICHT STÖREN-Schild raushängen sollen.

Wozu ausgehen, laute Lokale aufsuchen, wo man brüllen musste, weil man sonst nichts verstand?

Wozu die Wohnung verlassen, wenn alles, was wir uns wünschten, schon da war? Hin und wieder luden wir ein paar Freunde zum Essen ein, aber selbst auszugehen, dazu hatten wir keine Lust. Zumindest nicht in der ersten Zeit.

Wir brauchten nichts weiter, waren uns selbst genug, mussten nichts weiter tun, um glücklich zu sein, das Glück war da. Wir waren wie im Rausch, alles schien möglich, nichts konnte uns aufhalten, und gemeinsam würden wir unsere Träume verwirklichen.

Selbst das leise Klappern von Geschirr und Besteck beim Tischdecken hatte für mich einen romantischen Klang. Zu Abend essen, Tisch abdecken und Spülmaschine einräumen, sich aufs Sofa legen, einen Film ansehen, gemeinsam Zähne putzen, ins Bett gehen, sich umarmen, Sex haben. Alltägliche Verrichtungen, und doch fühlten wir uns dadurch reich beschenkt, alles gab uns das Gefühl, etwas Kostbares zu besitzen. »Das ist wahrer Reichtum«, sagten wir eines Tages zueinander.

Diese überbordende Euphorie übertrug sich auch auf andere, Sofia mochte meine Freunde, und sie mochten Sofia, mal abgesehen davon, dass wir beide der jeweils anderen Familie sympathisch waren. Sobald zwei Menschen ein Paar werden, müssen sie einer Unzahl an Dritten gefallen.

Irgendwann packte uns die Reiselust. Sofia war eine begnadete Schnäppchenjägerin, immer fand sie irgendein günstiges Sonderangebot, so dass wir oft übers Wochenende mit kleinem Gepäck verreisten. Sogar sie schaffte es, alles Notwendige in einen kleinen Koffer zu quetschen.

Auf diese Weise erkundeten wir Prag, Berlin, London, Bordeaux. Wir übernachteten im Hotel, bummelten durch die Stadt, aalten uns stundenlang in Spa, Sauna oder Hamam und ließen uns massieren. Außerdem frühstückten wir opulent.

Ich weiß noch, wie wir in Prag mit Obst, Joghurt und Müsli anfingen, um dann mit Toast, Marmelade, Schinken, Lachs und Eiern eine zweite Runde einzulegen. Bei der Vorstellung, was die anderen Gäste wohl von uns dachten, mussten wir unwillkürlich lachen. Es muss ausgesehen haben, als hätten wir seit Tagen nichts gegessen.

Je nach Jahreszeit besuchten wir Jahrmärkte, Sonntagsmärkte, Verkostungen, probierten Kastanien, Trüffel, Pilze.

Sonntagabends kamen wir immer schwer bepackt zurück, beladen mit Honiggläsern, Salami, Obst, Gemüse, Käse, Wein, Haselnusskeksen.

Und nach jeder Reise war ich nur noch heftiger in sie verliebt.

Wenn man mit Sofia verreiste, lief immer alles

wie am Schnürchen. Dagegen hatte ich bei anderen Frauen schon oft genug erlebt, dass sich selbst simple Entscheidungen zum Problem auswuchsen. Mal konnte man sich nicht darauf einigen, was man besichtigen wollte, mal fand sich nicht das richtige Viertel oder das richtige Restaurant. Manchmal stand man dann eine Ewigkeit auf der Straße herum, um die Speisekarte zu studieren. So etwas konnte einem schnell das Leben schwermachen. Mit Sofia hingegen fand sich immer mühelos eine Lösung.

Auch nach einem Jahr war unser Zusammenleben noch genauso spannend und vielversprechend wie am ersten Tag. Die Gegenwart hielt ein üppiges Angebot für uns bereit, wir mussten nur zugreifen. Ich hatte das Gefühl, zusammen könnten wir die Zukunft meistern, egal, was sie brachte. Wir würden die Grenzen des Möglichen verschieben.

Eines Tages war sie auf der Rückfahrt von einem Besuch bei ihrer Familie in Reggio Emilia im Auto eingeschlafen. Als ich kurz zu ihr hinübersah, fragte ich mich, wer sie in Wirklichkeit war, wie sie es wohl geschafft hatte, mein ganzes Leben umzukrempeln und in mir den Wunsch nach etwas Neuem, Unbekanntem zu wecken.

In diesem Augenblick wünschte ich mir ein Kind von ihr.

Bei dieser Vorstellung regte sich plötzlich eine ganz ungewohnte Begeisterung in mir. Mit Sofia eine Familie zu gründen, nicht nur die Gegenwart mit ihr zu teilen, sondern eine gemeinsame Zukunftsperspektive zu entwickeln, erschien mir auf einmal logisch, ja das einzig Sinnvolle.

Mit den Frauen vor Sofia war es zwar nicht langweilig gewesen, für meinen Geschmack hätte es jahrelang so weitergehen können. Jede Beziehung war neu, und solange etwas neu ist, wird es selten langweilig. Aber ich selbst blieb immer derselbe, ich fand mich langweilig, immer dieselben Sprüche, dieselben Anmachstrategien, dieselbe Art zu flirten, zu vögeln und mich davonzumachen, wenn ich die Lust verlor.

Es gab nichts an mir, was mich verblüffte, ich hatte meine Rolle derart verinnerlicht, dass sie mir zu den Ohren rauskam, ich kam mir vor wie der Held einer Seifenoper, der sich Jahr um Jahr immer gleich verhält. Es war an der Zeit, diese Rolle endgültig abzulegen.

Ohne Sofia, das wurde mir plötzlich klar, wäre ich aufgeschmissen. Ohne sie hatte ich keine Chance, mich weiterzuentwickeln, ohne sie würde ich auf der Stelle treten und meine Zeit verschwenden. Nur mit ihr gab es eine Perspektive, die mich weiterbrachte, und damit folgte ich einem inneren Bedürfnis, das sich immer heftiger bemerkbar machte. Die Vorstellung, mich um sie und unsere Kinder zu kümmern, erfüllte meine Sinne.

Ich weiß nicht, ob der Wunsch, für jemanden zu sorgen, schon in mir steckte oder ob sie ihn erst weckte, ich weiß nur, dass es für mich plötzlich nichts Wichtigeres mehr gab, als sie in die Arme zu schließen und vor der Welt zu beschützen.

Zum Spaß hatten wir schon früher manchmal über Kinder gesprochen, uns vorgestellt, wie sie wohl aussehen würden, und eine optimale Mischung unserer jeweiligen körperlichen Vorzüge zusammengestellt: »Hoffentlich bekommen sie deine Nase, meinen Mund, deine Beine, deine Augen, meine Zähne, deine Lippen.«

Sofia wollte vier, ich blieb bei zwei. Wir spielten mit Namen und malten uns aus, was sie einmal werden würden, wenn sie groß wären.

Eines Abends, als wir miteinander schliefen, bin ich in ihr gekommen. Zunächst sagte sie nichts, sah nur etwas überrascht aus. Später, als wir uns im Bad die Zähne putzten, sagte sie zu mir: »Was war das denn? Hast du dich vertan oder einfach ohne mich entschieden?« Dabei schmunzelte sie, war weder sauer noch besorgt.

»Ich habe einfach getan, wozu ich Lust hatte. Meinst du, das war zu riskant?«

»Hängt ganz davon ab, was du im Leben vorhast.«

»Oder was wir vorhaben. Was hältst du von der Idee, ein Kind zu bekommen?«

»Einen kleinen Nicola?«

»Oder eine kleine Sofia«, erwiderte ich und streichelte ihr Gesicht.

Dann wandte sie sich wieder dem Zähneputzen zu und sagte mit der Zahnbürste im Mund: »Ich glaube, die Welt lechzt nur so danach.«

Von da an verzichteten wir auf jegliche Verhütung. Doch wir schliefen nicht miteinander, um ein Kind zu zeugen, wir hatten weiterhin Sex, wenn uns danach war. Die Natur würde schon ihren Lauf nehmen.

Wir hatten keine Eile, wir waren auch ohne Kind glücklich und wären es auch, wenn eins unterwegs wäre.

»Mein Bruder versucht es schon seit zwei Jahren«, sagte sie eines Tages, »offenbar alles doch nicht so einfach.«

»Ich werde mir Mühe geben.«

»Ich würde ja gerne sagen ›Ich auch‹, aber ich wüsste nicht, wie ich das anstellen sollte.«

Wir hatten das Gefühl, die Zukunft würde noch wunderbarer als die Gegenwart. Wie ein Traum, der Wirklichkeit wird.

An einem Freitag fuhren wir für ein Wochenende nach Barcelona.

Am Samstagabend gingen wir zuerst ein Bier trinken und aßen dazu ein paar Tapas, danach wechselten wir in ein Restaurant in Barceloneta. Zum Abschluss genehmigten wir uns, schon leicht angetrunken, noch eine Margarita. Wir schlenderten die Strandpromenade entlang, man kam sich vor wie in Kalifornien.

Als wir an dem Abend miteinander schliefen, hatte ich das Gefühl, diesmal wäre es so weit. Ich sagte: »Sofia, ich glaube, jetzt zeugen wir ein Kind.«

Während ich das sagte, überlief mich ein Schauder. Ich war so aufgeregt, dass ich den Satz mehrmals wiederholte. Ihre Augen strahlten vor Glück.

Dann schliefen wir halb aufeinander ein. Als wir aufwachten, bemerkten wir, dass man uns bestohlen hatte. Wir hatten das Fenster offen gelassen, und die Diebe waren eingestiegen, während wir schliefen. Vielleicht hatten sie auch ein Betäubungsspray benutzt, aber wir wussten beide nicht, ob die Geschichten über diese Sprays stimmten oder nur Legenden waren.

Man hatte uns eine Menge Dinge gestohlen, Bargeld, meine Sonnenbrille, ihre Handtasche, einen Ring und sogar meinen Koffer, wahrscheinlich, um die Beute darin zu verstauen.

Doch was uns am meisten zu schaffen machte, war die Vorstellung, dass jemand in unserem Zimmer herumgeschlichen war, während wir schliefen, die Vorstellung, beobachtet worden zu sein. Wir hatten beide splitternackt geschlafen. Das Unglaubliche war, dass der Dieb oder die Diebe offenbar echte Gentlemen waren. Denn sie hatten zwar den Fotoapparat gestohlen, vorher aber die Speicherkarte mit unseren Fotos herausgenommen und auf den Tisch gelegt. Daneben lagen die Kreditkarten und unsere Ausweise. Alles fein säuberlich aufgereiht. Diese Umsicht und Höflichkeit beeindruckten uns.

Natürlich waren wir trotzdem nicht gerade glücklich, schafften es aber, unseren letzten Tag in Barcelona dennoch zu genießen.

Die Art, wie Sofia auf den Diebstahl reagierte, machte mir endgültig klar, dass ich eine wie sie an meiner Seite wollte.

In Barcelona wurde sie nicht schwanger.

Acht

Und wenn du nun in eine Vorstellung von mir verliebt wärst und gar nicht in die Person, die ich wirklich bin?«, fragte sie eines Abends, als wir schon im Bett waren.

Ich wusste nicht, was ich antworten sollte. »Und wenn dir das passiert?«

Sie schwieg ein paar Sekunden, bevor sie sagte: »Dann kannst du mir ja helfen, den echten Nicola zu finden und kennenzulernen.«

Ich glaube, unsere Ängste hatten damit zu tun, dass zwischen uns alles so reibungslos, so ohne Zögern lief, das wurde uns irgendwann unheimlich.

Tatsächlich ließ der Tag, an dem der Zauber gebrochen wurde, nicht mehr lange auf sich warten.

Eines Abends gaben wir bei uns ein Essen, angesichts der Größe der Wohnung ein ziemlich gewagtes Unterfangen, denn mit mehr als sechs Personen wurde es schwierig, weil dann irgendeiner zwangsläufig auf dem Sofa essen musste und ich stehend in der Küche.

Wir hatten Sofias Freundinnen Federica und Elisabetta eingeladen, zusammen mit dem unverzichtbaren Gespann Mauro und Sergio.

Der Abend war kurzweilig verlaufen, bis plötzlich etwas Unerwartetes geschah.

Sofia hatte Tortellini in Brodo gekocht, ab und zu kreuzten sich unsere Blicke, und wir lächelten uns glücklich zu. Es war schön, unsere Freunde bei uns zu haben, in ihrer Gesellschaft war unsere Zuneigung noch größer.

Es war ein typischer Samstag: Zum Wein aßen wir Wurst und Käse und führten leicht anzügliche Gespräche. Mauro erklärte gerade, wie sehr ihm meine Leidenschaft für Schallplatten auf die Nerven ging.

»Und so was von unpraktisch, draußen kannst du sie ja schlecht hören, weder im Park noch im Auto, die sind doch nur was für drinnen. Vinyl, wenn ich das schon höre, mit eurem ganzen Getue könnt ihr einem echt auf den Geist gehen.«

»Wer ist denn ihr? Hast du dabei eine spezielle Gruppe im Sinn?«

»Na klar, Typen wie dich, unverbesserliche Nostalgiker, die immer sagen: ›Früher, als es uns schlechterging, war alles besser.‹«

»Das soll ich gesagt haben?«

»Wisst ihr noch, als die ersten Handys aufkamen, da gab es eine Menge Leute, die steif und fest behaupteten, sie würden sich nie eins anschaffen. Oder die, die seinerzeit behaupteten, sie würden weiter mit der Hand schreiben oder höchstens mit der Schreibmaschine, weil Computer zu kalt seien. Und wo sind die abgeblieben? Wo haben die sich verkrochen? Oder wie die: ›Ich will kein Auto, viel zu unromantisch, hörst du nicht, wie schön das Geklapper der Pferdehufe klingt, Kutschen sind doch viel schöner.‹ Du mit deinen Schallplatten, du bist genauso. Hoch lebe die Kerze, nieder mit der Glühbirne.«

Ich erwiderte nichts, denn das Nostalgie-Argument traf bei mir einen wunden Punkt.

Für junge Leute ist es heute zur Selbstverständlichkeit geworden, auf einen Bildschirm oder eine Tastatur zu tippen, wenn sie sich ein Foto ansehen, ein Lied hören oder die Zeitung lesen wollen. Wir haben die sinnliche Wahrnehmung geopfert, damit ist uns unmerklich eine ganze Welt aus den Händen geglitten.

Hätte ich das gesagt, wäre Mauro ausgerastet. Deshalb ließ ich ihn einfach weiterreden.

»Fehlt nur noch das Gelaber, wie herrlich sich das Knistern der Nadel anhört, so ein Schwachsinn. Stell dir nur mal vor, wie furchtbar es wäre, wenn einer beim Reden dauernd so ein *cri-cri-cri* von sich gäbe. Aber bei einer Schallplatte ist das dann plötzlich romantisch. Und dann dauernd diese Sprünge, kann mir mal einer sagen, was am Stottern von Musik schön sein soll? Wenn du eine Platte auflegst, kann man nicht mal ungestört essen oder sich aufs Sofa fläzen, weil du alle zwanzig Minuten aufstehen musst, um die Platte umzudrehen oder eine neue aufzulegen. Das ist wie Fernsehen ohne Fernbedienung.«

Während Mauro seine Meinung kundtat, setzten wir uns an den Tisch.

»Siehst du, was es bedeutet, wenn man eine Frau im Haus hat?«, sagte ich. »Bevor Sofia einzog, hatte ich nie eine Suppenterrine.«

»Das gibt einem wirklich ein anheimelndes Gefühl, so familiär. Singles wie ich haben keine Suppenterrine«, sagte Mauro.

»Ich lebe auch allein und habe trotzdem eine«, sagte Elisabetta.

»Weil du eine Frau bist.«

»Ich kenne auch allein lebende Männer, die eine haben, aber wahrscheinlich hat das mit unserer regionalen Küche zu tun. Ich glaube, in Bologna haben alle eine.«

»Vielleicht ist die Suppenterrine ja ein guter

Grund, sich eine Frau zuzulegen«, sagte Mauro abschließend. Alle brachen in Lachen aus.

Sofia servierte die Tortellini.

»Ich bin zwar verheiratet und habe eine Tochter, aber wir haben trotzdem keine Suppenterrine«, sagte Sergio.

»Wie lange seid ihr schon verheiratet?«, fragte Federica.

»Fast zehn Jahre.«

»Zehn Jahre, wie schön.«

»Wunderschön, hast du nicht mein Gesicht gesehen?«

»Und wieso ist deine Frau nicht hier?«

»Heute ist mein freier Abend.«

»Weißt du eigentlich, wie sehr ich dich beneide?«

»Er dich auch«, erwiderte Mauro, weil er genau wusste, dass Sergio es bei seiner Frau kaum noch aushielt.

Sergio lachte.

Um das Thema zu wechseln, wandte ich mich an Elisabetta: »Weißt du was, seit Sofia hier wohnt, kenne ich all deine Geheimnisse. Seit ich eure Telefongespräche mithöre, habe ich eine Menge dazugelernt.«

»Was denn zum Beispiel?«

»Anfangs hatte ich eine ganz andere Vorstellung von dir.«

»Wie meinst du das?«

»Zum einen wusste ich gar nicht, dass ihr euch immer so viel zu erzählen habt.«

»Dabei telefonieren wir doch gar nicht mehr so oft.«

»Aber immer noch mindestens einmal pro Tag!«

»Ja und? Telefoniert ihr etwa nicht jeden Tag?«, sagte sie und zeigte dabei auf Mauro.

»Doch schon, aber höchstens drei Minuten.«

»Anscheinend redet ihr ja nicht einmal miteinander, wenn ihr euch trefft«, sagte Sofia. »Wenn ich mich mit einer Freundin auf einen Kaffee treffe, weiß ich danach alles über sie. Wie's ihr geht, ob sie glücklich ist, ob mit ihrem Freund alles gut läuft oder ob sie eine Krise haben. Aber wenn ihr euch trefft und Stunden miteinander verbringt und ich Nicola hinterher frage, worüber ihr geredet habt, weiß er oft nicht, was er sagen soll, und gibt nur äußerst vage Antworten.«

»Beziehungen sind bei uns kein Thema, wir reden nicht über unsere Freundinnen oder Beziehungsprobleme, höchstens wenn etwas Gravierendes passiert ist.«

»Aber worüber denn sonst? Oder schaut ihr euch nur schweigend an?«

»Wir reden meistens über andere Frauen«, sagte Sergio.

»Das habe ich mir schon gedacht.«

»Unter Männern ist alles viel einfacher, auch Freundschaften«, sagte Mauro.

»Ach wirklich?«, fragte Elisabetta.

»Neulich war ich bei einer Kollegin zum Geburtstag eingeladen und stellte erstaunt fest, dass alle Frauen ihr Komplimente machten: ›Du siehst heute aber gut aus‹, ›So ein schönes Kleid‹, ›Die Frisur ist super‹, ›Du wirst immer jünger‹, ›Du strahlst wie eine Blume‹. Sie spielte die Komplimente herunter oder behauptete das genaue Gegenteil: ›Der Haarschnitt gefällt mir gar nicht‹, ›Ich fühle mich dick, irgendwie aufgedunsen‹, ›Ich bin nicht so begeistert von dem Kleid, ich finde, es macht an der Hüfte dick‹. Unter Männern läuft es genau umgekehrt, deine Freunde machen dich pausenlos runter, und du versuchst, dich so gut wie möglich zu verteidigen. An meinem Geburtstag haben die beiden hier zu mir gesagt, ich sei wirklich alt geworden, würde langsam kahl, hätte einen Bauch wie ein alter Mann und bestimmt würde ich bald keinen mehr hochkriegen. Aber das ist für mich noch lange kein Grund, beleidigt zu sein. Stellt euch mal vor, ihr würdet einer Freundin an ihrem Geburtstag sagen, sie sehe wirklich furchtbar aus und werde bestimmt keinen Mann mehr finden. Die würde doch gleich einen Heulkrampf bekommen und sich die Haare raufen wie die *Desperate Housewives*. Es ist doch so, kaum sind die Komplimente gemacht, zieht ihr hinter ihrem Rücken über die andere her: ›Das Kleid steht ihr wirklich nicht‹, ›Ich will ja nicht gemein sein, aber ein paar Kilo hat sie schon zugelegt, oder?‹«

»Das stimmt doch gar nicht!«, sagte Federica.

»Ein bisschen schon«, erwiderte Elisabetta grinsend.

»Aber es gibt auch eine Menge Dinge, um die ich euch Frauen beneide«, fuhr Mauro fort.

»Um die Titten vielleicht?«, hakte ich nach.

»Nein.«

»Um die Suppenterrine«, sagte Sofia.

»Um die natürliche Begabung, ganz unterschiedliche Personen zu verkörpern.«

»Verstehe ich nicht«, sagte Elisabetta.

»Die Begabung, sich bei dem einen Mann so und bei einem anderen ganz anders zu verhalten. Beim einen seid ihr todernst, vertretet traditionelle Werte, und beim anderen spielt ihr die hemmungslose Hure.«

»Und ihr etwa nicht?«

»Bei mir geht das nur, wenn ich im Ausland bin«, sagte Mauro. »Weißt du noch, im Urlaub in Griechenland? Als ich zu der Dänin gesagt habe, ich sei Opernsänger, und sie unbedingt eine Kostprobe hören wollte. Am Schluss habe ich ein Stück aus der *Cavalleria rusticana* zum Besten gegeben, und das Verrückte war, dass sie mir geglaubt hat. Wie hieß die noch mal, Karen? Nein, Kirsten, Karen war die, mit der du gebumst hast«, wobei er spöttisch mit dem Suppenlöffel auf mich zeigte.

Sofia warf mir einen Blick zu, mir gefror das Blut in den Adern.

Peinliches Schweigen. Mauro sah in die Runde und sagte dann: »Was ist denn? Als wir in Griechenland waren, wart ihr doch noch gar nicht zusammen. Ihr kanntet euch zwar schon, aber ein Paar wart ihr da noch nicht.«

»Kein Problem, Mauro hat recht, zusammengekommen sind wir tatsächlich erst ein paar Wochen später«, sagte Sofia, wobei sie aufstand und den Kühlschrank öffnete.

»O Gott, ich dachte schon, ich wäre voll ins Fettnäpfchen getreten.«

Es stimmte, zu dem Zeitpunkt waren wir noch nicht zusammen, telefonierten aber trotzdem jeden Tag. Ich sagte ihr, wie sehr sie mir fehlte, dass ich immer an sie denken müsse, und verschwieg die Sache mit der Dänin. Als sie mich später fragte, ob ich im Urlaub mit einer anderen geschlafen hätte, sagte ich nein.

Der Abend verlief ohne großes Drama, ich

wusste, solange die anderen da waren, war ich in Sicherheit, aber danach gab es kein Entrinnen. Als ich mich neben sie auf die Sofalehne setzte und ihre Hand nahm, zog sie sie langsam, aber bestimmt, weg, ohne großes Theater.

Da hatte ich mir was Schönes eingebrockt, es würde eine lange Nacht werden.

Kaum hatten wir uns von den anderen verabschiedet, verschwand auch schon das Lächeln aus unseren Gesichtern.

Schlagartig schlug die Stimmung um, sie ging sofort ins Bad, ich räumte noch ein bisschen auf.

Was sollte ich tun? Es war zwar kein richtiger Betrug, aber ich hatte sie angelogen. Ich erinnere mich noch gut an den Abend mit der Dänin, sehr gut sogar. Sie gehörte zu einer Gruppe von sechs Frauen, die zusammen ein Haus gemietet hatten. Wir hatten sie am Strand kennengelernt und waren abends zusammen essen gegangen. Als ich im Laufe des Abends merkte, worauf es hinauslaufen würde, bin ich kurz weggegangen, um Sofia anzurufen. Zum einen wollte ich ihr gute Nacht sagen, vor allem aber den obligatorischen Anruf hinter mich bringen, um später ungestört zu sein und freie Hand zu haben. Ich spielte sogar den Eifersüchtigen, fragte immer wieder, ob sie jemanden kennengelernt hätte, mit wem sie zu Abend aßen, was sie danach noch vorhätten. Das Absurde daran war, dass meine Eifersucht nicht einmal vorgetäuscht war. Vielleicht war ich auch deshalb besonders eifersüchtig, weil ich dachte, sie könnte dasselbe tun, was ich jetzt tun würde, aus dem einfachen Grund, weil es so leicht war.

Aber da sie jetzt Bescheid wusste, konnte ich nicht mehr bluffen. Als ich ins Bad kam, würdigte sie mich keines Blickes, vielleicht wollte sie einen Streit vermeiden. Mir war klar, dass ich sie verletzt hatte und im Unrecht war, wusste aber nicht, wie ich damit umgehen sollte. Schließlich entschied ich mich für eine Entschuldigung.

»Es tut mir leid.«

»Was denn? Mauro hat doch recht, wir waren ja noch gar nicht zusammen«, sagte sie, aber es war offensichtlich, dass sie es nicht ernst meinte.

Als ich gerade noch etwas sagen wollte, fiel sie mir ins Wort: »Ist doch egal, wirklich, ich will nicht darüber reden, ich bin todmüde und will nur noch ins Bett.«

»Wie du willst«, sagte ich.

Am nächsten Morgen bekam ich eine SMS von Mauro: *Hoffentlich habe ich keinen Scheiß gebaut. Falls doch, tut es mir leid, ich bin echt ein Arsch.*

Sofia war noch genauso drauf wie am Abend zuvor. Um sich den üblichen Abschiedskuss zu ersparen, hatte sie es so eingerichtet, dass sie gerade unter der Dusche stand, als ich die Wohnung verließ.

Aber am Abend, das wusste ich, würde das Thema erneut anstehen, dann musste ich Farbe bekennen und mich noch einmal in aller Form entschuldigen. Es tat mir ja auch wirklich leid.

Bei der Arbeit suchte ich nach den richtigen Worten, spielte sogar mit dem Gedanken, ihr Blumen mitzubringen oder sie zum Essen auszuführen, aber dann kam es mir doch so vor, als würde ich damit alles nur noch schlimmer machen.

Während ich im Aufzug nach oben fuhr, sah ich in den Spiegel und probierte eine angemessene Miene für meine Entschuldigung. Bevor ich die Wohnung betrat, atmete ich noch einmal tief durch. Entweder es würde ein anstrengender Abend oder aber sie wäre inzwischen darüber hinweg und wir könnten sogar darüber lachen. Als ich die Tür aufschloss, war das Licht an. Ich legte die Schlüssel auf den Tisch und entdeckte einen Zettel: »Ich bin zu meinen Eltern gefahren.«

»Verdammt.«

Ich setzte mich und las den Zettel noch einmal. Dann rief ich bei ihr an, aber sie nahm nicht ab.

Ich hatte furchtbare Angst, Angst, sie für immer zu verlieren, Angst, alles ruiniert zu haben. Wieder und wieder versuchte ich, sie anzurufen, aber sie ging nicht dran. Ich schickte eine SMS: *Bitte geh ans Telefon.*

Dann kam mir ein entsetzlicher Gedanke. Ich sprang ruckartig auf und ging ins Schlafzimmer, um nachzusehen, ob ihre Kleider noch im Schrank hingen.

Neun

Wenn es eine Zeitmaschine gäbe, würde ich mich jetzt zu diesem Essen zurückbeamen und mir eine Serviette in den Mund stopfen, Scheiße«, sagte Mauro am selben Abend. Ich war nicht sauer auf ihn, er hatte es nicht absichtlich gemacht, Mauro würde sich eher foltern lassen, als eins meiner Geheimnisse zu verraten.

Ohne sie wollte ich nicht leben, wollte nicht zurück in mein früheres Leben. Ich wollte mit ihr zusammen sein, das hatten wir uns versprochen, sie konnte mich doch nicht einfach so sitzenlassen. Der Vorfall lag mehr als zwei Jahre zurück und kam mir vor wie aus einem anderen Leben, inzwischen war viel Zeit vergangen.

Nachdem ich den Zettel gelesen hatte, ging ich ins Schlafzimmer und sah im Schrank nach, alles war noch da, die Kleider, die Blusen, ihr Lieblingsrock.

Ich rätselte an dem Zettel herum, konnte aber nicht ergründen, ob sie mich nun verlassen hatte oder nur für ein paar Tage zu ihren Eltern gefahren war. Ihre Sachen waren zwar noch da, aber das hieß gar nichts, denn schließlich konnte sie nicht einfach an einem einzigen Nachmittag allein umziehen. Ich hatte Angst, sie könnte eine Nachricht schicken oder anrufen, um mir mitzuteilen, dass sie so bald wie möglich ihre Sachen abholen würde.

Schweigend blieb ich lange auf der Bettkante sitzen und spielte sämtliche Möglichkeiten durch, kam aber zu keinem Ergebnis.

Immer wieder rief ich vergeblich an und fasste dann den Entschluss, mit dem Auto nach Bologna zu fahren, auf keinen Fall konnte ich bis zum nächsten Tag warten. Dann rief ich Elisabetta an: »Hast du was von ihr gehört? Ist sie bei dir?«

»Nein, ich bin mit anderen Leuten unterwegs, aber ich habe heute schon mit ihr gesprochen, einmal, als sie im Zug saß, und dann noch einmal vor einer Stunde. Sie ist wirklich stinksauer.«

»Ich bin ein Idiot, aber das Ganze ist zwei Jahre her, ich hatte es schon fast vergessen. So etwas würde ich heute nie mehr machen.«

»Das habe ich ihr auch gesagt, sie weiß es auch selbst, ich kenne sie, sie ist ja nicht blöd, aber darauf war sie einfach nicht gefasst.«

»Hat sie gesagt, wann sie zurückkommt?«

»Das weiß sie wahrscheinlich selber nicht.«

»Ich bin kurz davor, ins Auto zu steigen und nach Bologna zu kommen.«

»Vergiss es. Lass sie in Ruhe, wenn du herkommst, machst du alles nur schlimmer. Morgen treffe ich mich mit ihr und werde versuchen, sie zur Vernunft zu bringen. Du hast einen Riesenblödsinn gemacht, bist ein Idiot, aber ich finde, auch wenn ich ihre Freundin bin, ihr seid ein gutes Paar. Wenn sie sich morgen nicht meldet, rufe ich dich an, okay?«

»Danke.«

Es ging mir so beschissen, dass ich es zu Hause nicht mehr aushielt, wieder einmal war Mauro meine Rettung.

»Vielleicht hätte ich nicht auf Elisabetta hören sollen und wäre doch besser zu ihr gefahren.«

»Nein, Elisabetta hat recht, jetzt kommt das Schwierigste auf der Welt, aber da musst du durch.«

»Was denn?«

»Abwarten. Warte ab und hör auf, sie dauernd mit Nachrichten und Anrufen zu bombardieren.«

»Aber ich bin kurz vorm Ausflippen.«

»Komm, lass uns versuchen, mal einen Moment nicht mehr daran zu denken. Angenommen, es gäbe tatsächlich eine Zeitmaschine, wohin würdest du wollen? Und sag jetzt nicht, in den Urlaub in

Griechenland, um die Sache mit der Dänin zu vermeiden, das gilt nicht.«

»Mir ist nicht nach spielen zumute.«

»Dann fange ich an«, sagte er und ignorierte mich. »Ich würde mich in der Zeit zurückversetzen lassen, um die Meisterwerke der Musik zu schreiben.«

»Aber nur den Text, denn ein Instrument spielst du ja gar nicht.«

»Ich würde die Melodie summen. Vielleicht müsste ich vorher noch ein Instrument lernen, Gitarre zum Beispiel, und dann erst loslegen. Aber ich könnte natürlich auch selbst die Gitarre erfinden.«

Normalerweise lachte ich über seine Einfälle, aber nicht an diesem Abend. Ich ging nach Hause, setzte mich aufs Bett und starrte die aufgehängten Kleider an. Mauro hatte mich nicht aufheitern können, es ging mir immer noch sauschlecht.

Irgendwann schlief ich dann ein.

Am nächsten Morgen hatte ich eine SMS auf dem Handy: *Ich weiß.*

Meine letzte Nachricht davor lautete: *Ich wollte dir nicht weh tun.*

Das kam mir vor wie eine Art Waffenstillstand. Sie hatte mir noch nicht verziehen, sie war nur ehrlich in ihrem Schmerz.

Ich schrieb zurück: *Können wir telefonieren?*

Eine halbe Stunde später kam die Antwort: *Ich will mich nicht rächen. Ich brauche nur etwas Zeit für mich. Ich kann mir gut vorstellen, was du mir sagen willst, aber das will ich jetzt nicht hören. Ich melde mich.*

Sie ließ mich nicht sehr lange warten, am Nachmittag rief sie an.

Als ich ihren Namen auf dem Display sah, rannte ich auf die Toilette und schloss mich dort ein.

»Ciao.« Etwas anderes brachte ich nicht hervor. Es folgte ein Schweigen. Ich hätte sie fragen sollen, wie es ihr geht, aber danach war mir nicht. Wir fingen mit unverfänglichen Themen an, die mit der Sache nichts zu tun hatten.

»Arbeitest du?«, fragte sie.

»Ja, und wo bist du?«

»Bei meinen Eltern.«

»Wie geht es ihnen?«

»Gut.«

»Grüß sie von mir.«

»Mache ich.« Dann wieder Stille. Ich begriff, dass ich dran war.

»Sofia, es tut mir wirklich schrecklich leid. Das wollte ich nicht, schon gar nicht wegen so einer uralten Geschichte, das hatte ich doch schon längst vergessen, jedenfalls war es keine Absicht. Aber ich will mich nicht rausreden. Heute würde ich so etwas nie mehr machen, ich will mein Leben mit dir verbringen, alles andere ist mir egal.«

»Meinst du damit andere Frauen?«

»Ja, die auch, aber auch alles andere, was nicht uns beide betrifft.« Ein paar Sekunden später fragte sie: »Hast du mich an dem Abend angerufen?«

»Das weiß ich nicht mehr.«

Die Stille wurde immer beklemmender. »Ja, habe ich.«

»Du hast also mit mir telefoniert, als sie bei dir war?«

»Sie ist nicht über Nacht geblieben. Außerdem habe ich mich nicht darum gerissen, es hat sich einfach so ergeben.«

»Ganz ohne dein Zutun natürlich, was bist du doch für ein Glückspilz!«

Ich schwieg.

»Dabei habe ich hinterher danach gefragt, und du hast gesagt, es sei nichts gewesen. Du bist ein guter Lügner.«

Ich ertrug die Stille, immer noch besser als alles, was ich hätte sagen können.

»Und weißt du, was das Schlimmste ist? Die bittere Erkenntnis, dass du zu so etwas fähig bist, erst hintergehst du mich, hast dann aber noch die Stirn, mich schamlos anzulügen. Ich bin wahnsinnig enttäuscht und weiß gar nicht mehr, wie es mit uns weitergehen soll.«

»Du hast ja recht, aber bitte wirf jetzt nicht alles hin, bloß weil ich einen Fehler gemacht habe.«

»Ich muss jetzt aufhören.«

Mit dem Handy in der Hand saß ich mindestens eine halbe Stunde fassungslos auf der Toilette. Dann versuchte ich wieder zu arbeiten, aber mein Gehirn streikte.

Irgendwann ging ich dazu über, ihre Reaktion für übertrieben zu halten, versuchte, den Fehler bei ihr zu suchen. Doch in Wahrheit, das wusste ich, war es meine eigene Blödheit, ich hätte mich ohrfeigen können.

Zwei Tage hörte ich nichts von ihr. Ich wollte sie nicht drängen, ihr so viel Raum und Zeit gewähren, wie sie brauchte.

Am dritten Tag rief sie an, ich war so aufgeregt wie ein Angeklagter vor der Urteilsverkündung.

»Wie geht's dir?«

»Besser.«

»Wann kommst du zurück?« Ich wollte das Urteil hören. Es vergingen ein paar Sekunden, die mir wie eine Ewigkeit vorkamen.

»Übermorgen.«

Mir ging das Herz auf, es klopfte so heftig, dass ich es bis zum Hals spürte.

Ich war überglücklich, ein konkretes, reales Glücksgefühl durchflutete meinen Körper.

Wir wechselten noch ein paar Worte, und nachdem ich aufgelegt hatte, schickte ich Elisabetta eine SMS: *Danke, ich verdanke dir viel. Ich verdanke dir alles.*

Ich freute mich auf ihre Rückkehr, konnte es kaum erwarten, mit ihr zu schlafen, in dem schönen Gefühl, das mich erfüllte. Dass ich sie nicht verloren hatte, machte mich zum glücklichsten Mann der Welt.

Am Tag der geplanten Rückkehr rief sie an und teilte mir mit, dass sie doch noch nicht käme. Sie war wieder kühl: »Ist irgendwas mit deinen Eltern?«

»Nein, es geht allen gut. Ich komme nur einen Tag später. Bis morgen.«

Ich verstand nicht, ich war sicher, dass sie mir verziehen hatte, und doch war sie wieder distanziert. Auf der Suche nach einem möglichen Grund verstieg ich mich zu den absurdesten Vermutungen. Ich ging auf ihre Facebook-Seite und auch auf die ihrer Freundinnen. Ich wollte wissen, was los war, Indizien sammeln, falls es überhaupt welche gab.

Auf Elisabettas Seite fand ich ein Foto vom Abend zuvor, eine Gruppe beim Essen im Restaurant, darunter auch Sofia.

Auf dem Foto sah sie ziemlich normal aus, ob sie sich amüsierte, war nicht zu erkennen, doch dann stockte mir der Atem: Neben Sofia saß ihr Ex und hatte den Arm um ihre Taille gelegt.

Warum hatte sie mir nichts davon erzählt? Ich war zwar nicht eifersüchtig, eigentlich hatte ich zu ihm ein relativ entspanntes Verhältnis, wir waren uns schon das eine oder andere Mal begegnet, doch angesichts der besonderen Umstände war ich schon ein bisschen irritiert, als ich ihn nun an ihrer Seite sah.

Vielleicht dachte sie ja, es sei ihr gutes Recht, es mir mit gleicher Münze heimzuzahlen. Vielleicht war sie ja immer noch gekränkt und wusste nur nicht, wie sie es mir sagen sollte, vielleicht bereute sie es schon, dass sie einen Rückzieher gemacht hatte, vielleicht war sie deshalb am Telefon so kühl gewesen.

Leicht panisch lief ich in der Wohnung auf und ab und fuhr mir mit den Händen nervös übers Gesicht. Dann setzte ich mich wieder, nahm mir noch einmal das Foto vor und kontrollierte akribisch jedes Detail. Ich überprüfte auch die Facebook-Seiten aller anderen Anwesenden, doch es gab keine weiteren Fotos.

So ein Scheiß, vor dem Computer sitzen, auf Facebook starren und leiden. Scheiß Zuckerberg.

Bei den nächsten Telefongesprächen erwähnte ich nichts davon, ich schämte mich, zuzugeben, dass ich auf Facebook nach Fotos von ihr gesucht hatte.

Sie verhielt sich weiterhin merkwürdig. *Sehen wir mal, wie das endet,* wiederholte ich mir unentwegt.

An dem Vormittag, als sie zurückkam, war ich bei der Arbeit, wir sahen uns erst abends. Als ich die Wohnung betrat, war sie im Schlafzimmer. Ich umarmte sie und spürte, dass ich den Tränen nahe war.

»Du hast mir gefehlt.«

Sie antwortete nicht, verhielt sich auffallend normal.

»Ich habe Gemüse gekocht und ein Brathähnchen mitgebracht«, sagte sie mit ruhiger Stimme.

»Perfekt.« Ich ging die Jacke aufhängen, sie setzte sich aufs Sofa. Als ich zurückkam, sagte sie: »Ich muss dir etwas Wichtiges sagen.« Ich war wie gelähmt, sie war nur zurückgekommen, um mir persönlich den Laufpass zu geben. Ich blieb vor ihr stehen.

»Setz dich.«

Ich reagierte wie ein Roboter und holte mir einen Stuhl.

»Ich wollte mich dafür entschuldigen, dass ich

einfach so weggefahren bin und nur einen Zettel hingelegt habe, ich hätte dich wenigstens anrufen können, aber in dem Augenblick konnte ich nicht so klar denken wie jetzt.«

Ich schwieg, wartete auf den Todesstoß. Sie fuhr fort: »Der Abstand hat mir gutgetan, ich sehe jetzt vieles klarer.«

Ich begriff nicht, ob sie mich nun verlassen wollte oder nicht, spürte nur den starken Wunsch, sie zu umarmen, und das tat ich dann auch. Mit dem Mund an ihrem Hals, der meine Worte fast erstickte, sagte ich: »Verlass mich nicht.«

Sie antwortete nicht, ich gab ihr tausend Küsse auf den Mund. Ich hatte einen Kloß im Hals, mir schossen Tränen in die Augen.

Ich sah sie an, auch sie weinte, und dann sagte sie: »Nicola, ich bin schwanger.«

Zehn

Gerade hatte ich noch geglaubt, sie zu verlieren, und eine Sekunde später war ich im Begriff, Vater zu werden.

Ich war wie versteinert, brauchte eine ganze Weile, um ein Wort hervorzubringen.

»Wann hast du es erfahren?«

»Vor zwei Tagen. Ich wollte es dir persönlich sagen, weil ich dein Gesicht sehen wollte.«

Ich schwieg. Dann sagte ich: »Und wie sieht mein Gesicht aus?«

»Nicht gerade begeistert.«

»Ich bin überrascht.«

»Aber wir wussten doch, dass es passieren könnte.«

»Ja, aber ich stehe trotzdem unter Schock.«

Ich verharrte noch ein paar Sekunden, dann umarmte ich sie. Ich war weder glücklich noch traurig noch besorgt. Ich fühlte überhaupt nichts.

Als sie es mir sagte, war es plötzlich, als hätten wir bis dahin nur die Erwachsenen gespielt, die

Verliebten, die sich ein Kind wünschten, aber jetzt war es mit dem Scherzen vorbei. Jetzt war es real, jetzt steckten wir bis zum Hals drin.

Dann holte ich alles nach, zuerst mit einer weiteren Umarmung, dann mit Küssen und schließlich mit tausend enthusiastischen Fragen. Doch obwohl ich ihr sagte, wie glücklich ich sei, verfiel ich den ganzen Abend über immer wieder in langes Schweigen.

»Und wem wollen wir es verraten?«, fragte ich sie.

»Am besten sagen wir es keinem, oder nur wenigen, nicht vor Ende des dritten Monats.«

»Ich sage es Mauro und Sergio. Und du? Deinen Eltern?«

»Bist du verrückt? Auf keinen Fall. Auch nicht meiner Mutter. Ich sage es nur Elisabetta.«

Elisabetta brach fast in Tränen aus, sie war so glücklich, als wäre sie selbst schwanger. An ihrem ersten freien Samstag kam sie sofort nach Mailand, um Sofia zu besuchen.

Als ich es Mauro erzählte, erwiderte er: »Endstation, jetzt bist du fällig. Nein, im Ernst, ich freue mich für dich. Treffen wir uns auf ein Bier, um anzustoßen. Das ist eine große Sache. Bravo.«

Die Ängste und Sorgen vergingen und machten einem neuen Gefühl Platz. Ich freute mich, brauchte aber mindestens eine Woche, um die Neuigkeit zu verdauen.

Eines Abends, als wir Arm in Arm im Bett lagen, in einer Stille, die es einem erlaubte, seinen Gedanken nachzuhängen, ohne wirklich allein zu sein, sagte Sofia plötzlich: »Und was machen wir mit der Wohnung? Zu dritt ist es hier viel zu eng.«

Ich verspürte einen Stich in der Brust. Wieso hatte ich daran bisher noch nicht gedacht? Vermutlich sträubte sich etwas in mir, die Sache ernsthaft anzugehen. Das bedeutete nämlich unweigerlich, dass wir uns von der heißgeliebten Mansarde verabschieden mussten und damit auch von dem Viertel. Denn eine größere Wohnung in dieser Gegend hätten wir uns nie und nimmer leisten können.

Die Mansarde lag in der Innenstadt, direkt in der Fußgängerzone. Das Fenster im Schlafzimmer ging auf einen kleinen Platz mit Springbrunnen, dessen Plätschern mich all die Jahre begleitet hatte.

Ich hing an dem Viertel. Wenn ich abends auf dem Heimweg um die Ecke bog, erwarteten mich die erleuchteten Schaufenster des Feinkostladens, die aufgehängten Salamis, die Parmesanlaibe, die Tabletts mit frischen Ravioli. Der Gemüsemann, die Bäckersfrau und der Verkäufer aus dem Schuhgeschäft kannten mich mit Namen.

Ich war dort eingezogen, als ich ungefähr dreißig war.

Damals war mein Vater eines Abends plötzlich mit einem Vorschlag herausgerückt: »Ein Freund von mir hat eine Mansarde herrichten lassen, eigentlich für seine Tochter, aber die ist jetzt mit ihrem Freund in eine andere Stadt gezogen. Jetzt will er die Wohnung verkaufen. Ich dachte, das wäre vielleicht was für dich.«

»Und wovon soll ich das bezahlen?«

»Wir könnten was dazulegen. Nicht alles natürlich, aber den größten Teil.« Als ich nicht sofort antwortete, zog mein Vater einen Schlüsselbund aus der Tasche: »Wir können uns die Wohnung ja mal ansehen. Wenn du willst, sofort«, sagte er und klimperte mit den Schlüsseln.

Zu dritt machten wir uns auf den Weg zur Wohnungsbesichtigung. Im Aufzug sprachen wir kein Wort, lächelten uns nur erwartungsfroh an.

Mein Vater ging vor und machte das Licht an. Was ich da sah, gefiel mir. Mein Vater pries die Wohnung an, als wäre er der Makler: »Es gibt eine Etagenheizung, hier kannst du auch eine Klimaanlage anschließen, falls du eine willst, Boiler und Gasherd sind schon da, fehlt nur noch ein Kühlschrank.«

Meine Mutter begann sogleich, die Wohnung

einzurichten mit Möbeln und Hausrat, die meine Eltern noch zu Hause hatten: »Hier könntest du Großmutters Truhe hinstellen, und hier wäre ein guter Platz für den alten Tisch vom Speicher. Teller und Gläser kann ich dir auch geben, davon haben wir mehr als genug, du tust uns einen Gefallen, wenn du uns davon etwas abnimmst.«

Keine sechs Wochen später wohnte ich schon dort. Meine erste eigene Wohnung, ganz für mich allein. Der Inbegriff von Freiheit.

Abends mit Freunden ein Bier trinken oder auf dem Sofa sitzen und einen Film ansehen, romantische Abendessen, ruhige Sonntage, an denen man spät aufsteht, weil man am Abend zuvor über die Stränge geschlagen hat. Es gibt keinen anderen Ort, an dem so viele Erinnerungen hängen.

Zehn Jahre hatte ich dort verbracht, und nun hieß es Abschied nehmen.

Ich kam mir vor, als stünde mir eine Amputation bevor, als müsste ich einen Teil meines Körpers hergeben.

Sergio hat mal zu mir gesagt, das sei nur der Anfang einer endlosen Reihe von Opfern, die mir nun bevorstünden, und nicht einmal das schmerzlichste. »Dein altes Leben kannst du getrost vergessen. Was du möchtest, steht nicht mehr an erster Stelle.«

Ich war mir sicher, das Richtige zu tun, ich liebte Sofia und fand es aufregend, eine Familie zu gründen, doch zugleich schien es mir ein bisschen viel verlangt, nun auch noch auf meine Mansarde zu verzichten. Ich wollte nicht weg aus dem Zentrum.

Sofia ging wie selbstverständlich davon aus, dass wir die Mansarde verkaufen würden, und sie hatte natürlich recht, logisch. Als sie merkte, wie sehr ich damit haderte, bekam sie einen gehörigen Schreck, weil es in ihren Augen so aussah, als würde ich plötzlich einen Rückzieher machen. Das stimmte aber nicht. Oder vielleicht doch.

Vielleicht wollte ich die Mansarde auch deshalb unbedingt behalten, weil ein Teil von mir dachte, falls etwas schiefging, könnte ich jederzeit dorthin zurück, zurück in mein altes Leben, so als wäre die Sache mit Sofia nur ein kurzes Intermezzo gewesen. Am Wochenende käme mein Sohn vorbei, und wir würden uns köstlich amüsieren. Gemeinsam würden wir es uns auf meinem alten Sofa bequem machen, Pizza essen und Cola trinken. Später würde er die Wohnung erben.

Doch als dann irgendwann ein Makler kam, um den Wert zu schätzen, stellte sich schnell heraus, dass wir mit dem Verkauf Verluste machen würden, weil die Immobilienpreise zuletzt stark gefallen waren. Statt betrübt war ich erleichtert, denn das schien mir ein optimaler Vorwand, um die Wohnung nicht aufgeben zu müssen. Es war ratsam zu warten, bis die Preise sich erholten. Sofia wusste um meine Hintergedanken, sagte aber nichts und gab ihr Einverständnis zur Vermietung der Mansarde.

Unterdessen machten wir uns auf Wohnungssuche.

Es war unterhaltsam und romantisch, sich mitten am helllichten Tag vor wildfremden Häusern zu verabreden. Dabei versuchte ich immer, vor Sofia da zu sein, weil ich es besonders mochte, wenn sie mir entgegenkam. Es gibt nichts Ergreifenderes, das wurde mir damals bewusst, als Schönheit, die dir entgegenkommt.

Zudem war sie, seit sie schwanger war, noch schöner geworden, ihre Augen und ihr Gesicht strahlten.

Auf der Treppe oder im Aufzug waren wir immer ziemlich aufgeregt, weil wir jedes Mal hofften, endlich könnte es so weit sein. Und vor jedem neuen Besichtigungstermin sagte ich: »Ich glaube, morgen ist es so weit.«

Dann endlich passierte es. Gleich beim Betreten wussten wir, das war die Richtige, wie geschaffen für uns und unsere Träume. Eine leere Wohnung mit viel Platz für unsere gemeinsame Zukunft.

An uns selbst zweifelten wir dabei nicht im Geringsten, warum auch? Wo doch die Gegenwart schon so wunderbar war, würde die Zukunft noch großartiger werden, und dafür brauchten wir auf jeden Fall mehr Platz.

Das Kinderzimmer hatte sogar Parkett.

Wie bei der Mansarde, da war ich mir ganz sicher, würde Sofia auch diese Wohnung in ein anheimelndes, gemütliches Zuhause verwandeln, deshalb ließ ich ihr freie Hand. Zudem war es eine Mietwohnung in gutem Zustand, so dass ohnehin nicht viel gemacht werden musste. Alles, was ich verlangte, war eine bequeme Matratze, einen großen Tisch in der Küche, einen großen Duschkopf und ein Eckchen für meine Bücher und Schallplatten.

Der Umzug stellte kein Problem dar, weil vieles in der Mansarde blieb. Mauro half mir. Bei jedem Karton fragte er: »Wohin damit? Keller oder Wohnung? Bist du sicher, dass du im Keller nicht ein eigenes Kämmerchen einrichten willst? Das ist schon der fünfte Karton, den ich nach unten bringe.«

Alles war herrlich, sogar sich von Mauro auf den Arm nehmen zu lassen.

Elf

Eines Sonntags luden wir Mauro zum Mittagessen ein.

Sofia ging los, um noch ein paar Kissen für das Sofa zu kaufen, wir beide blieben zu Hause und kochten. Mauro trug einen grässlichen Pullover.

»Wo hast du den denn her? Der ist ja hässlich wie die Nacht und steht dir überhaupt nicht.«

»Der ist uralt, den habe ich gerade erst wiedergefunden, lag ganz hinten im Schrank versteckt.«

»Nicht gut genug versteckt, würde ich sagen.«

»Das ist doch Vintage.«

»Selbst bei Vintage gibt es Grenzen, als diese Farbe modern war, muss meine Mutter noch Jungfrau gewesen sein. Was soll das sein, Beige?«

»Alt, Altbeige.«

»Das denkst du dir doch aus, es gibt überhaupt kein Altbeige.«

»Lass mich bloß in Frieden, ich mache gerade eine schwere Zeit durch.«

»Etwa immer noch wegen dieser Frau? Wie hieß sie noch mal?«

»Erica.«

Schon seit Tagen versuchte Mauro, mit dieser Erica Schluss zu machen, schaffte es aber nicht.

»Habt ihr euch gestern Abend getroffen?«

»Ja, sie war bei mir.«

»Und?«

»Nichts, ich hab's wieder nicht geschafft. Ich habe sie nachmittags angerufen und ihr gesagt, wir müssten reden. Aber abends kam sie dann in einem Outfit, mein lieber Mann. Als ich sie in dem Röckchen und dem Minioberteil sah, hat es mich glatt umgehauen. Sie hat den geilsten Hintern der Welt. Bei so einem Hintern könnte man glatt auf schlimme Gedanken kommen.«

Ich brach in Lachen aus, wie immer, wenn Mauro diesen Ausdruck benutzte.

»Und noch ziemlich jung, oder? Wie alt ist sie denn?«

»Das ist ja auch ein Grund, warum ich sie unbedingt loswerden muss. Heute Morgen beim Anziehen kam mir der Gedanke, dass ich Socken in der Schublade habe, die älter sind als sie. Ihr Vater ist nur ein Jahr älter als ich. Aber wechseln wir das Thema, habt ihr schon einen Namen?«, fragte er, während wir den Salat wuschen.

»Noch nicht.«

»Ich bin echt gespannt, ob du dir dann auch all die komischen Sachen angewöhnst wie andere frischgebackene Eltern.«

»Zum Beispiel?«

»Dauernd unaufgefordert Fotos des Sprösslings zeigen oder laufend über seine sensationellen Entwicklungsschritte berichten: ›O mein Gott, er kann jetzt schon sitzen‹, ›Er kann sogar schon alleine aus der Flasche trinken‹.«

»Ich glaube nicht, aber man weiß ja nie.«

»Oder Sprüche wie: ›Das verstehst du nicht, du hast ja keine Kinder‹, oder: ›Er ist so hübsch, dass mir die Leute auf der Straße Komplimente machen‹, ›Als ich ihn zum ersten Mal im Arm hielt, war er mir gleich so vertraut, als hätte ich ihn immer schon gekannt‹. Die Liste könnte ich endlos weiterführen, aber ich habe keine Lust mehr.«

»Offenbar bist du so viel allein, dass du in Gesellschaft redest wie ein Wasserfall. Du kommst mir vor wie die Alten, die selbst die Kassiererin im Supermarkt vollquatschen.«

»Gestern bin ich vor einem Schaufenster mit Babyausstattung stehen geblieben und habe mir ein paar Fragen gestellt.«

»Dass ich das noch erleben darf.«

»Weißt du, was ich mich gefragt habe?«

»Ob das Leben ohne Kinder einen Sinn hat?«

»Wozu Babyklamotten Taschen haben.«

»Schwachkopf. Hilf mir lieber, die Truhe umzustellen.«

»Manchmal weiß ich gar nicht, ob es so schlau ist, mit dir befreundet zu sein. Ich glaube, nach dem Kaffee gehe ich lieber, sonst muss ich mit dir noch die halbe Wohnung umräumen.«

Wir wollten es nicht so machen wie eine Freundin von Sofia, die schon im dritten Monat alles vorbereitet hatte, das Kinderzimmer gestrichen, Kinderbett und Wickeltisch gekauft, Strampelanzüge, Decken, Kinderwagen, einfach alles. Sie wussten noch nicht einmal, ob es ein Junge oder ein Mädchen wird, da war ihr Mann schon zum Vertragshändler gelaufen, um ein größeres, angeblich sichereres Auto zu kaufen. So etwas schien mir völlig übertrieben. Ein Kind als Vorwand, um sich ein schickeres Auto anzuschaffen.

Aber ich war doch einigermaßen verblüfft, wie viele Sachen man brauchte. Für mich war der Besuch in Geschäften für Babyausstattung eine ganz neue Erfahrung. Dabei eröffnete sich mir eine neue, völlig unbekannte Welt. Bis dahin hatte ich nicht einmal gewusst, dass an der Rückbank im Auto zwei Ösen für den Kindersitz sind. Und doch waren sie schon immer da.

Einmal, als ich in einer Bar einen Kaffee trank, kam eine junge Frau mit Kinderwagen herein. Sie war sehr hübsch, für Mütter hatte ich schon immer eine Schwäche. Aber diesmal stellte ich zu meinem Erstaunen fest, dass mein Interesse gar nicht der Frau galt, sondern dem Kinderwagen. Ich studierte die Farbe, die Räder, den Griff und überlegte, ob man ihn wohl leicht zusammenklappen und gut manövrieren konnte.

Wenn ich mit Sofia unterwegs war, ertappte ich mich manchmal sogar dabei, dass ich fachmännisch die Eigenschaften vorbeifahrender Kinderwagen kommentierte, so wie ich es früher, wenn ich mit Freunden unterwegs war, bei Motorrädern gemacht hatte.

Seit ich wusste, dass ich Vater wurde, fühlte ich mich mit einem Schlag reifer, verantwortungsbewusster. Es ist idiotisch, aber so war es.

Eines Tages sagte ich zu Sofia: »Das Kinderbett montiere ich selbst. Wenn du willst, kannst du mir helfen, aber ich will auf keinen Fall, dass es irgendein Fremder macht. Das ist unsere Sache.«

»Ich bin froh, wenn du es selbst machst.«

Es war ein gutes Gefühl, das Bett aufzubauen, während Sofia irgendetwas anderes in der Wohnung machte.

Während ich mit Schrauben und Inbusschlüsseln hantierte, kam sie mit einer Tasse herein: »Möchtest du vielleicht einen Kaffee?«

»Ja, gern.« Ich lehnte mich an die Wand und trank. Sofia beobachtete mich.

»Ist was?«

»Nein, ich dachte nur, dass du wirklich sexy aussiehst, wenn du einen Kaffee trinkst.« Dann kam sie zu mir, schlang mir den Arm um den Hals und gab mir einen Kuss.

In dieser Zeit war auch die Liebe schön, Sofia veränderte sich jeden Tag, nicht nur körperlich, auch wenn das am auffälligsten war.

Ihre Brüste wurden größer, die Brustwarzen änderten ihre Farbe. Ihre Brüste mochte ich schon davor, aber in dieser Zeit waren sie einfach unwiderstehlich, obwohl ich ziemlich vorsichtig sein musste, weil sie auf Berührung sehr empfindlich reagierten und leicht weh taten. Auch ihr Geruchssinn war seit der Schwangerschaft viel schärfer, sie konnte selbst weitentfernte Gerüche wahrnehmen, wie Polizeihunde am Flughafen.

Viele Düfte fand sie unerträglich, davon wurde ihr teilweise sogar schlecht, vor allem von bestimmten Parfums.

Selbst der Geruch von Gemüse, das sie eigentlich immer gemocht hatte, verursachte ihr jetzt Übelkeit.

Und wenn wir einen Spaziergang machten, musste sie jede halbe Stunde zur Toilette.

Die Hormone spielten verrückt, mitunter war sie so sensibel, dass ein Foto in der Zeitung sie fast zu Tränen rührte, dann wieder wurde sie plötzlich ohne Grund aggressiv.

Doch irgendwann war auch der dritte Monat überstanden, und wir konnten es endlich allen sagen. Wir hätten auch nicht mehr länger warten können, schließlich waren wir umgezogen und verhielten uns zudem ganz anders.

Irgendwann luden wir ihre Eltern zum Essen ein, aber es kam nur die Mutter, weil der Vater ein Treffen mit alten Freunden hatte. Ich übernahm das Kochen, eigentlich eher, um beschäftigt zu sein und sie nicht unterhalten zu müssen.

Als ihre Mutter auf dem Sofa saß, rief Sofia mich dazu. Mit dem Kochlöffel in der einen und einem Glas Rotwein in der anderen Hand ging ich ins Wohnzimmer.

»Mama, wir müssen dir etwas sagen.«

»Wollt ihr heiraten?«

»Nein, das nicht.«

Da begriff sie.

»Bist du etwa schwanger?«

Sofia lächelte.

Ihre Mutter sprang auf und umarmte sie stürmisch. Dann packte sie mich am Ellbogen und zog mich in die Umarmung hinein. Als sie mich losließ, hatte sie glänzende Augen: »Welcher Monat? Wisst ihr schon, ob es ein Junge oder ein Mädchen wird? Habt ihr schon einen Namen? Ich glaube, es wird ein Mädchen.«

In dieser Zeit erfuhren wir, wie viele Leute sich in dieser Beziehung für Hellseher halten. Am Anfang treten die auf, die es im Gefühl haben, später dann, wenn der Bauch immer dicker wird, kommen die, die das Geschlecht an der Form zu erkennen meinen.

Als wir Sofias Mutter dann abends zum Bahnhof brachten, machte sie uns Komplimente, so als bräuchte man zum Kinderzeugen Gott weiß welches Talent.

»Geschafft«, sagte Sofia, »jetzt fehlt nur noch die zweite Großmutter.«

Am nächsten Tag waren wir zum Essen bei meiner Mutter. Wir fielen nicht mit der Tür ins Haus, warteten erst mal ab.

Meine Mutter hatte ein Geschenk für Sofia, rein zufällig.

»Als ich den Pullover in einem Geschäft sah, habe ich sofort an dich gedacht. Gefällt er dir?«

»Er ist wunderschön, aber das war doch nicht nötig.«

Als Sofia mir beim Essen immer wieder ungeduldige Blicke zuwarf, fragte meine Mutter:

»Schmecken dir die Tagliatelle nicht? Vielleicht zu viel Zwiebeln an der Sauce?«

»Nein, Angela, deine Pasta ist ausgezeichnet.«

»Mama, bist du bereit, Großmutter zu werden?«

Sie sah Sofia an, dann mich, dann wieder Sofia.

»Soll das ein Witz sein?«

»Nein.«

»Bist du schwanger?«, fragte sie dann Sofia.

»Seit ein paar Monaten.«

»O mein Gott! Komm her und lass dich umarmen, man sieht ja gar nichts, du bist so dünn.«

»Und ich, bekomme ich keine Umarmung?«

»Doch natürlich, so eine Überraschung, ich kann es noch gar nicht fassen. Was für ein Glück.«

»Damit hast du überhaupt nicht mehr gerechnet, gib es ruhig zu.«

»Stimmt, aber ich freue mich so für euch, bravo.«

Bevor wir gingen, sagte meine Mutter noch zu mir: »Und weißt du was? Erst neulich habe ich mit deinem Vater darüber gesprochen und ihn gefragt, ob ich es wohl noch schaffe, Großmutter zu werden.«

Obwohl mein Vater schon lange tot ist, erzählte sie oft, dass sie sich abends im Bett immer noch unterhalten, oder vielmehr, dass sie ihm alles Mögliche erzählt, und er zuhört und ab und an sogar antwortet.

Darüber habe ich eines Tages auch mit Sofia gesprochen. »Lass sie doch, warum soll sie nicht darüber sprechen, wenn ihr danach zumute ist. Schließlich hat doch jeder so seine Marotten, die andere nicht unbedingt nachvollziehen können.«

»Und was hat Papa geantwortet?«, fragte ich meine Mutter.

»Bestimmt, hat er gesagt, das werde schon noch klappen, da könne ich ganz beruhigt sein. Und er hat tatsächlich recht behalten.«

Mal abgesehen davon, dass sich Freunde, die selbst Kinder haben, einen Spaß daraus machten, uns Horrorgeschichten aufzutischen, und die Großmütter etwas häufiger als gewöhnlich anriefen, verlief unser Leben eigentlich relativ unbeschwert.

Insgesamt waren die Leute freundlicher, vor allem zu Sofia, viele wollten unbedingt ihren Bauch anfassen, als wäre das ein gutes Omen und brächte Glück. Alle Welt schien sich mit uns zu freuen. Manch einer beneidete uns sogar. Und wir selbst waren oft ziemlich aufgeregt wegen allem, was wir erlebten.

Ich erinnere mich noch genau an den Tag, als ich sie zum Arzt begleitete und zum ersten Mal unser

Kind sah, sein Herz schlagen hörte. Wir blickten uns an, ich hielt ihre Hand, wir lächelten. Alles war gut.

Als wir danach in eine Bar gingen, fühlten wir uns von etwas Schönem erfüllt, das uns jedoch zugleich auch Angst machte. Alles war ungewohnt.

Am Nebentisch saß ein Paar mit einem etwa dreijährigen Kind. Während sie sich unterhielten, spielte das Kind mit einem iPad. Wir sahen uns an und waren uns einig, dass unser Kind nie mit Handy oder Tablet spielen würde.

Im fünften Monat erfuhren wir, dass es ein Junge war.

Wir versuchten, ihn uns vorzustellen, waren neugierig, wie er wohl aussehen würde, manchmal konnten wir es kaum noch abwarten, hätten ihn am liebsten sofort bei uns gehabt.

Jetzt mussten wir einen Namen aussuchen. Bei jedem Vorschlag veränderte sich unsere Vorstellung, denn mit einem bestimmten Namen verband sich unweigerlich eine bestimmte Persönlichkeit, eine bestimmte Physiognomie. Außerdem erinnerten uns die meisten Namen an eine reale Person, und das wollten wir auf jeden Fall vermeiden, weil wir befürchteten, er könne ihr ähnlich werden. Aus irgendeinem absurden Grund dachten wir, wenn wir unserem Sohn einen tollen Namen gäben, würde er automatisch ein toller Typ.

Schließlich einigten wir uns auf Leo, ein Vorschlag von Sofia. Heilfroh, einen Namen gefunden zu haben, der uns beiden gefiel, fuhren wir in Urlaub, der in jenem Jahr allerdings nur sehr kurz ausfiel – wir müssen sparen, sagten wir uns.

Aber das machte uns gar nichts aus. Wir versuchten, uns gegenseitig zu unterstützen, zu beruhigen, weil wir spürten, dass wir nicht mehr alleine waren, und erlangten so die Gewissheit, dass wir bei Bedarf die Hand ausstrecken konnten und die des jeweils anderen finden würden, und das für immer – eine ganz neue Form von Intimität.

Im Laufe der letzten Monate wurde sie zunehmend eifersüchtig, sagte, sie habe Angst davor, dass ich sie in dieser Zeit betrügen könnte. Ich fand das derart abwegig, dass ich gar nicht merkte, wie ernst sie es meinte.

»Versprich mir, dass du mich nicht betrügst, auch wenn ich so groß werde wie ein Wal.«

Eines Abends sahen wir einen Film, darin telefonierte der Protagonist mit seiner Frau, während neben ihm im Bett eine andere Frau lag, mit der er gerade geschlafen hatte. Unvermittelt sagte Sofia: »Genau wie du, damals in Griechenland. Fehlt nur noch seine Beteuerung, wie sehr er sie vermisst.«

Ich war so verdattert, dass mir dazu keine passende Antwort einfiel. Wahrscheinlich machte sie mein Schweigen nur noch misstrauischer.

»Und weißt du was? Wäre ich nicht schwanger geworden, hätte ich mich vielleicht von dir getrennt. Manchmal muss ich immer noch daran denken, du hast dich wirklich wie ein Arsch verhalten.«

Ich wusste zwar, dass da die Hormone sprachen, nicht sie, aber das war mir nun doch ein bisschen zu heftig. Ich griff nach der Fernbedienung und drückte die Pausentaste.

»Willst du damit sagen, dass wir nur noch zusammen sind, weil du schwanger wurdest?«

»Ich weiß nicht. Jedenfalls habe ich damals ernsthaft überlegt, ob ich mich von dir trennen soll, aber als ich dann schwanger wurde, habe ich den Gedanken wieder fallenlassen. Keine Ahnung, wie es sonst gelaufen wäre.«

»Hör mal, Sofia, ich habe mich doch schon tausendmal entschuldigt, und wenn du Wert darauf legst, kann ich es gerne noch mal tun. Aber irgendwann muss auch mal Schluss sein. Du musst dich dazu durchringen, mir ein für alle Mal zu verzeihen. Es kann doch nicht sein, dass ich mein ganzes Leben dafür büßen soll.«

Ich glaube, damit hatte sie nicht gerechnet, es

war das erste Mal, dass ich mich verteidigte und nicht bloß reumütig um Verzeihung bat.

Sie sah mich schweigend an und sagte dann: »Du hast recht.« Dann nahm sie die Fernbedienung und drückte auf Play. Im Verlauf des Films löste sich die Spannung, es gelang uns, den Streit abzuhaken.

Im Bett, als das Licht schon aus war, sagte sie: »Entschuldige wegen vorhin, das ist keine Absicht, aber manchmal geht es einfach mit mir durch. Ich kann das einfach nicht vergessen, und es tut immer noch weh.«

Als ich die Nachttischlampe anknipste, sah ich, dass ihre Augen feucht waren.

»Ich werde dich nie betrügen, das ist ein Versprechen.« Ich umarmte sie, und wir küssten uns. In diesem Augenblick empfand ich etwas, von dem ich gar nicht wusste, dass ich dazu in der Lage war. Dann hatten wir Sex, langsam, sanft, vorsichtig. Der Riesenbauch hielt uns auf Distanz, während wir uns zugleich so nahekamen wie nie zuvor.

Je mehr Zeit verging, desto erschöpfter war Sofia am Abend. Es war schön, Arm in Arm im Dunkeln im Bett zu liegen, zu plaudern und uns gegenseitig Mut zu machen. Wir waren ehrlich miteinander, versuchten, nichts zu vertuschen und alles zu teilen, auch die Ängste, was vor allem Sofia in Anspruch nahm: »Wenn ich nur wüsste, ob ich alles richtig mache, mich richtig ernähre. Ich habe dauernd Lust auf Junkfood. Und was, wenn ich das mit der Entbindung nicht hinkriege, die Schmerzen nicht aushalte? Manchmal wächst mir das alles über den Kopf, dann fühle ich mich hoffnungslos überfordert und habe Angst, keine gute Mutter zu sein. Ob ich das überhaupt schaffe, für einen anderen Menschen zu sorgen?« Manchmal weinte sie sogar, dann versuchte ich, ihr gut zuzureden: »Du wirst eine sehr gute, fürsorgliche Mutter, und du machst alles richtig, das hat auch der Arzt gesagt: Die Blutwerte sind beinah wie aus dem Lehrbuch. Und außerdem bist du nicht allein, ich bin ja auch noch da.«

»Hast du denn schon das Buch gelesen, das ich dir gegeben habe?«

»Durchgeblättert, aber morgen fange ich an.« Das stimmte zwar nicht, aber sie wollte unbedingt, dass ich ein Buch darüber las, wie man sich als Vater eines Neugeborenen zu verhalten hat. Mir schien das affig, moderner Quatsch, ich dachte an meinen Vater, meinen Großvater, an die Weltgeschichte. Alle waren auf die Welt gekommen, ganz ohne Bücher. Sofia hingegen las jede Woche im Internet nach, was in ihrem Bauch passierte. Ich fand es unheimlich, wenn ich hörte, dass sich gerade die Organe, die Fingernägel oder die Augen herausbildeten. Ich konnte darin nichts Romantisches entdecken. Wenn sie merkte, dass ich ihr nicht zuhörte, warf sie mir mangelndes Engagement vor.

An einem Samstagnachmittag besuchten wir einen Kurs zur Geburtsvorbereitung, an dem noch andere Paare teilnahmen. Wäre es nach mir gegangen, hätte ich liebend gern darauf verzichtet, aber für sie war es anscheinend furchtbar wichtig. Sie war sehr sensibel, und wäre ich nicht mitgegangen, wäre das ungefähr so gewesen, als hätte ich sie mutterseelenallein an einer Mautstation auf der Autobahn stehenlassen. Aber auch den anderen werdenden Vätern sah man an, dass sie nicht gerade begeistert waren.

Statt der Schulbänke, die ich eigentlich erwartet hatte, war der Raum mit Kissen und Matten ausgelegt.

Für mich und meine Kniegelenke die reinste Tortur.

Die Kursleiterin, eine Yogalehrerin, war eine dünne Frau mit langen Haaren, gekleidet wie die Anhängerin eines indischen Gurus. Als Erstes sollten wir unsere Ängste notieren, dazu verteilte sie Zettel, die sie später einsammeln und laut vorlesen wollte, natürlich alles völlig anonym.

Ich hatte keine Ahnung, was ich aufschreiben sollte, und als sie schon beim Einsammeln war, schrieb ich schnell: »Ich habe Angst davor, dass das Kind ohne Augen zur Welt kommt.«

Das hatte ich mir zwar nur ausgedacht, aber das Komische war, dass ich diese Angst von da an tatsächlich hatte.

Nachdem wir uns die Ängste aller Teilnehmer angehört hatten, kam der praktische Teil, wir lernten, wie man beim Einsetzen der Wehen den Rücken massiert, was im Kreißsaal zu tun ist, die richtige Atmung und die richtige Körperhaltung.

Alles sehr interessant, keine Frage, nur wäre ich an diesem Wochenende doch lieber zu Mauros Geburtstagsparty in die Berge gefahren.

Als wir auf dem Heimweg im Auto saßen, sagte Sofia: »Ich fühle mich wie ein Walross, vielleicht habe ich doch zu viel zugenommen.«

»In der Schwangerschaft ist das ganz normal.« Das war die falsche Antwort, ich biss mir auf die Lippen. Wo Sergio mir doch eingeschärft hatte, dass Frauen, selbst wenn sie schwanger sind, auf keinen Fall hören wollen, dass sie dick geworden sind. Dabei hatte er mir sogar die richtige Antwort vorgesagt: »Du bist doch gar nicht dick, außer am Bauch, sonst siehst du genau aus wie vorher. Po, Hüfte, Beine sind ganz normal.«

Schließlich kam der langersehnte Tag. Als Sofia mich bei der Arbeit anrief, ahnte ich schon, was jetzt kam: »Nicola, ich glaube, es geht los.«

Ich fühlte mich schwach, meine Beine zitterten. Dann verließ ich Hals über Kopf das Büro, vergaß die Jacke und wusste nicht mehr, wo ich geparkt hatte. Als ich das Auto endlich gefunden hatte, stellte ich fest, dass die Schlüssel noch auf dem Schreibtisch lagen.

Unterwegs murmelte ich vor mich hin: *Ich werde Vater, ich werde Vater.* Als ich Sofia sah, war ich gerührt, ihr Gesicht war völlig verändert, hatte einen mir bisher unbekannten Ausdruck angenommen. Ich massierte ihr den Rücken, so wie wir es im Vorbereitungskurs gelernt hatten.

Ausstaffiert mit einem grünen Kittel und einer Haube auf dem Kopf, postierte ich mich im Kreißsaal dicht neben ihr und rührte mich bis zu Leos Geburt nicht von der Stelle. Es war ziemlich unbequem, aber angesichts ihrer Schmerzen wollte ich mich nicht beschweren. Es wäre unangebracht gewesen, über Rückenschmerzen zu klagen, während sie nach Leibeskräften brüllte und dabei fast meine Hand zerquetschte.

Noch Tage später hatte ich Kratzer und blaue Flecken.

Ich hielt sie im Arm, drückte die Stirn an ihren Kopf. Gesagt habe ich so gut wie nichts, sie brauchte nur die Gewissheit, dass ich da war, und ganz bestimmt wollte sie kein »Pressen, pressen« hören wie im Film. Sie hätte mir einen Faustschlag verpasst.

Ich habe Leo herauskommen sehen. Als der Kopf hervorlugte, wusste ich zuerst gar nicht, was das war. Begriffen habe ich es erst, als ein Ohr zu sehen war. Wenige Sekunden darauf war er auf der Welt.

Wie heißt es doch so schön, wenn dein Kind geboren wird, stirbt ein Teil von dir. Und genau so war es. Von diesem Augenblick an waren Sofia und ich nicht mehr dieselben, weder als Individuen noch als Paar.

Zwölf

Als Sofia Leo gestillt hatte, verabschiedete ich mich und verließ das Krankenhaus. Ich schlenderte durch Mailand. Es war ein schöner Herbstabend, am liebsten hätte ich eine geraucht, doch es war schon zehn Jahre her, dass ich aufgehört hatte.

Ich habe einen Sohn, ich bin Vater. Unglaublich. Dauernd bekam ich Nachrichten von Personen, die mir gratulierten.

Dann klingelte das Telefon, es war Mauro: »Wo bist du?«

»Ich bin gerade aus dem Krankenhaus gekommen und mache einen Spaziergang.«

»Willst du den Augenblick alleine genießen, oder gehen wir was trinken?«

»Ich warte an der Porta Romana auf dich.« Zehn Minuten später kam er auf dem Roller angefahren, reichte mir einen Helm, und dann gingen wir in ein Pub.

»Na, wie fühlt sich das an?«

»Ich glaube, verwirrend ist wohl der richtige Ausdruck.«

»Zeig mir mal ein Foto des Thronfolgers.«

Ich war immer der Meinung, Neugeborene seien nur in den Augen der Eltern schön. Eigentlich dürfte kein anderer sie sehen.

»Das ist er.«

»Sie sehen aus wie kleine Monster, mit all den komischen Falten, aber das ist das Schöne an ihnen.«

Er war ehrlich. »Wie war die Geburt? Hast du gesehen, wie er herausgekommen ist?«

»Ja. Ich habe alles gesehen.«

»Du bist verrückt, ich könnte das nicht. Für mich muss diese Stelle ihren Zauber behalten, einladend, still. Ich könnte nicht mit ansehen, wie sie zerfetzt wird und eine schreiende Kreatur daraus hervorkommt. Das ist doch der reinste Horrorfilm.«

Ich lächelte.

»Als würde man mit einem Kind nach einem Massaker auf den Rummel gehen.«

»Mann, was für eine Metapher.«

»Meinst du, danach kannst du noch Sex mit ihr haben? Weißt du eigentlich, dass manche Männer nach der Geburt von ihrer Frau nichts mehr wissen wollen?«

»Stell dir vor, ich war im Kreißsaal sogar erregt. Während sie wie am Spieß brüllte und ich sie drückte, war ich erregt.«

»Du warst erregt?«

»Ja, eine Weile hatte ich sogar einen Ständer.«

»Du bist ja abartig.«

»Ich habe mich auch gewundert.«

»Ich jedenfalls setze keinen Fuß in einen Kreißsaal.«

»Wieso, willst du jetzt etwa doch Kinder?«

»Bloß nicht.« Er brach in Lachen aus.

Wir tranken ein paar Bier, und als ich nach Hause ging, war ich leicht angetrunken.

»Ciao, Alter«, sagte Mauro.

Ich streunte durch die Wohnung. Es war ein komisches Gefühl, das leere Kinderbett zu sehen. Ich versuchte, das Alleinsein zu genießen, aber eigentlich wünschte ich mir nichts sehnlicher, als sie bei mir zu haben.

Am nächsten Tag bekamen wir viel Besuch im Krankenhaus, Freunde und Verwandte, die Freundinnen aus Bologna, unsere Eltern, die sich bei dieser Gelegenheit endlich kennenlernten, und jede Menge andere Leute, an die ich mich nicht mehr erinnern kann.

Ein paar Tage lang herrschte ein reges Kommen und Gehen, dann ließ der Ansturm zum Glück nach. Als wir zu Hause die Tür hinter uns zumachten, waren wir froh, endlich allein zu sein.

Leo tat nicht viel, er aß, schlief, kackte die Windeln voll. Das Wickeln war eine Operation, für die ich mir viel Zeit ließ, er zappelte ständig, und alles an ihm, Beine, Arme, Hände, wirkte zerbrechlich.

Sofia stillte ihn. Eine Zeitlang hatte sie sich Sorgen gemacht, sie könnte nicht genug Milch haben, aber ihr Busen explodierte förmlich. Manchmal tropfte er sogar, so voll war er.

Die ersten Tage verliefen gemächlich. Ich konnte es kaum erwarten, abends nach Hause zu kommen, die Tür hinter mir zuzumachen und einfach nur bei ihnen zu sein.

Manchmal lag Sofia erschöpft auf dem Sofa. Ich versuchte, mich nützlich zu machen, nahm Leo nach dem Stillen auf den Arm und klopfte ihm den Rücken, damit er sein Bäuerchen machte, doch zumeist kümmerte ich mich um den Haushalt, räumte auf, kochte, ging einkaufen.

Meine Mutter hatte Suppen, Minestrone und Nudelsaucen vorgekocht, die wir dann eingefroren hatten. Eine wirklich gute Idee. Ein paarmal machte sie auch die Wäsche, wenn sie ohnehin vorbeikam, um ihren Enkel zu besuchen.

Ich stellte fest, wie sehr ich mich um das Wohl

der beiden bemühte. Wenn er schlief, ging ich manchmal nachsehen, ob er noch atmete.

Wenn ich Zeit hatte, legte ich mich gern mit einem Buch aufs Sofa und ließ Leo auf meinem Bauch schlafen. Meistens schlief ich dabei selbst ein.

Ich schnupperte gern an ihm: an seinem Kopf, dem Hals, dem Atem, der aus seinem Mund kam. Er roch so gut, ein wenig nach Butter, dass man danach süchtig wurde. Manchmal kam ich ihm dabei so nahe, dass er meine Nase mit der Mutterbrust verwechselte und anfing zu saugen.

Oft mussten Sofia und ich darüber lachen, wie er das Gesicht verzog, wenn er sich reckte, die Augen aufschlug oder den Mund verzog. Wir waren unglaublich albern.

Ich konnte ihm stundenlang wie gebannt zusehen. Selbst wenn er schlief, hatte er eine hypnotische Wirkung auf mich, dann kamen mir tausend Gedanken.

Über ihn, sein Leben, darüber, was ihn alles noch erwartete.

Für ihn würde alles neu sein: sprechen, laufen, Fahrrad fahren, die Schulkameraden, der erste Kuss, die erste Liebe. Ich dachte an all die Freude, all das Lachen, all das Glück, die ihm noch bevorstanden, aber auch an all den Schmerz, das Leid, die Tränen. Inzwischen gehörte die Welt mehr ihm als mir selbst.

Er war noch keinen Monat alt, da malte ich mir schon aus, wie er als Erwachsener mit dem Auto kommen würde, um uns zu besuchen, unglaublich. So unglaublich wie die Vorstellung, dass er irgendwann sein eigenes Leben führen und zu diesem Zweck, genau wie ich damals, bei seinen Eltern ausziehen würde.

Ich muss mich mehr um meine Mutter kümmern, sie häufiger anrufen, sagte ich mir.

Während ich ihn so im Schlaf beobachtete, fragte ich mich, ob es mir wohl gelingen würde, ihm ein guter Vater zu sein, ein verständnisvoller, mitfühlender Vater, der ihn vor Ängsten und Gefahren bewahrt und vor allem vor meinen eigenen Fehlern. Denn es war mein größter Wunsch, ihn nicht zu enttäuschen.

Als ich nach Leos Geburt einen Film über ein Vater-Sohn-Verhältnis sah, passierte es mir zum ersten Mal, dass ich mich mit dem Vater identifizierte.

Wenn ein Kind geboren wird, hört man auf, nach einem Vater zu suchen. Mir jedenfalls ist es so ergangen. Als ich die Papiere für Leo beantragte, fragte die Frau am Schalter: »Sind Sie der Vater?«

»Ja.«

»Gut, das ist die Ausweisnummer Ihres Sohnes.«

Zunächst hörten sich die Worte »Vater« und »Ihr Sohn« komisch an, aber dann strahlte ich vor Stolz übers ganze Gesicht, mir schwoll die Brust vor Freude, endlich, so schien es mir, hatte ich es im Leben zu etwas gebracht, als wäre alles Bisherige nur belanglose Spielerei gewesen. *Das ist das eigentliche Leben,* sagte ich mir. Wenn ich mit Leuten ohne Kinder sprach, hatte ich deshalb oft den Eindruck, sie verstünden nichts vom eigentlichen Sinn der Dinge.

In Bezug auf Leo waren Sofia und ich ziemlich eigen, wir wollten nicht, dass jeder ihn auf den Arm nahm, erteilten Freunden und Verwandten eine Abfuhr, vor allem wenn sie so stark parfümiert waren, dass man den Geruch den ganzen Tag nicht mehr loswurde. Es war nicht leicht, die Leute abzuweisen, viele waren anschließend beleidigt.

Aber ich mochte es nicht, wenn die Leute zudringlich wurden und Leo im Gesicht betatschten, hatte aber nicht immer die Geistesgegenwart, es zu unterbinden. Darin war Sofia wesentlich besser, das machte ihr überhaupt nichts aus.

Es gab sehr schöne, bewegende Momente.

Eines Abends, als wir gerade beim Essen waren, wollte Leo die Brust, und Sofia legte ihn an. Damit das Essen nicht kalt wurde, fütterte ich Sofia beim Stillen. Das war ein Moment tiefer Verbundenheit.

Wir sorgten füreinander, waren eine Mannschaft, eine Gang, ein fester Kern.

Wenn Leo eingeschlafen war, atmeten wir auf, ließen uns aufs Sofa sinken und fühlten uns wie in einem Miniurlaub.

Diese kurzen Momente der Freiheit lernten wir bald zu schätzen.

Auch wenn wir oft todmüde waren und am liebsten sofort ins Bett gefallen wären, hielten wir an diesem Ritual fest und nahmen uns die Zeit dafür.

Dieses abendliche Rendezvous war unverzichtbar, weil wir immer das Gefühl hatten, uns tagsüber gar nicht richtig gesehen zu haben.

Allmählich gestalteten sich alle Abende gleich, anfangs schien das kein Problem, war dieser Augenblick doch der Höhepunkt des Tages, unsere Rettung, wir fieberten ihm entgegen wie ein Gefangener dem Hofgang.

Weil sie die richtige Länge hatten, sahen wir uns gern Fernsehserien an, denn bei einem normalen Spielfilm wären wir unweigerlich eingeschlafen. Immer wenn eine Folge zu Ende war, sahen wir uns fragend an, um festzustellen, ob wir noch eine zweite schaffen würden.

Und um uns zu belohnen, knabberten wir dabei Süßigkeiten, Schokolade, Kekse, oder aßen ein Eis. »Das haben wir uns echt verdient«, war unser Lieblingskommentar dazu. In wenigen Monaten nahm ich drei Kilo zu, aber es war mir egal, ich war glücklich.

Doch das sollte sich schon bald ändern. Das Zarte, Schöne, Märchenhafte wurde durch etwas anderes verdrängt.

Wenn der Reiz des Neuen nachlässt und die Begeisterung abklingt, beginnen die Probleme, die Poesie entschwindet, das Leben kommt.

In der ersten Zeit ist alles aufregend, auch wenn man nur die Windel wechselt und dabei feststellt, dass sie bis obenhin voll ist. Doch dann wird der Tagesablauf zur Routine, zur Wiederholung des Immergleichen, in dem kaum noch Platz für anderes ist.

Eines Tages sagte Sofia zu mir: »Jetzt verstehe ich, warum die Leute, wenn sie ein Baby haben, nur noch darüber reden, es passiert einfach nichts anderes. Es ist jeden Tag dasselbe.«

Wenn ich abends von der Arbeit kam und mich danach erkundigte, wie der Tag gelaufen war, bekam ich immer nur zu hören, wie lange Leo geschlafen und wie oft er gekackt hatte.

Darauf waren wir nicht vorbereitet, selbst die Bücher, die wir so eifrig studierten, waren keine große Hilfe.

Von dem Leben, das uns erwartete, hatten wir eine völlig falsche Vorstellung. Ich dachte, bis auf ein bisschen Durcheinander und wenig Schlaf würde alles so weitergehen wie zuvor, vor allem meine Beziehung zu Sofia.

Wenn uns Freunde ihre Horrorgeschichten erzählten, dachten wir immer, so etwas könnte uns nicht passieren. Wir waren ja nicht wie sie. Unsere Kinder würden nicht herumbrüllen, sondern sich wohlerzogen verhalten. Denn im Grunde waren wir ein Paar plus eine liebenswerte kleine Kreatur, ein Kind, das uns glücklich machte, wenn wir es nur ansahen.

Keiner von uns beiden hätte sich je vorstellen können, irgendwann einen völlig Fremden vor sich zu haben.

Dreizehn

Die ersten Monate schlief Leo zwar bei uns im großen Bett, jedoch nicht zwischen uns in der Mitte, sondern am Bettrand. Weil ich Angst hatte, ich könnte ihn nachts beim Umdrehen erdrücken, legte Sofia ihn zwischen sich und die durch ein Kissen gesicherte Bettkante. Dadurch versperrte sie mir die Sicht, ich konnte Leo nicht mehr sehen, nur noch Sofias Rücken und Nacken. Vielleicht war das schon ein erstes Anzeichen. Ich war automatisch ausgeschlossen, auch wenn wir uns einig waren, dass es so am besten wäre. Leo wollte alle zwei Stunden gefüttert werden, zum Glück schlief ich meistens sofort wieder ein, aber angenehm war es nicht.

Weil sie im Dunkeln nicht stillen konnte, ließ Sofia die ganze Nacht die Nachttischlampe an. Ich hingegen konnte nur bei völliger Dunkelheit schlafen. Der Kompromiss war, die Lampe mit einem Tuch abzudecken, um das Licht zu dämpfen. Doch weil mir das immer noch zu hell war, legte ich mir zusätzlich noch ein T-Shirt über die Augen. Doch jedes Mal, wenn ich mich umdrehte oder sonst wie bewegte, verrutschte die improvisierte Augenbinde, und ich musste sie wieder zurechtrücken. Ein Desaster. Außerdem machte Leo unablässig Geräusche, stieß kleine gutturale Laute aus. Vielleicht hatte er Luft im Magen, vielleicht Koliken oder Ähnliches, jedenfalls gab es Nächte, in denen ich kein Auge zutat und zwischen Schlaf und Wachzustand dahindümpelte. Am Morgen war ich dann wie benommen, wusste nicht einmal mehr, ob ich überhaupt geschlafen hatte. Einmal glaubte ich, es könne höchstens zwei Uhr morgens sein, doch als ich auf die Uhr schaute, war es bereits zehn vor sieben. All das sorgte dafür, dass ich schon nach wenigen Wochen völlig erledigt war. Außerdem, das dämmerte mir langsam, bestand keinerlei Aussicht, das Schlafdefizit je wieder aufzuholen, es gab keine Atempause, keinen Samstag und keinen Sonntag. Denn für ein Neugeborenes sind alle Tage gleich.

Durch die Übermüdung wurde mein Schnarchen so schlimm, dass Sofia nach dem Stillen oft nicht mehr einschlafen konnte und dann so heftig an mir rüttelte, dass ich davon aufwachte.

»Kannst du das nicht sanfter machen, ohne mich zu wecken?«

»Das war doch keine Absicht.«

Wenn ich in dieser Zeit nachts aufwachte, schossen mir tausend Gedanken durch den Kopf, all der Stress, all die Ängste, die Probleme auf der Arbeit stürmten auf mich ein, und ich konnte nicht wieder einschlafen. Manchmal lag ich deshalb stundenlang wach.

Bisweilen hörte es sich beim Frühstück so an, als würden wir darum wetteifern, wer am wenigsten geschlafen hatte.

»Ich war bis drei Uhr wach.«

»Leo hat fünfmal geschrien und hatte irgendwas, und jedes Mal, wenn ich ihn hingelegt habe, fing er sofort wieder an zu weinen. Und ich musste ihn zweimal wickeln.«

»Ich weiß. Als du mich wegen des Schnarchens geweckt hast, war ich gerade wieder eingeschlafen.«

»Tut mir leid, aber ich hatte eine Heidenangst, dein Schnarchen könnte ihn wieder aufwecken, wo er doch endlich eingeschlafen war.«

Eines Tages sagte sie zu mir: »Warum schläfst du nicht auf dem Sofa? Dann kannst du ungestört schlafen, und auch ich habe meine Ruhe.«

»Keine schlechte Idee.« So würde ich nicht jedes Mal aufwachen, wenn sie stillte, und könnte in aller Ruhe schnarchen.

Außerdem war das Sofa ziemlich bequem, ich

schlief dort ausgezeichnet. Wenn ich allein dort lag, kam ich mir vor wie im Urlaub. Ich machte den Fernseher an, stellte den Ton leise und schlummerte im Handumdrehen ein.

Mein Exil auf dem Sofa war letztlich nur konsequent, der nächste Schritt auf einem Weg immer größerer Distanzierung, die schon begonnen hatte, als Sofia Leo zu sich nahm, mir den Rücken zukehrte und ich dadurch praktisch ausgeschlossen wurde.

Die beiden waren Tag und Nacht zusammen, ich ging tagsüber zur Arbeit und verbrachte die Nacht auf dem Sofa. Ich spürte, wie ihre Beziehung immer enger wurde, während Sofia und ich uns langsam auseinanderlebten. Plötzlich waren nicht mehr wir das Paar, sondern sie und Leo, und erst danach kam ich, ein Accessoire. Ich war nur dazu da, den Einkauf zu machen, zu kochen, die Wäsche aufzuhängen und den Laufburschen zu spielen, wenn sie Leo stillte: »Kannst du mir die Decke geben?«, »Kannst du mir ein Handtuch holen?«, »Gibst du mir das Telefon?«, »Bringst du ein Paar Söckchen für Leo mit?«

Weil sie beim Stillen immer großen Durst hatte, brachte ich ihr inzwischen automatisch Wasser, auch wenn sie mich nicht darum gebeten hatte.

Leo schien nicht unser, sondern ihr Sohn. Unmerklich veränderte sich auch ihr Tonfall, sie redete, als wäre sie die Chefin. Als ich sie einmal darauf aufmerksam machte, sagte sie, das sei nicht ihre Absicht gewesen, und entschuldigte sich. Doch da es nicht aufhörte, versuchte ich es mit Ironie und erwiderte ab und zu »Jawohl« oder »Zu Befehl«. Ich dachte, sie fände das witzig und würde darüber lachen, stattdessen ärgerte sie sich.

Irgendetwas war uns abhandengekommen, was genau, wusste ich nicht, aber es war, als würden wir uns plötzlich nicht mehr wiedererkennen.

Ich versuchte, ihr zu helfen, so gut ich konnte, doch irgendwie war es nie genug. Offenbar traute sie mir gar nichts mehr zu, wies mich oft zurecht wie ein dummes Kind. Und je mehr Tage und Wochen vergingen, desto schlimmer wurde es, bis ich mir irgendwann selbst wie ein Versager vorkam.

Einmal brüllte sie mich sogar an: »Ich kann nicht auch noch hinter dir herräumen, es wird Zeit, dass du endlich lernst, Ordnung zu halten, schließlich wohnst du nicht mehr bei deiner Mutter.«

Es war so, als bräuchte ich bei jedem Handgriff ihre Hilfe, ihre Anleitung. Dauernd schwirrte sie um mich herum wie ein Hubschrauber, um alles zu überwachen.

Ich musste höllisch aufpassen, damit ich Leo ja richtig aus dem Bettchen hob, sorgfältig den Hals stützte. Ich musste aufpassen, wie ich ihn hielt, wenn er sein Bäuerchen machen sollte, wie ich ihm dabei auf den Rücken klopfte. Wenn ich ihn wickelte, stand sie immer hinter mir und zupfte dann unweigerlich die Windel zurecht, weil sie ihres Erachtens entweder zu fest oder zu locker saß, zu hoch oder zu tief.

»Hast du ihn auch ordentlich abgetrocknet? Gestern war er ganz wund, weil er nicht richtig trocken war.«

Auch in anderen Fällen hatten wir unterschiedliche Vorstellungen, wie wir mit Leo umgehen sollten.

»Ich finde, wenn er weint, sollten wir nicht immer sofort losrennen und ihn auf den Arm nehmen, sonst verwöhnen wir ihn zu sehr.«

»Ja, ich weiß, aber ich bringe es nicht über mich, ihn schreien zu lassen und nichts zu tun«, antwortete Sofia.

»Aber das ist doch nur am Anfang so, irgendwann wird er sich dann daran gewöhnen.«

In Worten gab sie mir zwar recht, aber bei der nächstbesten Gelegenheit rannte sie doch wieder zu ihm. Als sie zurückkam, sah ich sie nicht an und tat so, als sei nichts gewesen, aber die Sache ging mir doch ziemlich auf die Nerven.

Eigentlich bin ich weder besonders empfindlich

noch nachtragend, vermutlich war ich nur stinkig, weil ich keinerlei Autorität besaß und alles, was ich dachte oder sagte, nicht im Geringsten ins Gewicht fiel.

Einmal, als ihr kalt wurde, während sie auf dem Sofa stillte, sagte ich: »Soll ich dir einen Pullover holen? Welchen möchtest du?«

»Nein, danke, das mache ich lieber selbst, du bringst doch nur die ganze Schublade durcheinander.«

Ich war also nicht einmal mehr in der Lage, irgendetwas aus einer Schublade zu holen. Sie ließ keine Gelegenheit aus, mich herunterzuputzen.

Anstatt mich zu empören und gekränkt zu sein, lächelte ich nur still, keine Ahnung, warum. Ich hätte auch genauso gut laut lachen können.

Aber es gab auch Wichtigeres, nach drei Monaten stand die Entscheidung an, welche Impfungen Leo bekommen sollte, denn nicht alle waren obligatorisch.

Wir versuchten herauszufinden, was das Beste für ihn sei, ich neigte dazu, sämtliche Impfungen machen zu lassen, Sofia hingegen nimmt so gut wie keine Medikamente und hatte irgendwo gelesen, dass Impfungen auch gefährlich sein können. Was wirklich stimmte, war schwer festzustellen, je mehr Informationen wir hatten, desto verwirrter waren wir. Manch einer behauptete sogar, ohne Impfungen könnten wir Leo in bestimmten Krippen und Schulen gar nicht anmelden.

»Es besteht kein Risiko, höchstens ein paar Tage leichtes Fieber, mehr kann nicht passieren«, so unsere Kinderärztin. Andere hingegen behaupteten, der Impfstoff enthalte Schwermetalle, die zu irreversiblen Schäden führen könnten. Es gab einfach keine eindeutige Antwort, und am Ende beschlossen wir, nur die obligatorischen Impfungen machen zu lassen.

Als er in der Ambulanz auf der Bahre saß, sah uns Leo fragend an, er verstand nicht, was da vorging, aber Angst hatte er nicht, er lächelte und spielte mit Sofia. Doch als man ihm die Spritze setzte, brach er in Tränen aus, vielleicht, so mein Gedanke, auch aus Enttäuschung, weil wir ihm das nicht erspart hatten. Eine Banalität, es war ja nur eine Spritze, aber beim Verlassen der Ambulanz waren wir alle drei emotional aufgewühlt.

Um sich verbunden zu fühlen, brauchen manche Paare etwas Gemeinsames, etwas Drittes, auf das sie ihre Liebe richten können, ein Kind, einen Hund, eine Katze, ein Hobby, ein Projekt, eine berufliche Aktivität. Vermittelt über etwas Drittes fällt es ihnen leichter, sich zu lieben.

Ein Kind zu bekommen ist für viele der schönste

Augenblick im Leben, überwältigt von Glück fühlen sie sich so innig verbunden wie nie zuvor.

Bei uns war es nicht so. Leo brachte unser gewohntes Gleichgewicht ins Wanken, und plötzlich steckten wir in einer tiefen Krise.

Alles, was wir uns aufgebaut hatten, bevor das Kind kam, die Wärme der Beziehung, die Art, wie wir zusammenlebten, die Ironie, das alte Einverständnis, wurde zu einer bloßen Erinnerung. Tagsüber stritten wir zwar nicht so oft, schafften es, die Spannungen auszuhalten, dennoch wurde die Distanz zwischen uns immer größer.

Sexuell lief gar nichts mehr, das wunderte mich nicht, Sofia war völlig entkräftet, die Müdigkeit war ihr ins Gesicht geschrieben. Sie fand sich unattraktiv, ihr Körper hatte sich noch nicht erholt. Außerdem spielten die Hormone noch nicht mit, was auch nicht besonders hilfreich war.

Eines Tages, als ich von der Arbeit kam, brach es aus ihr heraus: »Ich sehe furchtbar aus, dick und aufgeblasen, wenn ich mich im Spiegel sehe, könnte ich heulen. Wenn du nach Hause kommst, habe ich ein schlechtes Gewissen, weil die Wohnung aussieht, als hätte eine Bombe eingeschlagen, man könnte meinen, ich hätte den ganzen Tag auf dem Sofa gesessen, dabei hatte ich keine freie Minute. Und weißt du, was mir dann durch den Kopf geht?

Dass du im Büro jede Menge attraktive Frauen um dich hast, mit Stöckelschuhen, frischgewaschenen Haaren, schlank, geschminkt, sexy; ist doch klar, dass du sie automatisch mit mir vergleichst, die ich den ganzen Tag im Schlafanzug verbringe, ungeduscht und mit Milch und Kotze beschmiert.«

Das mit dem Sex machte mir keine allzu großen Sorgen, denn ich war davon überzeugt, dass das normal war und bald vorübergehen würde. Auch ich verspürte wenig Lust, denn bei der Geburt eines Kindes sinkt der Testosteronspiegel beim Mann schlagartig um fast ein Drittel und bleibt fünf Jahre lang niedrig. Was mir viel mehr Sorgen machte, war, dass sich unser Vertrauensverhältnis rasant aufzulösen drohte. Uns fehlte schlicht die Zeit, um miteinander zu kommunizieren. Ausgerechnet wir beide, die wir immer stundenlang miteinander gequatscht hatten.

War ich im Begriff, ihr etwas Wichtiges zu sagen, unterbrach sie mich, weil sie meinte, aus Leos Zimmer Geräusche gehört zu haben, vielleicht war er ja aufgewacht. Manchmal legte sie sogar mit einem *Pssst* den Finger auf den Mund und brachte mich damit zum Schweigen. Das fand ich absolut unmöglich.

Noch schlimmer war es, wenn sie mitten in einer Auseinandersetzung plötzlich aufsprang und mich einfach sitzenließ, das machte mich ganz kirre. Immer hatte Leo Vorrang, das frustrierte mich am meisten.

Manchmal führte ich den Streit im Geiste fort und ärgerte mich über mich selbst, weil mir dann alles Mögliche einfiel, was ich eigentlich hätte sagen wollen.

Irgendwann war alles so mühsam geworden, dass ich morgens, wenn ich zur Arbeit ging, erleichtert aufatmete.

Manchmal sah ich in den Spiegel im Aufzug und fragte mich: *Was hast du dir da bloß eingebrockt?*

Zudem beneidete Sofia mich um meine Arbeit. Wenn sie das Thema anschnitt, hatte ich oft den Eindruck, dass sie mir Schuldgefühle einreden wollte.

So als würde ich am Leben teilnehmen, während sie sich davon ausgeschlossen fühlte, weil sie nur noch für Leo da sein musste.

»Hör mal, das ist doch kein Vergnügen, ich fahre zur Arbeit, nicht in Urlaub, die Hin- und Rückfahrt, das ist meine einzige Freizeit«, sagte ich eines Tages zu ihr.

»Immerhin kommst du mal raus, triffst andere Leute, gehst mit ihnen Mittag essen, lachst mit ihnen. Du kannst dir gar nicht vorstellen, wie sehr mir die Arbeit fehlt.«

»Noch ein paar Monate, dann kannst du auch wieder arbeiten gehen.«

»In einem Showroom? Ich kann es kaum erwarten«, antwortete sie sarkastisch.

Ich sagte nichts, weil ich nicht wusste, was ich darauf antworten sollte.

»Ich bin gerne Mutter, aber manchmal wird es mir einfach zu viel.«

Erschwerend kam hinzu, dass sie in einer fremden Stadt lebte, ohne ihre Freundinnen und ohne ihre Familie.

»Wie wär's, wenn wir jemanden einstellen, der dir hilft? Nur für ein paar Stunden täglich, damit du auch mal alleine rauskannst, einfach ein paar Schritte gehen oder ins Fitnessstudio, wenn du willst. Eine kurze Unterbrechung.«

»Dafür ist es noch zu früh, später vielleicht. Ich möchte Leo nicht bei einer Fremden lassen.«

Und wer hätte das auch sein sollen? Für einen Babysitter waren wir noch nicht bereit. Aber ich spürte, dass wir ein bisschen Zeit für uns brauchten, deshalb überredete ich sie dazu, einen Abend mit mir auszugehen, nur wir beide, wie in alten Zeiten.

Damals stillte sie noch alle drei Stunden, war aber damit einverstanden, dass meine Mutter Leo bei Bedarf mit dem Fläschchen fütterte.

Wir versuchten, uns zu amüsieren, hätten uns liebend gern gemeinsam betrunken, was wir schon ewig nicht mehr gemacht hatten. Da Sofia keinen Alkohol trinken durfte, nahm ich einen Schluck Wein in den Mund und gab ihr danach einen Kuss, um sie wenigstens am Geschmack teilhaben zu lassen.

Ein guter erster Schritt. Als wir zurückkamen, schlief Leo, nachdem er fast das ganze Fläschchen ausgetrunken hatte.

Leider hatte er danach drei Tage lang Verstopfung, so dass wir Miniklistiere für Neugeborene kaufen mussten. Es dauerte eine ganze Woche, bis sich seine Verdauung wieder normalisierte. Sofia hatte noch tagelang Gewissensbisse, fand jedoch, auch wenn sie es nicht sagte, dass es eigentlich meine Schuld war.

Inzwischen war alles zum Problem geworden, sogar ein simples Abendessen.

Deshalb konnte ich eines Abends nicht einschlafen.

Stundenlang wendete ich alles hin und her, nahm mein Leben auseinander und setzte es wieder zusammen, suchte verzweifelt nach einer Erklärung. Ich war verwirrt, wusste nicht mehr, wer ich war. Ich begriff nicht, wie ich mich so weit von mir selbst hatte entfernen können.

Es war wie in einem dieser Persönlichkeitstests aus der Zeitung, wo man mit jeder Antwort, die man ankreuzt, darüber entscheidet, welche Frage als Nächstes kommt, und so weiter bis zum Schluss, wo man gesagt bekommt, was man für ein Typ ist. Ich kam mir vor wie eine endlose Kette halbherziger Kompromisse, widerstrebend, nur aus Anstand gegebener Antworten. Ich hatte mich total verheddert und wusste nicht mehr, wie es weitergehen sollte. Das Profil, das am Ende dabei herauskam, hatte mit mir nicht die geringste Ähnlichkeit.

Stück für Stück, Schritt um Schritt versuchte ich, den Sinn des Ganzen zu ergründen, aber ich kam einfach nicht dahinter. Dennoch hatte ich das dumpfe Gefühl, dass an bestimmten Punkten ein anderer für mich entschieden hatte, vielleicht das Leben.

Während ich noch vollauf damit beschäftigt war, meine Empfindungen zu sortieren und zu ergründen, kam mir plötzlich eine erschreckende Erkenntnis, die ein gigantisches Schuldgefühl auslöste. Ich schämte mich in Grund und Boden. Zerknirscht dachte ich daran, wie großartig sich ein frischgebackener Vater nach landläufiger Meinung eigentlich fühlen muss: »Wenn du dein Kind in Händen hältst, vergisst du schlagartig dich selbst und deine Bedürfnisse, dann zählt nur noch das

Kind und sein Wohlergehen. Ein Kind zu haben bedeutet, ein anderes Wesen mehr zu lieben als dich selbst, als dein eigenes Leben.«

Das habe ich so nicht erlebt.

Ich liebte Leo, aber die vielbeschworene bedingungslose Liebe, bei der man sich selbst vergisst, die stellte sich bei mir nicht ein. Jedenfalls nicht sofort. Das kam erst später, dieses Gefühl musste erst langsam wachsen.

Oft ging es mir tierisch gegen den Strich, dass sich plötzlich alles nur noch um Leo drehte, so dass ich rund um die Uhr beschäftigt war und für nichts und niemanden mehr Zeit hatte, schon gar nicht für mich selbst. Diese Einschränkung empfand ich als Zumutung und wünschte mir mein altes Leben zurück.

Doch was mir am meisten Angst machte, war die Erkenntnis, dass es kein Zurück mehr gab, denn nun war ich für den Rest meines Lebens dazu verdonnert, Vater zu sein.

Um Sofia nicht auch noch abends mit dem Kind allein zu lassen, unternahm ich gar nichts mehr, ging nicht mehr ins Fitnessstudio, nicht mehr ins Kino, ins Theater oder auf Konzerte. Neben der Arbeit machte ich gar nichts mehr. Selbst Mauro rief immer seltener an, und ich konnte ihn gut verstehen. Es war frustrierend, jedes Mal nein sagen zu müssen, wenn er etwas mit mir unternehmen wollte.

»Komm schon, du bist doch nicht im Knast, mal mit deinem Freund ein Bier trinken, das wird ja wohl drin sein.«

Ich hatte das Gefühl, alle zu frustrieren, meine Kollegen, meine Mutter, meine Freunde, Sofia. Aber vor allem mich selbst.

Wenn ich von der Arbeit kam, wollte ich eigentlich nur noch entspannen, ein bisschen Musik hören vielleicht und ansonsten nichts tun. Aber für Sofia war meine Rückkehr wie ein Rettungsanker, sie wollte sich endlich unterhalten. Eines Abends sagte sie: »Ich brauche jemanden zum Reden, einen Erwachsenen, der sich mit mir unterhält, aber du bist immer so abwesend, sagst kein Wort und behandelst mich wie Luft.«

»Das ist die Müdigkeit, seit Monaten habe ich kaum geschlafen.«

»Wem sagst du das.«

»Aber du kannst nachmittags wenigstens ein Nickerchen machen.«

Sie machte ein Gesicht, als würde sie mich am liebsten erwürgen. Ich versuchte einzulenken: »Ja, ich weiß, für dich ist es noch härter, es ist nicht deine Schuld, schuld ist die ganze Situation.«

Sofia hatte das Gefühl, sich aufzuopfern und dafür nicht genügend zurückzubekommen: »Du bist müde, na gut, aber eben auch ziemlich abweisend. Mich guckst du gar nicht mehr an, keine Zärtlichkeit, keine liebevolle Geste, nichts, ich habe das Gefühl, du weichst mir aus.«

»Aber so liebevoll wie jetzt war ich doch noch nie.«

»Stimmt doch gar nicht. Zu Leo vielleicht, den knuddelst du mit Hingabe, schmust und spielst mit ihm, siehst ihn liebevoll an. Aber mich ignorierst du.«

»Bei Leo ist das was anderes.«

»Wie anders?«

Ich verzog das Gesicht, wusste nicht, was ich dazu sagen sollte, aber mir war klar, dass ich sie gekränkt hatte.

Als wir dann später auf dem Sofa saßen, sah ich sie an und sagte: »Entschuldige, dass ich so lieblos war.«

»Nein, ich muss mich entschuldigen.«

»Wofür denn?«

»Ich bin wirklich eine Nervensäge, ich jammere in einem fort, ohne es überhaupt zu merken.«

Wir küssten uns, eigentlich sollte es ein Küsschen werden, wurde aber ein langer, leidenschaftlicher Kuss. Ich war erregt, packte sie an der Hüfte und zog sie an mich.

»Was machst du denn?«

»Komm her.«

»Aber ich will nicht, ich bin todmüde.«

»Wie bitte?«

»Jetzt nicht, ich bin noch nicht einmal geduscht.«

»Umso besser, ich liebe deinen Geruch.«

»Aber diesmal habe ich es echt übertrieben, vielleicht sollte ich vor dem Schlafengehen noch schnell unter die Dusche springen, sonst könnte es gut sein, dass ich es auch morgen wieder nicht schaffe.«

»Aber vorher vögeln wir.«

Sie versuchte zwar noch, mich wegzuschieben, aber die Geste war eher halbherzig. Dann hatten wir Sex. Es war das erste Mal seit Monaten.

Vierzehn

Bevor ich selbst Vater wurde, glaubte ich, ein Kind anzuziehen sei so einfach, wie eine Puppe anzuziehen. Dabei war mir jedoch entgangen, dass ein Kind ein lebendes Wesen ist und sich dauernd bewegt.

Leo hielt keine Sekunde still, wenn ich ihn wickelte. Meistens strampelte er wild um sich oder warf sich hin und her bei dem Versuch, den Wickeltisch zu verlassen. Sämtliche Hemdchen, Strampler und Schlafanzüge haben drei Druckknöpfe. Aber selbst nach monatelanger Übung vergaß ich immer noch einen davon oder knöpfte sie schief zu.

Während ich wieder einmal mit Leos Schlafanzug kämpfte, sagte Sofia: »Meine Mutter hat angerufen und uns für Sonntag zum Mittagessen eingeladen.«

Mitunter kam ich mir vor wie in einem Spiel, bei dem die Schwierigkeiten auf dem jeweils nächsten Niveau immer größer wurden. Nach einer anstrengenden Arbeitswoche hätte ich das Wochenende eigentlich lieber in aller Ruhe zu Hause verbracht.

»Warum fahrt ihr nicht alleine nach Bologna? Ich muss dringend noch ein paar Sachen erledigen.«

Sie warf mir einen strafenden Blick zu, schwieg gekränkt und sagte dann: »Soso.«

Dann ging sie wortlos ins Wohnzimmer, setzte sich mit Leo auf den Boden und begann mit ihm zu spielen. Ich fragte mich, ob sie ihre Zuneigung zu Leo wieder einmal als Waffe einsetzte, damit ich mich ausgeschlossen fühlte. Wenn wir Streit hatten, tat sie das manchmal, das machte mich rasend. Aber diesmal nicht.

Im Grunde bereute ich es schon, dass ich sie gebeten hatte, allein nach Bologna zu fahren.

Langsam begriff ich, was Sergio damit meinte, als er sagte: »Was du möchtest, spielt keine Rolle mehr.« Das traf es haargenau; für mein Bedürfnis, auch mal allein zu sein, war offenbar nie der richtige Zeitpunkt.

Oft gab es deswegen Reibereien, ich wünschte mir mehr Freiraum, ein bisschen mehr Zeit für mich, während sie auf mehr Zuwendung, mehr Gemeinsamkeit, mehr Familie aus war. Unsere Wünsche waren also genau entgegengesetzt.

Ich wollte allein sein, weil ich Zeit zum Nachdenken brauchte, genauso wie sie sich mehr Zeit für sich und ihre Interessen hätte nehmen sollen, um neue Energie zu tanken und neue Begeisterung zu entwickeln. Aber anstatt sich ihre Freiräume zu nehmen, gab sie dem *wir* den Vorzug. Wenn ich ihr anbot, auf Leo aufzupassen, damit sie mal allein ausgehen konnte, fühlte sie sich immer gleich ausgebootet, so als hätte ich nichts anderes im Sinn, als sie loszuwerden. Wenn ich mit Leo spazieren ging, wollte sie immer unbedingt dabei sein. Dann hätte ich am liebsten gesagt: »Dann geh du doch mit ihm, und ich bleibe zu Hause.«

Was hätte ich darum gegeben, wenn sie mir auch mal angeboten hätte, eine Weile für mich zu sein.

Mit den Jahren hatte ich eine Leidenschaft fürs Kochen entwickelt, dabei konnte ich mich wunderbar entspannen. Musik und ein Glas Rotwein, mehr brauchte ich dazu nicht. Gemüse putzen, Nudelsaucen kochen oder Risotto in allen erdenklichen Varianten. Das war wie Urlaub.

Einmal, als ich tatsächlich mal allein zu Hause war, hatte ich es mir gerade in der Küche gemütlich gemacht. Ich war dabei, eine Minestrone zu kochen, stand am Herd, hörte die Callas, trank ein Glas Dolcetto und hing meinen Gedanken nach. Doch dann kamen plötzlich Sofia und Leo zurück, sie war müde, er quengelte, weil er Hunger hatte. Völlig entnervt platzte Sofia herein, schaltete die Abzugshaube ein und riss das Fenster auf, weil es angeblich bis ins Treppenhaus nach Essen roch. Dann sagte sie, Leo müsse jetzt gebadet werden, und fragte, ob ich das vielleicht übernehmen könnte. »Klar«, sagte ich.

Was hätte ich auch sonst sagen sollen? Schließlich hatte sie schon den ganzen Tag dieses unersättliche Etwas gehütet, das wir Kind nennen.

So war es immer, kaum gönnte man sich eine Auszeit, brach prompt irgendein Chaos aus und machte alles zunichte. In Sekundenschnelle war mein schöner Plan dahin, kein genüssliches Kochen mehr, keine Callas, kein Rotwein; von Wolke sieben im Sturzflug abwärts, und ehe ich mich's versah, kniete ich vor der Wanne, um mein Kind zu baden.

Es war, als würde man unsanft aus einem schönen Traum gerissen.

Einmal ging ich im Traum in eine Bar in New York, um einen Kaffee zu trinken. Während ich auf die Kellnerin wartete, ging die Tür auf, und Robert De Niro kam herein. Er trat an meinen Tisch und fragte: »Darf ich mich zu dir setzen? Ich habe dir etwas Wichtiges mitzuteilen.« Im Traum war er kein Star, sondern ein ganz normaler Mensch. Als er sich gesetzt hatte, sah er mich lange eindringlich an und sagte dann: »Weißt du, lieber Nicola, was deine größte Begabung ist? Was dich im Leben immer retten wird?«

»Nein, sag du es mir.«

Plötzlich fing jemand an zu brüllen, es hörte sich an wie ein Kind. Ich brauchte ein paar Sekunden, um zu realisieren, dass es Leo war. Als Sofia aufstand, um ihn zu beruhigen, versuchte ich, sofort wieder einzuschlafen und weiterzuträumen, doch Robert De Niro war für immer verschwunden. Mitunter ruinieren Kinder deine Träume.

Später beim Abendessen herrschte immer noch dicke Luft.

Ich sah Sofia an und fragte: »Bist du immer noch sauer wegen des Essens bei deinen Eltern?«

»Nein.«

»Sag die Wahrheit.«

Nach einem Schweigen, in dem nur das Klappern des Bestecks zu hören war, sagte sie: »Unter der Woche haben wir kaum Zeit füreinander, wenn ich dann auch noch am Wochenende wegfahre, sehen wir uns überhaupt nicht mehr. Natürlich freue ich mich, meine Freundinnen zu treffen. Aber jetzt, wo wir eine Familie sind, wäre ich auch gern öfter mit euch zusammen, mit euch beiden. Und ich will einfach nicht, dass du mich so abweisend behandelst.«

»Tue ich doch gar nicht.«

»Nächstes Mal fahre ich unter der Woche zu meinen Eltern. In Ordnung?«

»Gut, aber ich weise dich nicht ab.«

Sie wusste, dass meine Freundlichkeit aufgesetzt war, es war eine Lüge. Eigentlich hätte ich am liebsten gesagt: »Haut bloß ab, und lasst mich ein paar Tage in Ruhe.«

Manchmal ging mir die Familie am Wochenende derart auf den Geist, dass ich den Montag kaum erwarten konnte. Ich tat mich schwer, so als hätte ich mich völlig verausgabt und sämtliche Vorräte an Liebe und Aufmerksamkeit aufgebraucht. Ich fühlte mich genötigt und schämte mich, weil ich keine Lust hatte, mit der Frau, die ich liebte, und mit meinem Sohn zusammen zu sein. Wenn ich so drauf war, machte ich vieles nur noch aus Pflichtgefühl und nicht, weil ich dazu Lust hatte. All diesen kleinen Verpflichtungen nachzukommen empfand ich als Sklaverei.

Sosehr ich mich auch bemühte, Sofia ließ sich nichts vormachen. Sie begriff, dass ich nicht bei ihnen sein wollte, und ich wusste, dass ich sie damit enttäuschte und verletzte. Doch in solchen Augenblicken gab ich nicht viel darum, wie sie sich fühlte, ich war schamlos egoistisch und dachte nur an mich. Manchmal jedoch tat es mir auch leid, dann versuchte ich, meine schlechte Laune zu verbergen und spielte ihr etwas vor, imitierte die Begeisterung aus glücklichen Tagen, als ich noch ganz verrückt danach war, mit ihnen zusammen zu sein.

Auf das Sonntagsessen bei ihren Eltern hätte ich jedenfalls liebend gern verzichtet. Besonders erpicht darauf war ich noch nie, doch seit Leos Geburt war es noch schlimmer geworden. Sofias Mutter war ganz versessen auf ihren Enkel und vergötterte ihn. Wenn wir ankamen, stürzte sie sich auf ihn und ließ keine Sekunde mehr von ihm ab. Man hätte meinen können, es sei ihr Sohn.

Mit Sicherheit dachten sie, ich hätte es ernsthaft an der Prostata, denn jedes Mal, wenn wir bei ihnen waren, ging ich tausendmal zur Toilette. In Wahrheit atmete ich auf, wenn ich die Tür hinter mir zumachte, setzte mich auf den Rand der Badewanne und fragte mich, womit ich das verdient hatte. Ich hatte mir doch Sofia ausgesucht und nicht all diese Leute im Wohnzimmer.

Auch sie waren lockerer, wenn ich nicht dabei war, nicht so förmlich.

Als ich einmal das Thema anschnitt, sagte Sofia, das sei doch nur eine blöde Ausrede, das würde ich mir bloß ausdenken, damit ich nicht mitmüsste und meine Ruhe hätte.

Ein weiterer Grund, warum ich nicht immer mitwollte, war meine Vorstellung, dass man als Mann auch mal Anspruch auf seine wohlverdiente Ruhe hat, so wie ich es von meinem Vater kannte. Wenn meine Mutter und ich sonntags die Großeltern besuchten, blieb er oft zu Hause, für meine Eltern kein Grund zum Streiten.

Als wir ins Bett gingen, war Sofia immer noch beleidigt. Ich hasse es, wenn beim Schlafengehen noch Spannungen zwischen uns bestehen. Entweder finde ich dann überhaupt keinen Schlaf oder versinke schlagartig in Tiefschlaf, wie auf der Flucht.

Das letzte Mal hatte Sofia dann zu mir gesagt: »Du bist eingeschlafen, als sei nichts gewesen. Wir streiten, und du, du drehst dich einfach auf die andere Seite und schläfst seelenruhig ein. Das hat mich nur noch mehr aufgeregt, und ich habe die ganze Nacht kein Auge zugetan. Ich verstehe nicht, wie du unter solchen Umständen einfach so einschlafen kannst. Offenbar ist dir inzwischen alles scheißegal.«

An diesem Abend wurde mir klar, dass sie recht hatte. Schon dreimal hatte ich ihr vorgeschlagen, alleine zu ihren Eltern zu fahren.

Ich rückte zu ihr rüber, um sie zu umarmen. Wenn sie richtig sauer ist, schubst sie mich mit der Schulter zurück und zieht die Decke an sich, so als hätte ich es allein ihrer Großzügigkeit zu verdanken, wenn ich einen Anteil davon bekomme.

Aber an diesem Abend kehrte sie mir den Rücken zu und rührte sich nicht, als ich sie von hinten umarmte. Weder Zurückweisung noch Einverständnis. So schliefen wir ein, schweigend. Am nächsten Morgen schien sie nicht mehr sauer zu sein.

»Ich habe es mir anders überlegt, ich glaube, ich komme am Sonntag doch mit.«

»Musst du aber nicht, nicht meinetwegen, ich weiß ja, dass du müde bist.« Sie schien es ernst zu meinen.

»Ich ruhe mich heute Abend aus, kein Problem. Oder sollen wir vielleicht einen Stadtbummel machen? Nur so, um ein bisschen rauszukommen.«

Sie lächelte erfreut.

Während wir durch die Stadt bummelten, schwante mir, dass es da noch einen anderen Grund gab, warum ich absolut keinen Bock auf diese Familientreffen hatte: Ich war eifersüchtig. Eifersüchtig auf alle, die sich um Leos Gunst rissen, ihn dauernd auf den Arm nehmen wollten und ihn keinen Augenblick in Ruhe ließen; und ich war eifersüchtig auf Sofias Familie. Sofia gehörte mir, nicht ihnen.

»Woran denkst du?«, fragte sie.

»Wie sehr ich mir wünsche, mit dir auszugehen, nur wir beide, essen, Wein trinken und quatschen wie in alten Zeiten. Das wäre traumhaft.«

Wäre ich ehrlich gewesen, hätte sie mir ohnehin nicht geglaubt, vor allem aber hätte ich dabei nicht besonders gut ausgesehen.

Ich schaute auf Leo im Buggy hinunter und ergriff Sofias Hand.

Ihr seid meine Familie, sagte ich zu mir selbst, *und ich will euch mit niemandem teilen.*

Fünfzehn

Sofia will nicht nur geliebt werden, das reicht ihr nicht, sie will begehrt werden, sie will, dass ich über sie herfalle und sie an die Wand drücke, dann und wann steht sie auf diese Art von Sex. Sie will Leidenschaft, will, dass ich sie an den Haaren ziehe, sie hart rannehme, sie beiße. Das hat sie so zwar nie gesagt, aber ich spüre das.

Doch mit der Zeit kühlt auch die größte Leidenschaft unweigerlich ab. Dabei war es keineswegs so, dass sie mir nicht mehr gefiel, ich fand sie immer noch attraktiv und hatte Lust, mit ihr zu schlafen, aber je besser man sich kennt, desto mehr verliert sich auch das Geheimnisvolle.

Begehren erwächst immer aus einem Mangel, aus etwas, das man nicht hat, aber unbedingt haben will. Wenn man es dann hat, kann man es zwar immer noch *wollen*, man kann es *lieben*, aber *begehren* kann man es nicht mehr.

Unsere sexuelle Aktivität war in dieser Zeit qualitativ und quantitativ zurückgegangen. Das war nicht nur eine Frage der Lust, denn wir hatten nicht mehr Sex, wenn wir wollten, sondern wenn wir konnten, wenn sich die Gelegenheit dazu ergab.

Morgens, wenn Leo aufwachte, stand einer von uns beiden auf, holte ihn zu uns ins Bett oder ging gleich mit ihm zum Frühstück in die Küche. Tagsüber war ich nicht da, und wenn ich zurückkam, waren immer tausend Sachen zu erledigen. Und abends, wenn wir ins Bett gingen, waren wir völlig erschöpft.

In letzter Zeit hatten wir manchmal Sex, wenn Leo schlief oder in ein Spiel vertieft war. Diese Heimlichkeit machte mich an, das erinnerte mich an alte Zeiten, als ich im Büro mit einer Kollegin auf der Toilette Sex hatte und man uns jeden Augenblick erwischen konnte. Die Vorstellung, etwas Verbotenes zu tun, erregte mich.

Eines Abends, Leo schlief schon, kam ich gerade aus der Dusche, und Sofia stand vor dem Spiegel und cremte sich ein. Die Situation schien ideal. *Jetzt oder nie*, sagte ich mir. Ich packte sie von hinten, damit hatte sie nicht gerechnet, und ich glaube, das kam mir zugute, überraschender Sex kommt immer gut.

Ich mag diese Stellung, sie von hinten an der Hüfte oder den Haaren zu packen, ihr Gesicht im Spiegel zu sehen, vor allem dann, wenn sie den

Kopf zur Schulter dreht und den Mund darin vergräbt, damit kein Geräusch entsteht.

Kurze Zeit später fing Leo an zu schreien. Manchmal glaube ich, dass es kein Zufall ist, sondern dass er es spürt. Auch als er noch ganz klein war, wachte er manchmal, wenn wir gerade angefangen hatten, plötzlich auf und heulte, so als gäbe es da eine innere Verbindung zwischen ihm und Sofia.

Unschlüssig sahen wir uns im Spiegel an. Wir warteten noch kurz, ob er vielleicht wieder aufhörte, aber als er noch lauter brüllte, ging sie zu ihm und ließ mich mit meiner Erektion stehen.

In derartigen Situationen wusste ich nie, wie ich mich verhalten sollte, ob ich auf sie warten, es alleine zu Ende bringen oder es lieber ganz lassen sollte.

Normalerweise wartete ich noch ein paar Minuten, ob sie vielleicht zurückkam. Einmal jedoch war ich schon fertig, als sie wiederkam.

»Tut mir leid«, sagte ich und zeigte auf meinen völlig entspannten Unterleib. Sie war so frustriert wie eine, die sich den ganzen Tag auf ein Stück Kuchen freut, das sie im Kühlschrank hat, und dann feststellen muss, dass es irgendjemand schon aufgegessen hat.

In dieser Phase war das Vorspiel auf der Strecke

geblieben. Ein bisschen bedauerte ich das, denn schon immer hatte ich eine besondere Vorliebe dafür, weil mich das Spiel mit dem Körper einer Frau erregt.

Am Schluss verzichtete ich sogar beim Masturbieren auf das Vorspiel. Wenn ich mir dabei einen Porno ansah, suchte ich immer einen, der höchstens fünf Minuten dauerte, und selbst den sah ich nicht bis zum Ende. Ich schaute mir nur den Anfang an und kam dann, wenn es keine sonderlich interessanten Stellungen gab, schnell zum Schluss, wo die Frau vor dem Mann kniete und er im Begriff war, in ihr Gesicht zu ejakulieren.

Mitunter hatten wir keinen Sex, weil einer von uns keine Lust hatte, und das war eine echte Verschwendung, ich dachte immer, wir hätten es auf jeden Fall tun sollen, auch gegen unseren Willen.

Wenn sie nicht wollte, war ich zwar nicht begeistert, machte aber keine große Sache daraus; aber wenn ich nicht wollte, nahm sie das gleich persönlich.

Oft ging das wochenlang so. Kam dann bei einem die Lust zurück, war der andere unwillig: »Auf keinen Fall, du lässt mich ja sonst auch immer hängen, jetzt sieh mal zu, wie du klarkommst.«

Phasenweise war Sex das Allerletzte, was ich mir wünschte, dann aber gab es plötzlich wieder Tage, an denen allein ihr Geruch oder ihr Anblick bei einer häuslichen Verrichtung mich so erregte, dass ich sie am liebsten an Ort und Stelle verschlungen hätte.

Einmal war ich nicht besonders potent, was schon mal vorkommt.

Für einen Mann ist lügen in einer solchen Situation schwieriger, denn die Erektion verrät die Wahrheit. Und damit meine ich nicht, eine Erektion zu bekommen, sondern sie die ganze Zeit über aufrechtzuerhalten. Manchmal fängt es vielversprechend an, voller Begeisterung und Freude, und hört dann sang- und klanglos auf.

Eine Frau hingegen kann alles vortäuschen, von der anfänglichen Lust bis zum Orgasmus. Manchmal merkt man jedoch, wenn sie gar keine Lust empfindet, und zwar nicht, weil sie schweigt, sondern weil sie zu viel redet oder maßlos übertrieben stöhnt. Dann will sie einem weismachen, wie scharf sie auf einen ist, dabei tut sie es nur, damit man schneller kommt. »Besser stumm als gespielt«, wie Mauro immer sagt.

Einmal stimulierte ich mal wieder mit dem Schambein ihre Klitoris. Eigentlich, das war mir nicht entgangen, wollte sie mir danach etwas sagen, aber wir taten so, als wäre nichts.

Als wir uns am nächsten Tag einen Film ansahen, sagte sie plötzlich: »Findest du mich eigentlich immer noch attraktiv?«

Es war offensichtlich, dass ihr diese Frage schon seit Tagen im Kopf herumspukte. Meine mangelnde Potenz am Vorabend hatte sie zusätzlich verunsichert.

»Natürlich bist du immer noch attraktiv.«

Aber ich wusste, dass das nicht ausreichte.

»Wenn wir uns heute zufällig auf der Straße begegneten, würdest du mich immer noch ansprechen?«

»Natürlich.« Ich versuchte, eindeutige Antworten zu geben, und vor allem, ohne zu zögern. Die kleinste Pause, und ich hätte sofort meine Glaubwürdigkeit verloren.

»Aber beim Sex spüre ich davon immer weniger.«

»Ich bin müde, die Arbeit macht mir zu schaffen. Außerdem bin ich auch nicht mehr der Jüngste«, fügte ich rasch hinzu, um die Sache zu entdramatisieren.

Manchmal dachte ich allerdings, dass ich beim Sex mit einer anderen kein Potenzproblem hätte, aber das konnte ich ihr doch nicht sagen. Ich konnte nicht hundertprozentig aufrichtig sein.

Mit einer Fremden, dachte ich, wäre alles automatisch wieder so geheimnisvoll, wie es zwischen uns nicht mehr sein konnte. Und bei einer Fremden wäre ich ungezwungener gewesen, hätte mich mehr gehenlassen und wäre ein besserer Liebhaber gewesen. Abends natürlich nicht, da war ich auf jeden Fall zu müde. Eher am frühen Nachmittag.

Sechzehn

Mitunter wechselten wir morgens kaum ein Wort, waren so einsilbig, als hätten wir Streit. In Wahrheit waren wir nur erschöpft und brauchten das letzte bisschen Kraft, das uns noch geblieben war, um irgendwie weiterzumachen, uns auf das neue Leben einzustellen, den Kurs zu justieren, um nicht vollends unterzugehen.

Irgendwann, als ich ihr morgens gegenübersaß und meinen Kaffee trank, musste ich an unser früheres Leben denken, an die endlosen Gespräche beim Frühstück, die sich oft so lange hinzogen, dass wir beide zu spät zur Arbeit kamen. Damals konnten wir kaum voneinander lassen, sprühten geradezu vor Energie und Aufmerksamkeit.

Einmal, als wir schon zusammenlebten, sah sie mich so eindringlich an, dass ich fragte: »Was ist?«

»Ich habe gerade gemerkt, dass ich glücklich bin.«

Jetzt, wo ich sie eindringlich ansah, beugte sie sich zu Leo hinüber und bemerkte es nicht einmal.

Dabei hing ihr eine Haarsträhne ins Gesicht. Bei diesem Anblick musste ich daran denken, wie oft ich ihr die Haare hinters Ohr geschoben hatte, und fragte mich, wie lange ich das schon nicht mehr gemacht hatte und warum in aller Welt ich damit aufgehört hatte.

Wann haben wir uns bloß aus den Augen verloren?, dachte ich.

Inzwischen war unser Leben eine einzige Enttäuschung, eine ständige Frustration. Alles, was ich gern gemacht hätte, musste ich mir verkneifen und stattdessen anderes tun. Ich kam mir vor wie ein Kind, das gern überall hinfahren möchte, aber keinen Führerschein hat. Genau wie früher musste ich mich auch jetzt wieder nach den Bedürfnissen und Wünschen anderer richten. Erst jetzt wurde mir klar, wie schlecht ich meine frühere Freiheit genutzt hatte. Vieles begriff ich erst, als es schon zu spät war.

Hätte ich noch einmal von vorne anfangen können, wäre ich häufiger verreist, öfter ausgegangen, hätte kein Fest verpasst und vor allem jede gevögelt, auch wenn sie nicht gerade bildschön war. Ich hätte alles darangesetzt, nichts auszulassen und mich völlig zu verausgaben. Doch jetzt musste ich mit dem Gefühl leben, Zeit verschwendet zu haben.

Eines Abends machte ich Sofia den Vorschlag, fürs Abendessen zu sorgen: »Ich könnte von unterwegs Sushi mitbringen.«

»Ist gut, Superidee.«

Es war Freitag, und ich ging in ein japanisches Restaurant nicht weit vom Büro. Nachdem ich bestellt hatte, ließ ich mir ein Bier geben und setzte mich zum Warten draußen auf den Bürgersteig.

Der Sushi-Laden befand sich in einer belebten Fußgängerzone.

Direkt gegenüber lag ein beliebtes Lokal, in dem zu dieser Zeit gerade Hochbetrieb herrschte. In dem dichten Gedränge wuselten ständig Leute hin und her, in einer Hand ein Glas Bier, Wein oder Prosecco, in der anderen ein Tellerchen mit Häppchen jeder Art, die sie dauernd nachfüllten. Dabei unterhielten sie sich angeregt, lachten, schlugen sich gegenseitig auf die Schulter oder lächelten sich zu. Da fiel mir eine Frau auf, die mitten in einer Gruppe stand, sie hatte lange glatte Haare, trug Jeans, ein weit ausgeschnittenes T-Shirt und hohe Absätze. Als sie sich umdrehte, um einen Neuankömmling zu begrüßen, sah man ihren nackten Rücken. Sie war wunderschön. Ich wurde neugierig, wollte sie aus der Nähe sehen. Ohne nachzudenken, überquerte ich die Straße, trat ans Fenster und beobachtete sie. Es waren noch andere Frauen da, aber ich hatte nur Augen für sie. Nur sie allein interessierte mich. Seit Monaten hatte ich keine Frau mehr so lustvoll angeschaut. Früher, dachte ich wehmütig, früher hätte ich keine Sekunde gezögert, sie direkt anzusprechen, in der felsenfesten Überzeugung, dass sie mir nicht widerstehen könnte.

Um bei Frauen Erfolg zu haben, muss man selbstbewusst auftreten, sich siegessicher geben, darf auf keinen Fall Unsicherheit zeigen, dann klappt es garantiert, diesen Tipp hatte ich in meiner Jugend von einem Älteren bekommen. Daran habe ich mich mein Leben lang gehalten, auch wenn es nicht immer funktioniert hat. Irgendwann wandte die Frau in dem Lokal sich zu mir um, sicher hatte sie gespürt, wie ich sie anstarrte, und warf mir einen verächtlichen Blick zu, der mich auf den Boden der Tatsachen zurückholte. Ich schämte mich, kam mir vor wie ein armer Irrer, grinste und ging. Ich holte meine Bestellung ab und machte mich auf den Heimweg, ohne mich noch einmal nach der Frau umzudrehen.

Während Sofia das Spielzeug wegräumte, brachte ich Leo ins Bett. Er hatte den Schlafanzug mit den Flugzeugen an – den mochte ich am liebsten –, war ordentlich gekämmt und roch gut, wie immer, wenn er gebadet war. Er sah mich an. Dann kuschelte er sich in seine Lieblingsposition und dämmerte langsam weg. Ich musste wieder an die Frau aus dem Lokal denken.

Von allen Seiten bekam ich dauernd zu hören, ich könne mich glücklich schätzen. Eigentlich seien solche Leute wie in dem Lokal, alle um die vierzig, doch nur verzweifelt auf Partnersuche, ihre ganze Heiterkeit sei bloß aufgesetzt, um eine tiefe Einsamkeit zu verbergen, in Wirklichkeit seien sie todunglücklich.

Sie seien unfähig, sich ernsthaft auf etwas einzulassen und ein Risiko einzugehen. Im Grunde beneideten sie die Mutigen, solche wie mich, die ein Wagnis eingehen. Der wahre Reichtum stecke in einem Leben wie dem meinen, mit Familie und Kindern.

Obwohl ich solche oder ähnliche Aussagen immer wieder hörte, konnte ich von dem vielbeschworenen Reichtum nicht das Geringste entdecken. Ich sah meinen Sohn in seinem Schlafanzug mit den Flugzeugen an und beneidete die Leute, die ich zuvor gesehen hatte, ich sah nur, was ich alles nicht haben oder tun konnte.

Irgendwann kam Sofia herein, weil ich so lange wegblieb.

»Alles in Ordnung?«, wisperte sie.

»Ja, ich komme gleich, es hat nur so lange gedauert, weil er nicht einschlafen wollte.« Armer Leo, ohne sein Wissen musste er für meine persönlichen Befindlichkeiten herhalten.

Wir aßen das Sushi und sahen uns dann eine Folge von *Shameless* an.

Beim Zähneputzen sagte Sofia: »Kommst du morgen mit zu Ikea? Wir brauchen unbedingt ein paar Sachen.«

Weil ich gerade mit dem Rücken zu ihr stand, verzog ich schmerzhaft das Gesicht, als hätte sie mir ein Messer in den Rücken gerammt. Natürlich hätte ich auch nein sagen können, aber aus unerfindlichen Gründen sagte ich ja.

Im Bett starrte ich an die Decke und sah im Geiste immer noch die Frau aus der Bar. Genüsslich malte ich mir aus, wie es hätte weitergehen können. Ich stellte mir vor, wie ich sie überredete, das Lokal zu verlassen, noch länger in dem Gedränge zu verharren war doch reine Zeitverschwendung, wo wir den besten Fang doch schon gemacht hatten. Wie in einem an die Decke projizierten Film sah ich den ganzen Abend in allen Details vor mir, ich sah ausgezeichnet, es war nicht weit weg. Wie wir zu ihr gingen, ihre glatten weichen Beine. Als ich mich gerade auf sie legen wollte, sagte sie: »Halt, warte«, und drehte sich auf den Bauch: »Nimm mich von hinten.«

In diesem Augenblick begann Leo zu weinen, ein paar Sekunden reichten, um alles zu zerstören.

»Ich gehe schon«, sagte ich zu Sofia.

»Danke.«

Samstagvormittag um elf saßen wir im Auto. Leo war schon seit sechs munter, ich inzwischen fix und fertig. Kaum waren wir bei Ikea angekommen, sagte ich mir, nie wieder, das ist wirklich das letzte Mal.

Einem echten Mann wäre so etwas nicht passiert. Mein Vater beispielsweise wäre nie auf die Idee gekommen, mit meiner Mutter einkaufen zu gehen, sie hätte eine Freundin mitgenommen oder meine Großmutter oder ihre Schwester. Undenkbar, ihn mit so etwas zu behelligen. Das war Frauensache, Männer hatten dabei nichts verloren. Warum in aller Welt hatte ich das Sofia nicht gleich klargemacht, als wir uns kennenlernten? Weil es mir am Anfang Spaß gemacht hat, deshalb. Es war schön, mit ihr durch Ikea zu schlendern und sich dabei unser zukünftiges Leben mit all den bunten Kerzen, Deckchen und Schüsselchen vorzustellen. Eine pastellfarbene Espressotasse diente mir als Projektionsfläche, darauf sah ich den Film unserer zukünftigen Frühstücke.

Wenn ich etwas gegen meinen Willen mache, verfalle ich in Schweigen. Deshalb grummelte ich still vor mich hin, und kurz vor der Treppe, wo es zu den Töpfen, Tellern, Trockentüchern hinunterging, musste ich wieder an zwei Personen denken. Eine war die Frau vom Vorabend, die mit dem rückenfreien T-Shirt, ich fragte mich, ob sie wohl mit einem Mann nach Hause gegangen war, ob sie bei ihm übernachtet hatte, ob sie sich wohl gerade jetzt, wo ich bei Ikea war, anzog, um nach Hause zu gehen. Und er, hatte er sie gut gevögelt, ihr Befriedigung verschafft? Ich jedenfalls hätte alles darangesetzt.

Die andere Person war Mick Jagger. Mick Jagger geht sicher nicht mit seiner Frau zu Ikea. Er macht nur das, wozu er Lust hat. Verdammt, bei ihm würde es keiner wagen, ihm so etwas auch nur vorzuschlagen. Er kann tun und lassen, was er will.

Ich grunzte zustimmend: *Gut gesagt!*

Sofia sah mich an und fragte, woran ich gerade dachte. Sie wusste, dass ich im Geiste oft Selbstgespräche führte.

»Ach, nichts.«

Ich war auch weiterhin ziemlich einsilbig, sagte nur ja oder nein zu den Sachen, die sie mir zeigte.

Als ich in der Teppichabteilung zufällig einen Blick mit einem etwas älteren Mann tauschte, erkannte ich darin dasselbe Unbehagen. Lächelnd nickten wir uns verständnisvoll zu.

Ich fühlte mich ihm so nah, dass ich am liebsten sofort ein Bier mit ihm getrunken hätte.

Als wir schließlich ins Auto stiegen, ertrug Sofia mein kindisches Verhalten nicht länger. Sie hatte allen Grund dazu.

»Wenn du so eine Fresse ziehst, bleibst du beim nächsten Mal besser zu Hause.«

»Das sagst du immer, aber dann soll ich doch jedes Mal wieder mitkommen.«

»Also gut, nächstes Mal frage ich gar nicht mehr, oder du sagst nein. Ich kann genauso gut allein herkommen, ich brauche keinen Chauffeur. Mir war nicht klar, dass Zeit mit mir zu verbringen eine Strafe für dich ist.«

Ich hatte keine Lust zu streiten und hüllte mich erneut in Schweigen, zumal es im Auto kein Entrinnen gab, da konnte ich nicht einfach aufstehen, den Raum verlassen oder mich im Bad einschließen. Und doch hätte ich manchmal große Lust, beim Fahren einfach die Tür aufzureißen und hinauszuspringen wie ein Stuntman. *Zack und weg*, da würde sie große Augen machen.

Auf der Fahrt ging mir weiter durch den Kopf, dass Sofia zwar wusste, dass ich nur ungern mitkam, mich aber trotzdem immer wieder fragte, weil es doch auch Spaß macht, sich gegenseitig ein bisschen zu triezen.

»Und ich verstehe auch nicht, was an einem Einkauf bei Ikea so schlimm sein soll. Und tu bitte nicht so, als würdest du mir einen Gefallen tun, immerhin ist der Haushaltskram auch für dich, ich wohne ja schließlich nicht allein.«

Da konnte ich nicht mehr an mich halten: »Schön wär's.«

Mit dieser Bemerkung hatte ich das Gespräch auf eine andere Ebene gebracht, plötzlich war es mehr als eine kleine harmlose Kabbelei.

»Bist du sauer?«, fragte sie erstaunt.

Ich begriff, dass ich zu weit gegangen war: »Das war ein Scherz, ich bin nicht sauer.«

»Was stört dich denn so daran?«

Und wieder gab ich die falsche Antwort, kaum ausgesprochen, war mir das schlagartig klar: »Ich bin davon überzeugt, dass Mick Jagger nicht mit seiner Frau zu Ikea fährt.« Jetzt gab es kein Zurück mehr, ich sah krampfhaft nach vorne, spürte aber, wie sie mich ungläubig anstarrte. Auch wenn ich es nicht sehen konnte, wusste ich genau, welches Gesicht sie jetzt machte, ein Gesicht, das sie immer macht, wenn ich etwas sage, das völlig aus dem Rahmen fällt.

»Mick Jagger? Was hat denn Mick Jagger damit zu tun?«

»Das war nur so dahergesagt.« Es folgte ein

kurzes Schweigen, dann brach Sofia in Lachen aus, herrlich. Obwohl ich mich in meiner Dummheit ertappt fühlte, wollte ich es nicht zugeben, aber sie lachte unentwegt weiter. Da gab ich auf und lachte mit. Sie musste so lachen, dass ihr die Tränen kamen.

Als wir zu Hause ankamen, amüsierten wir uns noch immer.

Plötzlich hatte ich die Frau wiedergefunden, die ich liebte und mit der ich zweifellos mein Leben verbringen wollte. Wenn Sofia so ist, ist sie unwiderstehlich. So möchte ich sie immer, so sexy, so ironisch, so amüsant, wenn sie so ist, dann nimmt sie alles leicht und kann mich im Handumdrehen aufheitern: »Setz du dich aufs Sofa, ich bringe Leo ins Bett.« Aber Leo wollte partout nicht einschlafen, wenn er so drauf ist, lege ich mich mit ihm zusammen in unser Bett. Dann umarmt er mich und sinkt in den Schlaf. Aber danach wieder aufzustehen, ohne ihn zu wecken, ist ein echtes Kunststück. Alles muss in Zeitlupe passieren, und man muss sich herauswinden wie ein Marine.

Wenn er im großen Bett liegt, muss man Kissen um ihn herum aufbauen, damit er nicht herausfallen kann. Einmal ist mir das passiert, aber Sofia weiß nichts davon und wird es auch nie erfahren.

Nachdem ich das Manöver vorbildlich absolviert hatte, setzte ich mich zu ihr aufs Sofa. Sie las einen Zeitungsartikel über Mode auf dem Laptop, und ich beobachtete sie dabei aufmerksam.

Am liebsten hätte ich sie gefragt: »Warum bist du nicht immer so? Wenn du immer so wärst, würde ich mich nicht nach etwas anderem sehnen.«

Mitten in diesem Gedanken sah sie mich an, wir lächelten und umarmten uns.

Ich drückte sie an mich, und wir liebten uns kurz und intensiv.

Dann ging Sofia duschen, ich zog mich an und sah nach Leo. Er schlief. Ich legte mich aufs Bett und starrte an die Decke. Die Frau vom Vorabend war verschwunden.

Später beim Abendessen fragte mich Sofia, ob mir ihr Risotto geschmeckt habe.

»Sehr gut.«

»Davon kann dein Freund Mick Jagger nur träumen.«

Siebzehn

Trotz dieser kleinen Glücksmomente besserte sich die Gesamtsituation kaum, im Gegenteil, die Übermüdung wurde zu einer so schweren Belastung, dass wir leicht die Geduld verloren und schnell schlechte Laune bekamen. Dazu brauchte es nicht viel. Die kleinste Kleinigkeit genügte.

Im Zusammenleben gibt es Tage, an denen einem der andere durch seine bloße Anwesenheit auf die Nerven geht. Dabei muss er gar nichts Besonderes tun, allein die Tatsache, ihn vor Augen zu haben, ist schon ein Ärgernis. So als wäre alles, was im Leben schiefläuft, seine Schuld, und ein Wort zu viel oder eine falsche Geste reichen aus, um in Streit zu geraten.

Eines Morgens, als ich auf den Kaffee wartete, steckte ich das Handy in die Ladestation. Ein paar Minuten später kam Sofia herein, nahm es wieder heraus und schloss ihr eigenes an.

»Ich habe es gerade erst eingesteckt.«

»Aber es ist fast voll.«

»Steck deins bitte in deine Ladestation im Schlafzimmer.« Ohne ein Wort zu sagen, zog sie ihres heraus und steckte meins wieder ein. Als ich kurz danach auf dem Weg zur Arbeit im Auto saß, kam ich mir vor wie ein Idiot. Irgendetwas war mit mir passiert, und ich kam mir schäbig vor.

Inzwischen war Leo nicht mehr so selbstgenügsam, er stellte höhere Ansprüche, wollte dauernd auf den Arm genommen werden und blieb abends länger wach, so dass Sofia und ich überhaupt keine ruhige Minute mehr für uns hatten.

Auch unsere Freunde kamen immer seltener, zu Recht. Die Leute haben keine Lust, sich ständig nur Gejammer anzuhören; jetzt war es die Welt, die das BITTE NICHT STÖREN-Schild rausgehängt hatte. Man weiß, dass dort draußen die Welt existiert, aber man tut so, als gäbe es sie nicht. Als der Frühling kam, fuhren wir ein Wochenende weg, um nicht das Gefühl zu haben, wir wären gefangen und Leo würde über unser Leben bestimmen.

Aber schon allein zum Verlassen der Wohnung und zum Verstauen des Gepäcks brauchten wir einen halben Vormittag. Dann war das Auto so vollgepackt, dass ich im Rückspiegel nichts mehr sehen konnte. Es sah eher nach einem Umzug aus als nach einem Wochenendausflug.

Unterwegs mussten wir tausendmal anhalten, um Leo zu wickeln, ihn zu füttern oder Sachen aus dem Kofferraum zu holen. So wurde das Wochenende stressig und anstrengend. Bei der Rückkehr war ich völlig erschöpft.

Inzwischen machte Leo Fortschritte, lernte zu sitzen, was uns wie eine olympiawürdige Leistung vorkam. Wir setzten ihn auf den Teppich, umgeben von Kissen. Er lachte.

Dann bekam er die ersten Zähne. Ich kann mir gut vorstellen, wie weh es tut, wenn sich ein Zahn durch das Zahnfleisch bohrt, ich würde noch viel lauter weinen und jammern.

In der Zeit steckte er alles in den Mund, was er finden konnte, und kaute darauf herum. Von all der Anstrengung bekam er zudem eine Art Dauererkältung, seine Nase tropfte unentwegt.

Sofia rollte eine Serviette zusammen, tränkte sie mit Wasser und legte sie ins Gefrierfach. Wenn sie gefroren war, gab sie sie Leo zum Kauen, die Kälte milderte den Schmerz.

Es war rührend, ihm zuzusehen, wie er auf dem Boden saß und alles anknabberte.

Als die Sache mit den Zähnen ausgestanden war, beschlossen wir, ihm beizubringen, nachts durchzuschlafen. Denn inzwischen wachte er nicht mehr auf, weil er Hunger hatte, sondern aus Gewohnheit, er nuckelte nur ein paar Sekunden und schlief dann wieder ein.

Dabei folgten wir dem Rat von Lucia, Sergios Frau. Ihrer Meinung nach war es ausreichend, wenn man ihm nachts ein Fläschchen mit Wasser gab. Anfangs würde er noch protestieren, aber schon bald nicht mehr aufwachen. Ich hielt das für eine gute Idee, die Sache hatte nur einen Haken: »Am besten übernimmt das der Vater, denn dann begreift das Kind schneller, dass es keine Milch gibt.«

Obwohl sich meine Begeisterung also in Grenzen hielt, sah ich ein, dass es sein musste, und fügte mich. Ich würde Leo daran gewöhnen, nachts durchzuschlafen, und am Ende war das für alle besser.

Es dauerte eine Woche, in der er vier- bis fünfmal pro Nacht aufwachte.

Wenn ich ihn hörte, stand ich auf und wankte wie ein Zombie durch die Wohnung. Ich war dann immer so verschlafen, dass ich mich im Flur an der Wand abstützen musste. Um ihn nicht vollständig zu wecken, ließ ich das Licht aus, erriet mehr oder weniger, wo sein Mund war, und gab ihm die Flasche. Zuerst verschmähte er sie, aber ich ließ nicht locker. Nach ein paar Minuten, die mir wie eine Ewigkeit vorkamen, schlief er wieder ein, und ich konnte endlich zurück ins Bett.

Als wir uns damals für die Wohnung entschieden, hatte uns das Parkett in seinem Zimmer ausnehmend gut gefallen, es wirkte warm, anheimelnd und romantisch. Aber Parkett knarrt nun mal. Ich machte drei Schritte, war schon fast an der Tür, da knarrte es leise, und Leo war wieder wach. Eine echte Plage. Im Laufe der Zeit fand ich in mühsamer Kleinarbeit heraus, wo es am wenigsten knarrte, und kannte mich irgendwann in der Lautkarte des Fußbodens aus wie kein Zweiter. Kurz vor der Tür, einen Schritt vor der Freiheit, gab es einen besonders kritischen Punkt. Um ihm auszuweichen, musste ich manchmal fast einen Spagat machen. Und auch die Tür quietschte; wenn man sie zumachte, musste man höllisch aufpassen.

Offenbar waren diese kleinen Geräusche für Leo so laut wie ein vorbeidonnernder Hochgeschwindigkeitszug. Oder aber es handelt sich dabei, wie behauptet wird, um ein Relikt aus der Evolutionsgeschichte, das der Arterhaltung diente: Ein leises Knacken beim Anschleichen eines Raubtieres kann alarmierender sein als ein kilometerweit entfernter Gewitterdonner oder ein Vulkanausbruch. So wachte er einmal sogar auf, weil mein Knie knackte.

Doch selbst wenn ich es ohne Zwischenfall zurück ins Bett schaffte, war es keineswegs gesagt, dass ich sofort wieder einschlief. Das konnte ohne weiteres auch eine Stunde dauern, und manchmal hatte es den Anschein, als hätte Leo nur darauf gewartet, um genau dann wieder loszulegen und mich erneut aufzuscheuchen. Deshalb war ich schon nach der zweiten Nacht mit meinen Kräften am Ende.

Vier-, fünfmal aus dem Schlaf gerissen zu werden war eine echte Tortur. Wie ein kleines häusliches Guantánamo.

Wenn morgens dann der Wecker klingelte, weil ich aufstehen musste, um zur Arbeit zu gehen, kam es mir vor wie ein schlechter Scherz. Jetzt schon? Es konnte doch nicht sein, dass die Nacht schon zu Ende war, wo ich doch gerade erst eingeschlafen war, ich konnte es nicht glauben.

Ich war gereizt, suchte nach einem Sündenbock.

Bloß weil sie mir freier erschienen, beneidete ich plötzlich alle möglichen Leute, selbst die, die ich vorher nicht einmal beachtet hatte. Den Mann von der Bar beim Büro beispielsweise, der nach einem Motorradunfall humpelte und eine schlimme Narbe am Kopf hatte. Sogar mit ihm hätte ich liebend gern getauscht, denn das, so dachte ich eines Morgens, wäre immer noch besser gewesen als das Leben, das ich gerade führte.

Ich habe es nie jemandem verraten, aber als Leo ungefähr acht Monate alt war, habe ich ernsthaft daran gedacht, alles hinzuwerfen und mich aus dem Staub zu machen.

Es war nicht so, dass ich Sofia nicht mehr liebte, aber der Preis war einfach zu hoch; oder womöglich liebte ich sie auch nicht mehr, schwer zu sagen. Aber ich konnte einfach nicht mehr, die dauernde Einschränkung, die schmerzhaften Entbehrungen, die Plackerei und die daraus folgende Erschöpfung machten mich so fertig, dass ich keine Muße mehr hatte, sie zu lieben, oder das, was ich hatte, zu genießen. Beziehungen ändern sich laufend, Altes verschwindet, Neues kommt hinzu. Doch wenn alles Neue nur noch mit neuen Opfern, neuen Entbehrungen, neuen Problemen verbunden ist, drängt sich irgendwann unweigerlich der Wunsch auf, abzuhauen.

Ich glaubte, ich sei für ein solches Leben nicht geschaffen, ich hatte es versucht, aber es ging nicht. In so einem Leben würde ich nie glücklich werden, könnte es nicht genießen, dachte ich. Ich strengte mich an, damit alles funktionierte, merkte aber, dass das nicht mein Leben war. Im Gegensatz dazu erschien mir mein früheres Leben wie maßgeschneidert. Warum hatte ich das bloß alles aufgegeben? Was hatte ich mir davon versprochen? Was fehlte mir denn? Mein Kopf war voller Fragen.

Natürlich würde ich Sofia und Leo nicht im

Stich lassen, würde sie weiterhin finanziell unterstützen, aber so konnte es nicht weitergehen, ich musste unbedingt weg, weg aus dieser unhaltbaren Situation.

Deshalb hatte ich ein schlechtes Gewissen.

Ich versuchte, mir einzureden, dass wir einen Fehler gemacht hatten, dass sie nicht die Frau war, für die ich sie gehalten hatte. Wir hatten in einer Seifenblase gelebt, und jetzt war diese Seifenblase geplatzt.

Aber verlassen konnte ich sie auch nicht, nicht jetzt. Das hätte ich mir früher überlegen müssen, als wir noch kein Kind hatten. Ich saß in der Falle, konnte aber keinem dafür die Schuld geben. Zum Umkehren war es jetzt zu spät. Vielleicht wäre ich sogar erleichtert gewesen, wenn sie sich plötzlich in einen anderen verliebt hätte. Dann würde es mir zwar schlechtgehen, aber ich wäre wenigstens frei.

Eines Abends ging ich mit Sergio aus, inzwischen traf ich mich öfter mit ihm als mit Mauro, die Tatsache, dass er Frau und Kind hatte, schweißte uns zusammen.

Ich erzählte ihm, wie ich mich fühlte, nicht alles natürlich, das wäre mir doch zu peinlich gewesen: »Hast du dir schon mal gewünscht, dass sie sich in einen anderen verliebt? Dass sie Schluss macht? Wärst du dann erleichtert oder traurig?«

»Fast jeden Tag, aber so eine, die will doch keiner, das konnte nur einem Idioten wie mir passieren.«

»Warum verändern sich die Frauen bloß so sehr?«

»Dabei bist du nicht einmal verheiratet.«

»Würde das was ändern?«

»Keine Ahnung, ich weiß nur, dass ich zwei Tage vor der Hochzeit plötzlich eine Gottesanbeterin im Bett hatte.«

»Warum, wollte sie nach dem Sex deinen Kopf verspeisen?«

»Schlimmer, sie wollte ihn beim Sex verspeisen.«

Wir blieben vor einer Bar stehen; bevor wir hineingingen, fragte er: »Ist dir schon mal der Gedanke gekommen, sie könnte plötzlich tot sein?«

»Wie meinst du das?« Seine Frage überraschte mich.

»Natürlich nicht, dass du sie umbringst, so meine ich das nicht. Aber stell dir mal vor, sie käme bei einem Unfall ums Leben und du ständest plötzlich alleine da oder, besser gesagt, frei.«

»Nein, so weit bin ich noch nicht gegangen.«

»Ich schon, einmal. Damals stellte ich mir vor, ich würde garantiert schrecklich leiden, mich dann aber wieder aufrappeln, weil ich es meiner Tochter schuldig bin. Plötzlich würden mich alle bedauern und supernett zu mir sein. Sogar die, die sonst schlecht über mich reden. Und die Frauen? Die hätten Mitleid mit mir und würden versuchen, mich zu trösten, indem sie mit mir ins Bett gehen und noch dazu die Wäsche machen.«

Wir lachten, doch seine Worte gingen mir auch später immer wieder einmal durch den Kopf. Ich verstand, was Sergio meinte, und hoffte inständig, dass es bei mir nie so weit kommen würde.

Eines Abends, als wir gerade eine Folge von *The Walking Dead* sahen, legte ich mir zurecht, wie ich ihr beibringen würde, dass ich wegwollte: »Wieso gerade wir beide, unter all den Menschen auf der Welt? Warum haben wir uns gegenseitig ausgesucht, wo doch offensichtlich ist, dass ich nicht der Mann bin, den du dir erträumt hast, und du nicht die Frau, die ich an meiner Seite wollte? Wir haben uns schlicht und einfach geirrt, aber jetzt können wir uns nicht mehr trennen, weil wir aneinandergekettet sind. Was ist nur mit uns geschehen, Sofia?«

Während ich noch an der Formulierung feilte, riss sie mich aus meinen Gedanken: »Ich habe mir überlegt, ich lasse mir die Haare kurz schneiden, so wie sie, was meinst du?«, wobei sie auf die Schauspielerin auf dem Bildschirm zeigte.

»Das würde dir super stehen.« Ich machte eine

kurze Pause und fügte dann hinzu: »Aber mir gefällst du auch mit langen Haaren.«

»Ich gefalle dir immer noch? Echt?«, sagte sie erstaunt.

»Ja, immer noch.« Sie lächelte, schien aber zu überlegen, ob ich die Wahrheit sagte, während ich mich fragte, ob das gerade feige war oder verantwortungsbewusst, vor allem aber, ob ich das nun zu ihr oder nicht doch viel eher zu mir selbst gesagt hatte.

Denn in letzter Zeit, wenn ich unsere Beziehung in Frage stellte, sagte ich oft zu ihr: »Ich liebe dich«, so als müsste ich mich selbst davon überzeugen und die aufkommenden Ängste vertreiben.

Dabei erschrak ich über mich selbst, über diesen krassen Egoismus, in den ich aus purer Selbsterhaltung plötzlich verfallen war und der mir eigentlich fremd war.

Am meisten Angst machte mir, dass es mir egal war, sie leiden zu lassen.

Doch wenn ich sie wirklich verlassen wollte, musste ich noch eine Weile warten, Geduld aufbringen, jetzt war nicht der richtige Zeitpunkt. Ich rechnete nach, überlegte, in welchem Alter es für Leo am ungefährlichsten war. Ich sah mich selbst als Single um die fünfzig und ging alle Bekannten in diesem Alter durch, um mir vorzustellen, welches Leben mich erwartete. Ich nahm mir vor, mich fit zu halten, um einen knackigen Fünfzigjährigen abzugeben.

Im kritischsten Moment gerettet hat mich der Gedanke an Leo. Seinetwegen bin ich geblieben, nicht aus Liebe zu Sofia, sondern wegen meiner Verantwortung als Vater. Eine Kraft, von der ich bis dahin gar nichts wusste, hielt mich bei der Stange, auch wenn es eher nach Unterwerfung schmeckte als nach freier Entscheidung. Als wäre das Akzeptieren dieses Lebens ein notwendiger Entwicklungsschritt. Und ich bin jeden Tag dankbar dafür, dass ich diese mysteriöse Kraft aufgebracht habe und nicht weggegangen bin.

Irgendwann schlief Leo dann endlich durch, begann dafür aber, mitten in der Nacht ohne Grund zu schreien. Dabei wurde er gar nicht wach, er schrie im Schlaf. Vielleicht träumte er schlecht.

Um ihn zu beruhigen, legte ich ihm die Hand auf die Brust und spürte, wie sein Herz pochte. Manchmal nahm ich ihn dann mit zu uns ins Bett.

Oft lag er quer zwischen uns, meistens mit dem Kopf zu Sofia, während ich seine Füße ins Gesicht bekam. Es war einfach zu wenig Platz, alles schob sich zwangsläufig übereinander.

Bevor Leo auf die Welt kam, wollten wir mehr als ein Kind. Doch dieser Plan wurde stillschweigend fallengelassen, denn es war uns beiden klar, dass uns ein weiteres Kind den Rest gegeben hätte. Durch Leo hatten wir gelernt, dass wir keineswegs so stark waren, wie wir immer geglaubt hatten. Ich weiß noch, wie ich eines Tages, nach einer weiteren schlaflosen Nacht, im Büro keinen klaren Gedanken mehr fassen konnte, es ging einfach gar nichts mehr. Obwohl ich schon jede Menge Kaffee intus hatte, war ich immer noch todmüde und bekam zusätzlich Herzrasen von dem vielen Koffein. Draußen war es kalt, schwarze Wolken jagten über den Himmel, und der Wind peitschte den Regen gegen die Fensterscheiben. Ein Wintertag, den man am liebsten komplett im Bett verbracht hätte.

Sehnsüchtig sah ich zu dem Sofa am Eingang hinüber, wie gern hätte ich mich dort hingelegt, ich wäre sofort in einen endlosen Schlaf versunken.

Ich stand auf und ging zur Toilette. Ich schloss die Tür hinter mir, klappte den Klodeckel herunter, setzte mich und lehnte den Kopf an die Wand. Ich glaube, ich habe ungefähr zehn Minuten geschlafen, mehr nicht, aber so tief, dass ich sogar träumte. Diese zehn Minuten waren erholsamer als sämtliche Nächte zuvor.

Achtzehn

Ich saß in einem Lokal und wartete auf Sergio, mit dem ich zu einem schnellen Mittagessen verabredet war. Vor dem Restaurant hatte einer sein Auto in der zweiten Reihe geparkt und die Warnblinkanlage eingeschaltet. Autos kamen gerade so vorbei, aber der Besitzer hatte nicht bedacht, dass dort auch Busse fuhren.

Der Busfahrer hatte die Tür geöffnet und war ausgestiegen, um sich das Auto aus der Nähe anzusehen, das den gesamten Verkehr blockierte. Dahinter hatte sich rasch eine Schlange gebildet, und mancher betätigte schon die Hupe. In solchen Situationen sympathisiere ich immer mit dem Falschparker und bin gespannt, wie er aussieht.

»Der übliche Schlaukopf«, sagte Sergio, als er plötzlich hinter mir stand.

»Wenn der zurückkommt, wird er gesteinigt.«

»Geschieht ihm recht. Manche Leute haben einfach noch immer nicht begriffen, wozu der Warnblinker in Wirklichkeit da ist.«

Als der Kellner kam, sagte Sergio, ohne in die Karte zu sehen: »Hören Sie, ich bin auf Diät, bringen Sie mir einen Teller Gemüse, gedünstet oder gegrillt.«

»Tut mir leid, aber wir haben weder gegrilltes noch gedünstetes Gemüse. Ich kann Ihnen höchstens Kartoffeln aus dem Ofen anbieten.«

Sergio dachte einen Augenblick nach und sagte dann: »Nein, keine Kartoffeln, haben Sie Lasagne?«

»Teufel auch, deine Diät ziehst du ja echt eisern durch«, sagte ich grinsend.

Sergio sah mich und den Kellner an: »Ihr seid meine Zeugen, ich hab's versucht, aber was soll ich machen, wenn es kein Gemüse gibt? Etwa in die Küche gehen und mir selbst was kochen? Dann gibt es eben heute kein Abendessen.« Dann sagte er zu dem Kellner: »Bringen Sie mir eine große Portion, denn das ist alles, was ich heute zu mir nehmen werde.«

»Für mich auch, zweimal Lasagne und einen Rotwein.«

Der Kellner entfernte sich schmunzelnd.

»Ich habe Mauro gefragt, ob er auch kommen will, aber er konnte nicht«, sagte Sergio und riss ein Paket Grissini auf.

»Ich habe heute Vormittag auch mit ihm telefoniert, eine halbe Stunde hat er mich vollgequatscht.

Er war ziemlich gut gelaunt.« Als ich den Blick schweifen ließ, sah ich nur Leute, die offenbar ein normales Leben führten. »Vielleicht haben wir beide ja was falsch gemacht.«

»Ich auf jeden Fall, bei dir weiß ich es nicht.«

»Mauro ist immer gut drauf, kein Wunder, der braucht sich ja auch um nichts zu kümmern. Dem geht keiner auf die Nerven, der kann einfach machen, was er will.«

»Was soll er denn auch sonst tun? Der kann es sich gar nicht leisten, traurig oder nachdenklich zu sein, siehst du nicht, dass er sein eigener Sklave ist? Dem bleibt gar nichts anderes übrig, als gutgelaunt zu sein. Wenn er das nicht mehr hinkriegt, bricht seine ganze Selbstinszenierung doch sang- und klanglos in sich zusammen wie ein Kartenhaus.«

»Meinst du?«

»Der muss alle auf Abstand halten, damit ihm ja keiner zu nahe kommt.«

Vielleicht hatte Sergio recht.

»Und seine Macken werden auch immer schlimmer. Immer muss alles nach ihm gehen, und je älter er wird, desto schwieriger wird es mit ihm. Als wir letzte Woche im Kino waren, musste er unbedingt in der letzten Reihe sitzen, damit er auch ja keine sms verpasst und sofort antworten kann.«

»Und weißt du was, auf Dienstreisen nimmt er jetzt schon sein eigenes Kopfkissen mit. Auf denen im Hotel kann er nicht einschlafen, sagt er.«

Wir grinsten.

»Wie läuft's mit Lucia?«

»Keine Ahnung, ich blicke da nicht mehr durch, ich habe den Eindruck, alles funktioniert außer mir.«

»So geht's mir auch, wenn dich das tröstet.«

»Manchmal frage ich mich, ob ich sie überhaupt kenne, dann sehe ich sie an, und sie kommt mir vor wie eine Fremde.«

»Ob es wohl allen so ergeht? Unglaublich.«

»Neulich habe ich mir überlegt, wann unsere Tochter wohl auszieht, ich habe die Zeit kurz überschlagen und bin darauf gekommen, dass es wahrscheinlich in etwa fünfzehn Jahren so weit ist. Fragt sich nur, ob Lucia und ich uns dann noch etwas zu sagen haben.«

»Bei mir ist es weniger die Zukunft, die mir Sorgen macht, sondern eher, dass ich jetzt auf einmal mancher meiner Verflossenen hinterhertrauere. Vielleicht wäre ich da unter Umständen besser weggekommen. Wenn es selbst bei Sofia nicht ohne Nerverei abgeht, hätte ich auch gleich bei einer von den anderen bleiben können.«

»Aber ein besseres Leben hättest du mit keiner

von denen gehabt, ich habe ja praktisch alle gekannt.«

»Trotzdem denke ich manchmal, ich habe mich für die Falsche entschieden.«

»Wen man liebt, kann man sich nicht aussuchen.«

»Meinst du?«

»Paola war vielleicht die Einzige, die dich wirklich geliebt hat.«

»Ich glaube, sie hat mich am meisten geliebt.«

»Mehr als Sofia?«

»Ich glaube schon, aber mit Sofia lief es besser. Am Anfang jedenfalls, jetzt ist alles chaotisch.«

»Zumindest hast du vorher eine Menge erlebt, bist gereist, hast Frauen gehabt und dich amüsiert. Aber einer wie ich, der sofort geheiratet hat, der denkt immer nur daran, was er alles verpasst hat, wofür es jetzt zu spät ist. Damit zu leben ist ein ziemlich blödes Gefühl.«

Da hatte Sergio recht, in schwierigen Momenten dachte ich tatsächlich oft an manches, was ich schon erlebt hatte, und irgendwie war das dann auch ein Trost.

»Manchmal denke ich, alles war viel besser, als ich noch Single war«, sagte ich und füllte unsere Gläser.

Wir stießen an und verfielen in Schweigen.

Sergio stellte sein Glas ab und sagte: »Wenn du mich fragst, reden wir uns nur ein, dass wir früher glücklicher waren, aber das stimmt gar nicht. Wir waren schon immer so.«

»Vielleicht hast du recht.«

Dann wechselten wir das Thema, und beim Kaffee musste ich wieder an Paola denken.

»Letzte Woche habe ich zufällig Paolas Vater getroffen. Erinnerst du dich an ihn?«

»Natürlich, vor allem an die Grillpartys in seinem Haus auf dem Land. Am Schluss war er immer so betrunken, dass er im Garten eingeschlafen ist. Wie geht's ihm denn?«

»Gut. Ich war ein bisschen verlegen, weil ich nicht wusste, wie er reagieren würde, schließlich war ich es, der seine Tochter verlassen hat. Bei ihm weiß man ja nie, er hätte mir auch eine Szene machen können, und das in einem Buchladen mitten im Zentrum.«

»Und was hat er gesagt? Etwa ›Ich warte draußen auf dich‹?«

»Er hat mich umarmt wie einen alten Freund und sich erkundigt, wie es mir geht, die üblichen Höflichkeitsfloskeln eben, aber ausgesprochen freundschaftlich. Dann hat er gesagt: ›Gut, dass du meine Tochter verlassen hast, sie ist wirklich eine blöde Kuh. Es ist mir ein Rätsel, wie ausgerechnet wir zu so einer Tochter kommen. Ein Glück für dich, dass du dich rechtzeitig aus dem Staub gemacht hast.‹«

Sergio brach in Lachen aus: »Großartig! Bei so einem Schwiegervater hättest du vielleicht doch bei ihr bleiben sollen, jedenfalls hättest du dich beim sonntäglichen Familienessen nicht gelangweilt.«

»Ich war so verblüfft, dass es mit mir durchging. Weißt du, was ich gesagt habe?«

»Dass seine Tochter im Bett eine Bombe war?«

»Ich habe gesagt: ›Vielleicht gehen wir mal zusammen was trinken.‹ Er zögerte kurz und tätschelte mir dann die Wange: ›Jetzt wollen wir mal nicht übertreiben, Paola ist zwar eine blöde Kuh, aber immer noch meine Tochter. Ciao Nicola, bleib sauber.‹«

Neunzehn

Sofia wollte so schnell wie möglich wieder arbeiten gehen. Nur Mutter zu sein machte sie ganz verrückt, was dazu führte, dass sie auch mich verrückt machte.

Als sie nach der Sommerpause die Stellenangebote durchging, stellte sich bald heraus, dass ein Job in einem Showroom momentan die einzige Option darstellte.

Eines Tages, als ich gerade Leo fütterte, tigerte sie durch die Wohnung wie ein Tier im Käfig: »Manchmal könnte man meinen, du glaubst, dass irgendeine unsichtbare Fee kommt und die Hausarbeit erledigt.«

Es war besser, alles über sich ergehen zu lassen und nichts zu sagen.

»Kannst du mir mal verraten, warum du deine Klamotten überall verstreust wie der kleine Däumling? Vorhin lag deine Unterhose wieder neben dem Wäschekorb, wieso kannst du nicht den Deckel aufmachen und sie hineinwerfen? Manchmal kommt es mir so vor, als hätte ich zwei Kinder und nicht nur eins.«

Sie hatte recht, aber mich störte das nicht. Als ich noch alleine wohnte, sammelte ich irgendwann alles auf, gewöhnlich, wenn Besuch kam.

Das hatte ich mir so angewöhnt, konnte aber verstehen, dass andere das störte. Manchmal ließ Sofia die Sachen absichtlich liegen, um zu sehen, wie lange ich es aushielt. Aber ich merkte gar nichts davon, was oft damit endete, dass sie die Geduld verlor und doch selbst aufräumte. »Du hast ja recht, entschuldige«, sagte ich versöhnlich. Aber damit war die Sache noch nicht ausgestanden, denn sie war so geladen, dass sie Streit suchte.

Derweil schien Leo keinen großen Hunger zu haben. Als er auch den zweiten Löffel verschmähte, fing ich an, von seinem Teller zu essen, um die Sache abzukürzen. Als mir klar wurde, dass er überhaupt nichts essen würde, aß ich kurzerhand alles auf.

»Wo ist denn der Rest geblieben?«

»Den habe ich aufgegessen, er wollte nichts mehr.«

»Habe ich dir nicht schon hundertmal gesagt, du sollst sein Essen nicht anrühren? Vielleicht isst er später doch noch was. Wir haben so viel zu essen, wieso musst du ausgerechnet seinen Brei essen?«

Ich hatte keine Chance, der einzige Ausweg war die Flucht ins Bad. Heimlich steckte ich mein Telefon ein, setzte mich aufs Klo und öffnete meine Fenster zur Welt: Facebook, Twitter, Instagram, Pinterest, YouTube.

Dann entdeckte ich die SMS: *Kannst du herkommen, wenn dein Urlaub zu Ende ist? Leo muss ins Bett.*

Irgendetwas machte Sofia zu schaffen, ihre Streitlust hatte nichts mit ihrer Jobsuche oder meiner Unordnung zu tun, da war noch etwas anderes, das spürte ich.

In letzter Zeit attackierte sie mich so heftig, als wollte sie mich provozieren, als wollte sie feststellen, ob ich noch lebte. Aus der Tatsache, dass ich ruhig blieb, einfach sagte: »Entschuldige, du hast ja recht«, schloss sie, dass mir alles egal war. Sie verwechselte meine Gelassenheit mit Gleichgültigkeit.

Ich sagte immer weniger, unter anderem auch deshalb, weil am Ende immer gemacht wurde, was sie wollte. Eines Tages sagte sie: »Ich dachte immer, du wärst anders als andere Männer, aber das stimmt nicht, du bist genau wie mein Vater, du pfeifst auf die Familie, interessierst dich nur für die Arbeit, für deine Freunde und ab und zu für deinen Sohn. Ich existiere gar nicht mehr.«

»Wo ich doch überhaupt nichts anderes mehr

mache. Ich gehe zur Arbeit, und danach komme ich nach Hause. Diesen Monat war ich vielleicht dreimal aus. Was willst du denn noch?«

»Dass du mehr Präsenz zeigst, mehr Aufmerksamkeit, mehr Anteilnahme. Manchmal habe ich das Gefühl, du findest mich unerträglich und willst nur noch weg. Ich spüre, dass du eigentlich lieber ganz woanders wärst.«

Ich wusste nicht, ob ich etwas erwidern oder die Sache auf sich beruhen lassen sollte. Dieser Streit war nur der Anfang, die Spitze des Eisbergs. Diesmal ließ ich es gut sein.

Ich betätigte die Wasserspülung, damit sie dachte, ich hätte die Toilette benutzt. Dann ging ich, ohne sie anzusehen, schnurstracks zu Leo, um ihn bettfertig zu machen. Aber es war wie verhext, Leo bockte, ließ sich nicht wickeln, schlug wild um sich und brüllte wie am Spieß.

»Ich mach schon.« Sofia nahm mir das Kind ab. Kein anderer hat es je geschafft, dass ich mich so unfähig fühlte. Aber auch bei ihr hörte Leo nicht auf zu zappeln und sich loszureißen. Wir waren quitt.

Es dauerte eine Stunde, bis er einschlief. Ich setzte mich aufs Sofa und sah fern.

Bis dahin hatten wir uns beim Streiten gut geschlagen, waren beim Thema geblieben und hatten es vermieden, alte Geschichten aufzuwärmen. Wir schmollten nicht, putzen den anderen nicht herunter, machten ihn nicht lächerlich oder unglaubwürdig. Keine Gemeinheiten, keine Rache.

Aus Leos Zimmer ging Sofia direkt in die Küche und begann dort, übertrieben energisch die Spülmaschine auszuräumen.

»Lass mal, ich mache das später.«

Sie antwortete nicht und räumte weiter auf. Da ging ich zu ihr, um zu helfen.

»Ich mache das schon.«

Meine scheinbare Gelassenheit geriet ins Wanken. »Darf man fragen, was ich jetzt schon wieder angestellt habe?«

»Kommst du nicht allein drauf?«

Ich sah sie fragend an.

Sie legte das Besteck auf den Tisch und sah mir in die Augen: »Sag die Wahrheit, wenn Leo nicht wäre, wärst du schon längst weg.«

Sie hatte mich auf dem falschen Fuß erwischt: »Was redest du denn da? Du bist ja paranoid.«

»Du hast nicht mal den Mumm, dazu zu stehen.«

Ich schwieg.

»Aber vielleicht kannst du das ja gar nicht, bist damit restlos überfordert, weil du immer noch derselbe Arsch bist wie damals in Griechenland, wo du mir den Verliebten vorgespielt hast, während du mit einer anderen am Vögeln warst.«

Das waren die genau die richtigen Worte, um mich endgültig zur Weißglut zu bringen.

»Nicht schon wieder. Jetzt reicht's. Weißt du, was ich glaube? Du provozierst mich so lange, bis ich wirklich gehe, damit es an mir hängenbleibt, aber in Wahrheit willst du eigentlich selber weg. Wenn es so ist, kannst du es mir ruhig sagen.«

»Du bist einfach nicht der Mensch, für den ich dich gehalten habe.«

»Gleichfalls, ich habe auf eine Person gesetzt, die du gar nicht bist.«

Ich wusste, dass ich sie damit verletzt hatte. Wir befanden uns auf gefährlichem Terrain, spielten mit dem Feuer. Wir riskierten, Dinge zu sagen, die besser unausgesprochen bleiben, weil es sonst kein Zurück mehr gibt. Wir hatten uns gerade einge-standen, wie enttäuscht wir waren, weil der andere nicht unseren Erwartungen entsprach.

In der Wohnung herrschte Stille, ich ging wieder aufs Sofa, sie blieb in der Küche. Beide mussten wir das Gesagte verarbeiten, einordnen, darüber nach-denken.

Ich fragte mich, was sie jetzt wohl empfand.

Ich malte mir aus, wie es wäre, wenn ich jetzt aufstand, die Jacke anzog und die Wohnung verließ, ins Auto stieg und wegfuhr, weit weg, bis ans Ende der Welt. Ohne mich noch einmal umzudrehen.

Dann kam ich in die Realität zurück und ging zu ihr in die Küche. Plötzlich bekam ich Angst vor meiner eigenen Phantasie, ich wollte nicht anderswo glücklich werden, sondern mit ihr. Am liebsten hätte ich sie umarmt, Zuflucht gesucht bei etwas Konkretem wie ihrem Körper, um mich daran festzuklammern, damit diese Gedanken verschwanden.

Ich wollte die Gewissheit, dass es uns noch gab, dass wir stark waren. Am liebsten hätte ich mit ihr geschlafen.

Ich näherte mich ihr mit der Absicht, sie zu packen, auf den Tisch zu werfen und zu nehmen. Ich ergriff ihre Hand. Sie sagte: »Lass mich in Ruhe, jetzt nicht«, und entzog sie mir wieder.

Als sie die Küche verließ, fühlte ich mich wirklich einsam.

Zwanzig

Auf dem Heimweg von der Arbeit musste ich wieder an das Meeting denken. Als der Chef fragte, wer denn zur Messe nach Berlin fahren würde, hatte ich mich spontan gemeldet.

»Nicola, ich dachte, du würdest wegen des Kindes lieber zu Hause bleiben.« Ich fasste das als subtile Provokation auf. Doch ich wollte auf keinen Fall, dass es so aussähe, als würde Leo mich an der Arbeit hindern, außerdem erschien mir das eine optimale Gelegenheit für eine Luftveränderung.

»Nein, die Sache ist zu wichtig. Ich fahre gern.«

Nun musste ich das nur noch Sofia beibringen, aber dafür hatte ich noch Zeit.

Da riss mich eine SMS aus meinen Gedanken: *Ciao, mein Vater hat mir erzählt, dass ihr euch getroffen habt, er fand, du siehst gut aus. Geht's dir gut?*

Seit Jahren hatte ich von Paola nichts mehr gehört.

Ich war schon im Begriff zu antworten, aber dann hielt ich inne, wollte erst überlegen, was ich schreiben sollte.

Ihre Nachricht schien harmlos, aber wie Mauro immer sagt: »In unseren Augen sind es nur simple Worte, doch tatsächlich steckt immer irgendwas dahinter, was wir nicht durchschauen.«

Ich beschloss, mit der Antwort noch zu warten.

An dem Abend machte Leo mich ganz verrückt, baden ließ er sich gern, aber abtrocken war ihm ein Graus. Kaum hatte ich ihn in ein Handtuch gewickelt, warf er es wieder ab und krabbelte splitternackt und triefend durch die Wohnung. Ich hatte keine Zeit für lange Spielchen, denn nach dem Essen wollte ich zu Mauro.

Ziemlich ungehalten, packte ich ihn und legte ihn auf den Wickeltisch, um ihm eine neue Windel und den Schlafanzug anzuziehen.

Als er weiterzappelte und wie am Spieß schrie, wurde ich laut: »Schluss jetzt! Hör endlich auf damit.«

Es war das erste Mal, dass mir so etwas passierte. Denn ich hatte mir fest vorgenommen, ihn auf keinen Fall anzuschreien.

Als ich ihn endlich so weit hatte, stöhnte ich sogar. Sofia behauptet, ich würde dauernd stöhnen, eine Eigenschaft, die sie überhaupt nicht mag. Aber ich merke das gar nicht.

Sofort bekam ich Schuldgefühle.

»Soll ich dir helfen?«, fragte Sofia, die herbeigeeilt war und nun in der Tür stand.

»Nein, schon fertig. Tut mir leid, dass ich laut geworden bin.«

»Das geht mir auch oft so.«

Die Kontrolle zu verlieren war mir schon immer äußerst unangenehm, vor allem ihr gegenüber. Das ist ein Zeichen von Schwäche, das mich zutiefst beschämt.

»Geh nur, ich bringe ihn ins Bett.« Das war eine nette Geste, aber Leo ins Bett zu bringen war mir wichtig, eine Art Vater-Sohn-Ritual, auf das ich nicht verzichten wollte. Es war meine Art, ihm zu zeigen, dass ich für ihn da war.

Ich nahm ihn auf den Arm, wiegte ihn sachte und sang ihm leise ein Schlaflied vor. Wenn er sich dann entspannte und wegzudämmern begann, legte ich ihn in sein Bettchen.

Aber das Ganze war eine heikle Sache, man musste sich Zeit lassen, sonst wurde er leicht wieder wach.

Gewöhnlich brauchte ich eine halbe Stunde, an dem Abend jedoch fast das Doppelte.

Als ich bei Mauro ankam, machte er gerade

eine Flasche Rotwein auf. Den Wein, den er mir eingoss, trank ich in einem Zug aus und hielt ihm sofort wieder das Glas hin.

»Du siehst gut aus«, sagte er ironisch.

»Deinen Spott kannst du dir sparen, Leo macht mich fertig.«

Ich nahm die Flasche, und wir setzten uns.

»Wir haben uns ganz schön lange nicht gesehen, bestimmt einen Monat.«

»So ungefähr.«

»Und wie geht's dir so, mal abgesehen davon, dass dein Sohn dich am Ausgehen hindert?«

»Ich komme mir vor wie eine Eiche in einer Nussschale.«

Mauro grinste: »Den Ausdruck habe ich ja noch nie gehört.«

»Heute im Büro habe ich angeboten, zur Messe nach Berlin zu fahren«, sagte ich lächelnd.

»Und Sofia findet das gut?«

»Sie weiß noch nichts davon.«

»Das gibt aber bestimmt Ärger.«

»Ich dachte, ich sage ihr, dass ich nicht ablehnen konnte. Bin ich nicht ein Arsch?«

»Klar. Aber das ist doch reiner Selbstschutz.«

»Und warum habe ich dann trotzdem ein schlechtes Gewissen?«

Mauro goss sich grinsend noch ein Glas ein.

»Weißt du, was Sofia neulich zu mir gesagt hat?«

»Was denn?«

»Dass ich eigentlich wegwill und nur bleibe, weil wir ein Kind haben.«

»Und, hat sie recht?«

»Ich weiß es nicht, ich weiß nur, dass sie am Schluss nicht vögeln wollte.«

Mauro stand auf, ging zum Kühlschrank, trank einen Schluck Sprudel und versuchte dann ein Rülpsen zu unterdrücken: »Stimmt es denn, dass du wegwillst?«

»Manchmal schon. Manchmal ertrage ich sie kaum noch. Was haben wir uns bloß gegenseitig angetan?«

»Ihr habt euch zusammengetan«, sagte Mauro lachend.

»Wahrscheinlich hast du recht. Vielleicht ist es als Single doch besser.«

»Weißt du, was ich mir neulich überlegt habe? Wie lange es wohl dauert, bis mich jemand findet, falls ich hier tot umfalle. Du und Sergio, ihr würdet euch doch gar nichts dabei denken, wenn ich nicht ans Telefon gehe, dann versucht ihr es halt am nächsten Tag noch einmal. Meine Mutter macht es genauso. Am ehesten würden sich noch meine Kollegen wundern.«

»Was für aufmunternde Gedanken. Daran sieht

man, dass du sonst nichts zu tun hast.« Ich stand auf und holte mir den Rest von der Schokolade, die auf dem Tisch lag. »Wo hast du die denn her? Die ist verdammt gut.«

»Die hat mir mein Bruder aus Turin mitgebracht. Es ist noch mehr da, in dem Regal neben dem Kühlschrank.« Während ich nach der Schokolade suchte, fiel mir wieder die SMS von Paola ein.

»Rate mal, wer mir heute gesimst hat? Paola.«

Mauro lachte: »Und was wollte sie? Dich wiedersehen?«

»Sie wollte wissen, wie's mir geht. Soll ich antworten, was meinst du?«

»Kommt drauf an.«

»Ich fürchte, sie könnte das missverstehen.«

»Die Frage ist eher, warum sie sich plötzlich bemüßigt fühlt, dir zu schreiben.«

»Es könnte doch ganz harmlos sein, ein spontaner Einfall eben.«

»Spontan? Vergiss es, Frauen sind bekanntlich nicht wie andere Leute.«

Das war einer seiner üblichen Sprüche, die ich unwiderstehlich finde. »An deiner Stelle würde ich nicht antworten. Das ist ein gefährliches Spiel. Vor allem nach dem, was du mir gerade über Sofia erzählt hast.«

Ich sah Mauro an und sagte: »Verdammt gut, diese Schokolade, was ist denn das Rote da drin?«

»Goji-Beeren.«

»Hä?«

»Die enthalten ein natürliches Antioxidationsmittel, gut gegen Alterserscheinungen, siehst du etwa nicht, dass ich aussehe wie zwanzig?«

Ich zog die Augenbrauen hoch. »Was ich bei Sofia einfach nicht verstehe …«

»Fängst du schon wieder davon an? Ich dachte, wir wären mit dem Thema durch.«

»Du hast ja recht, ich bin eine echte Nervensäge.«

Ich nahm mein Glas und leerte es erneut in einem Zug. Am liebsten hätte ich mir die Kante gegeben, in letzter Zeit passierte mir das öfter.

»Es ist nur so, früher war ich ihr Held, alles, was ich sagte oder tat, war super, aber jetzt ist gar nichts mehr super. Von Superman zu Clark Kent in wenigen Monaten.«

Als ich später leicht angeheitert nach Hause ging, musste ich auf einmal wieder an Paola denken, an unsere gemeinsame Zeit, unsere Reise nach Thailand, und plötzlich wurde ich ganz nostalgisch. Eine Flut von Erinnerungen stieg in mir auf, die Abende in der Mansarde mit Sade, ihre bernsteinfarbene Haut, ihr kleiner spitzer Busen. Ein

Leben mit ihr erschien mir plötzlich weniger kompliziert. Und es schmeichelte mir, dass sie nach so vielen Jahren noch an mich dachte.

Unschlüssig ließ ich die Finger über das Handy gleiten, es war nicht leicht, den richtigen Ton zu finden. Es durfte nicht zu cool klingen, sie aber auch nicht auf falsche Gedanken bringen. Als es mit der SMS nicht klappen wollte, rief ich sie direkt an.

Kaum hatte es geklingelt, nahm sie ab.

»Hast du dich verwählt?«

Ich lachte. »Nein. Gerade habe ich deine SMS noch mal gelesen, und da dachte ich, es ist doch viel einfacher, einfach anzurufen. Wie geht's dir denn?«

»Gut, und dir?«

»Auch gut. Ich komme gerade von Mauro, und unterwegs fiel mir plötzlich ein, dass ich dir noch gar nicht geantwortet habe.«

»Ich dachte schon, du seist verärgert.«

»Spinnst du, wie kommst du denn darauf? Ich habe mich gefreut, deinen Vater wiederzusehen, der ist ja immer noch gut in Form.«

»Unkraut vergeht nicht. Neulich hat er sogar verkündet, dass er sich ein Motorrad anschaffen will.«

Bei dem Gedanken konnte ich mir ein Grinsen nicht verkneifen.

»Aber erzähl doch mal von dir, wie ist es denn so als Vater, bist du zufrieden? Erzähl doch mal.«

»Es ist super«, sagte ich automatisch.

»Ein Mädchen oder ein Junge?«

»Ein Junge. Leo heißt er.«

Stille. Als ich den Namen aussprach, war es, als würde ich aus einer Hypnose erwachen. Mich überkam ein ungeheures Schuldgefühl. Ich fühlte mich unbehaglich und wollte das Telefonat möglichst schnell hinter mich bringen.

»Jedenfalls wollte ich mich nur mal melden und mich für die sms bedanken. Aber jetzt muss ich Schluss machen, ich bin zu Hause.«

»Hat mich gefreut, von dir zu hören. Ciao, Nicola.«

Schlagartig waren meine nostalgischen Erinnerungen wie weggeblasen, mit einem Mal wurde mir klar, wie fremd wir uns waren, Lichtjahre voneinander entfernt.

Einundzwanzig

Wenn Leo sehr früh aufwachte und wir zum Aufstehen zu müde waren, holten wir ihn zu uns ins Bett und gaben ihm mein Handy mit leise gestellten Videos in Dauerschleife.

Eigentlich hatten wir uns fest vorgenommen, so etwas auf keinen Fall zu machen, aber irgendwann gaben wir schließlich auch dieses Prinzip auf, vor allem am Wochenende, wo ich am liebsten endlos geschlafen hätte. Damit er keinen Unsinn anstellen konnte, schaltete ich das Handy vorsichtshalber auf Flugmodus. Mit geschlossenen Augen lagen wir dann da und hörten nur den Ton, bis Sofia ihn irgendwann mit in die Küche nahm.

Wahrscheinlich habe ich an seinem ersten Geburtstag alles falsch gemacht: Statt der Holzspielsachen, die er nie benutzte, hätte ich ihm besser ein Handy oder ein iPad schenken sollen.

Unter der Woche kümmerte ich mich um ihn, sobald er aufwachte, damit Sofia ein bisschen mehr Ruhe hatte.

Ich wechselte die Windel, machte Frühstück und fütterte ihn.

Wenn ich aufs Klo musste, nahm ich ihn mit.

Nicht einmal dort war ich ungestört, in meinem Leben gab es kein noch so kleines Eckchen mehr, wo ich allein sein konnte.

Auf dem Klo checkte ich meine Mails, verfolgte die Nachrichten und die sozialen Netzwerke, während er mit der Schmutzwäsche spielte. Die Waschmaschine hatte es ihm angetan, er klappte das Bullauge auf und steckte neugierig den Kopf hinein, als wäre er auf Schatzsuche.

Als er anfing zu laufen, wurde vieles anders. Es verging keine Mahlzeit, ohne dass man tausendmal aufstehen musste. Mit Vorliebe griff er nach all dem, was er auf keinen Fall haben sollte. Sämtliche Dinge, die gefährlich oder zerbrechlich waren, wanderten auf die obersten Regale.

Eines Abends, als ich mich gerade wieder hinsetzte, nachdem ich Leo eine Schere weggenommen hatte, sagte Sofia: »Elisabetta hat angerufen, sie kommt am Sonntag nach Mailand und möchte mit mir essen gehen, nur wir beide. Meinst du, du kannst alleine auf Leo aufpassen?«

»Na klar.«

Wenn Sofia etwas alleine unternehmen wollte, sagte ich nie nein.

Sonntagmorgen um elf war Elisabetta bei uns.

»Glaubst du, du schaffst das?«, fragte Sofia, als sie mir Leo übergab.

»Geht nur, und amüsiert euch.«

»Vergiss nicht, ihm sein Mittagessen aufzuwärmen und ihn zu wickeln, bevor du ihn hinlegst.«

»Entspann dich und genieße die Zeit.«

»Wenn er aufwacht und Hunger hat, kannst du ihm eine Banane geben.«

»Ist gut.«

Sofia machte sich fertig, und die beiden gingen los.

An der Tür sagte ich noch zu Elisabetta: »Danke, und sorge dafür, dass sie sich betrinkt.«

»Mache ich.«

Als die Mama verschwand, brach Leo in Tränen aus, doch das dauerte nur kurz, kaum war die Tür zu und wir beide saßen auf dem Sofa, beruhigte er sich wieder.

Eigentlich hatte ich mir vorgenommen, Leo auf dem Boden spielen zu lassen und selbst ein bisschen am Computer zu arbeiten.

Aber er wollte partout nicht alleine spielen, und so setzte ich mich zu ihm.

Wenn mir langweilig wurde, nahm ich mein Telefon, sah mir Fotos auf Instagram an und verfiel in Selbstmitleid. Da draußen tobte das Leben, alles voller Leute, die sich bei irgendwelchen Partys, Reisen, Festivitäten, Events köstlich amüsierten und mir ihr Superwochenende vor Augen führten.

Doch schon bald verlangte Leo wieder nach mir. Ich setzte mich zu ihm, nahm eine Plüschkatze und tat so, als würde ich nach ihm schnappen, aber es war ihm egal. Spielsachen waren noch nie sein Ding, er spielte lieber mit gewöhnlichen Haushaltsgegenständen. Also zog ich ihn an, und wir gingen einkaufen.

Auf dem Weg zum Supermarkt gab es eine Menge Dinge, die seine Neugier weckten, dauernd blieb er stehen, änderte die Richtung oder wollte unbedingt auf die andere Straßenseite. Ich verfluchte mich dafür, dass ich den Buggy nicht mitgenommen hatte.

Als ich ihn schließlich auf den Arm nahm, wehrte er sich verzweifelt, heulte laut, zappelte und warf den Oberkörper nach hinten.

Als wir dann endlich im Supermarkt waren, musste ich die Einkäufe erledigen und dabei gleichzeitig aufpassen, dass er nichts kaputtmachte.

An der Kasse wollte er um keinen Preis das Kaffeepaket hergeben. Als ich es ihm mit Gewalt abnahm, schrie er wie am Spieß und kreischte, als hätte ich ihm ein Ohr abgerissen.

Auf dem Heimweg wollte er plötzlich nicht mehr laufen, wollte unbedingt getragen werden, so dass mir trotz meiner vier Einkaufstüten nichts anderes übrigblieb, als ihn auf den Arm zu nehmen. Als wir zu Hause ankamen, waren meine Finger so taub, dass ich gar nichts mehr spürte, ganz zu schweigen von der Tatsache, dass die Plastiktüten aus Gründen des Umweltschutzes inzwischen so dünn sind, dass sie sofort reißen, wenn man sie nur scharf anguckt. Weshalb eine im Aufzug auch prompt den Geist aufgab.

Während ich die Einkäufe wegräumte, lief Leo mit dem Besen durch die Wohnung, noch so ein Ding, nach dem er ganz verrückt war.

Dann beschloss ich, dass es Zeit fürs Essen war, setzte ihn in den Kinderstuhl und wärmte sein Mittagessen auf. Seit er abgestillt war, gab Sofia ihm viel püriertes Gemüse. Während ich ihn fütterte, schlug er mindestens zweimal so heftig nach dem Löffel, dass die grüne Masse in hohem Bogen durch die Luft flog und alles vollspritzte.

Als ich mit Aufwischen fertig war und gerade mit dem Füttern weitermachen wollte, hatte er keinen Hunger mehr und wollte unbedingt aus dem Kinderstuhl heraus. Ich insistierte noch ein bisschen, aber es war nichts zu machen. Also setzte ich ihn auf den Boden, obwohl er so gut wie nichts gegessen hatte. Manchmal hörte er mitten im Essen einfach auf, weil er sich langweilte, dann musste man ihn irgendwie ablenken, mit einem Spiel, einem Prusten, einem Buch oder einem Video. Also lief ich mit Löffel und Teller in der Hand hinter ihm her.

Doch schon bald verlor ich die Lust und gab ihm ein paar Cracker, an denen er genüsslich knabberte und dabei die ganze Wohnung vollkrümelte.

Dann wickelte ich ihn und zog ihm den Schlafanzug an.

Als ich sein Zimmer verließ und die Tür hinter mir zumachte, war ich überglücklich und warf vor Begeisterung die Arme in die Luft wie ein frischgebackener Weltmeister.

Die Wohnung sah aus, als hätte eine Bombe eingeschlagen. Beim Einräumen der Spülmaschine probierte ich hundert verschiedene Varianten, um ja alles unterzubringen, denn ich wollte auf keinen Fall irgendetwas mit der Hand spülen, auch nicht das kleinste Löffelchen.

Während ich eine Espressotasse waghalsig unter eine Schüssel schob und dabei in Kauf nahm, dass alles zu Bruch ging, schoss mir ein Gedanke durch den Kopf: Mein Vater hatte so etwas sein Lebtag nicht getan. Er ging morgens zur Arbeit und kam abends zurück, er kochte nicht, machte keine Wäsche, räumte weder den Tisch ab noch die Spülmaschine ein. Das machte alles meine Mutter.

Er schob auch nie den Kinderwagen, wenn wir zusammen irgendwohin gingen, und wechselte mit Sicherheit auch nie eine Windel.

In meiner Familie gab es eine strenge Arbeitsteilung. *Matrimonio,* Ehe, kommt von dem Wort *madre,* Mutter; *patrimonio,* Vermögen, kommt von *padre,* Vater. Der Vater geht arbeiten und verdient das Geld, die Mutter kümmert sich um den Haushalt und die Kinder.

Seit Frauen selbst Geld verdienen, ist so manches durcheinandergeraten.

Ich muss auf der Arbeit kompetitiv sein und auch im Haushalt Flagge zeigen. Alles wird gemeinsam gemacht, auch während der Schwangerschaft. Als ich geboren wurde, war mein Vater bei der Arbeit und kam erst abends, um mich anzusehen. Heute jedoch gilt ein Mann, der nicht bei der Geburt dabei ist, als desinteressiert.

Ich hingegen kümmere mich eigentlich gern um Leo, beteilige mich also gern am *matrimonio.* Ich möchte nicht, dass er nur der Mama gehört, deshalb versuche ich auch immer, zu Hause zu sein, bevor er ins Bett geht. Auch wenn es anstrengend ist und mir mitunter die Kräfte fehlen, bade ich ihn gern, zieh ihm gern den Schlafanzug an und bringe ihn ins Bett. Das ist mir wichtig, denn nur daraus entsteht eine echte Beziehung.

Mit diesen Gedanken ging ich durch die Wohnung, sammelte die Spielsachen ein und legte sie in den Korb. Ich war fix und fertig. Da hörte ich Geräusche aus dem Kinderzimmer, möglicherweise war er schon wieder wach. Ich ging in sein Zimmer, legte ihm die Hand auf den Rücken und murmelte beruhigende Worte. Wenig später schlief er wieder ein.

Ich blieb noch ein bisschen bei ihm, weil ich befürchtete, er könnte wieder aufwachen. Das wollte ich unbedingt vermeiden, denn ich hatte noch eine Menge zu tun.

Während ich ihn so im Schlaf beobachtete, bedauerte ich, dass mein Vater so früh gestorben war und die beiden sich nicht mehr kennenlernen konnten. Leo würde seinen Großvater nur dem Namen nach kennen, nur aus Erzählungen.

Ich hätte die beiden gern zusammen gesehen, wäre gern mit ihnen spazieren gegangen. Wenn mein Vater noch lebte, könnte er mir jetzt zur Seite stehen, ich könnte ihn fragen, ob er womöglich dieselben Ängste hatte wie ich. Und dann kam mir eine Frage in den Sinn: Wie werden Leos Erinnerungen an mich wohl aussehen? Was wird er über mich als Vater sagen, wenn ich nicht mehr da bin? Was wird er für meinen größten Fehler halten?

Ich ging zurück ins Wohnzimmer und arbeitete ein bisschen, doch kaum eine Stunde später war Leo wieder wach. Resigniert ging ich zu ihm. Um meinen Rücken zu schonen, der mir schon seit Wochen weh tat, ging ich beim Hochheben in die Knie und setzte mich dann mit ihm aufs Sofa.

Kurz darauf stieg mir ein Gestank in die Nase: »Ich glaube, du brauchst unbedingt eine frische Windel, bestimmt bist du schon wieder bis oben hin voll.«

Eine Riesensauerei, die Windel war übergelaufen, der Schlafanzug von oben bis unten eingesaut. Ich verpasste ihm eine frische Windel und warf seinen Schlafanzug in die Waschmaschine.

Dann gingen wir zurück ins Wohnzimmer und setzten uns zum Spielen auf den Boden. Aber ich fand keine bequeme Position und ließ mich schließlich wieder auf dem Sofa nieder.

Leo spazierte währenddessen durch die Wohnung, doch nach ein paar Minuten war es plötzlich verdächtig still. Als er auf mein Rufen nicht reagierte, bekam ich einen gehörigen Schreck und rannte alarmiert ins andere Zimmer. Quietschvergnügt thronte er auf einem Berg aus T-Shirts, Socken und Unterhosen, er hatte sämtliche Schubladen ausgeräumt. Das machte er gern. Ich beseitigte das Chaos und faltete alles wieder ordentlich zusammen, bis auf ein T-Shirt, das er um keinen Preis wieder hergeben wollte: Und auf sein Gebrüll hatte ich in diesem Augenblick absolut keinen Bock.

Ich hatte nichts von all dem geschafft, was ich mir vorgenommen hatte, dafür war ich so kaputt, als hätte ich acht Stunden auf dem Bau geschuftet.

Ich musste an Sofia denken, daran, was sie seit über einem Jahr alles mitmachte. Mir hatte dieser eine Sonntag schon gereicht. Drei Tage am Stück hätte ich das nicht durchgehalten.

Dann war die Spülmaschine fertig. Als Leo hörte, wie ich die Klappe aufmachte, kam er sofort neugierig angelaufen. Die Spülmaschine faszinierte ihn, er nahm Teller, Gläser und Besteck heraus und reichte sie mir. Danach versuchte er, die offene Klappe zu erklimmen.

»Nein, stopp, so geht sie kaputt. Nein, das Messer nicht, das ist gefährlich. Nein, das Messer ist nichts für dich.«

Ein Glück, dass ich arbeiten gehen kann, sagte ich mir.

Gegen fünf kamen Sofia und Elisabetta zurück.

»Hat er was gegessen?«

»Ja. Auch die Banane.«

»Hat er gekackt?«

»Ja, und zwar nicht zu knapp, er war so voll-
geschissen, dass ich ihn komplett neu anziehen
musste. Und übrigens hallo«, sagte ich ironisch.

»Ja, entschuldige, ich habe dich noch nicht einmal begrüßt.« Sie kam zu mir und gab mir einen
flüchtigen Kuss. Dann fragte sie: »War es schwierig?«

Sie fragte, als erwarte sie die Bestätigung dessen,
was sie schon wusste, und auch eine kleine Genug-
tuung.

Ich überlegte kurz und sagte dann: »Nein, wie
immer.« Und fügte dann noch hinzu: »Wir haben
uns amüsiert.«

Zweiundzwanzig

Am folgenden Sonntag waren wir nach dem Essen bei Sofias Eltern auf dem Rückweg nach Mailand, Leo schlief, wir beide schwiegen, am Sonntagnachmittag werde ich immer melancholisch.

Das Auto vor uns hatte einen Anhänger mit zwei schlammverkrusteten Motorcross-Rädern.

Sonntag ist Hobbytag: Pferde, Motorräder, Fahrräder, Kanus, Boote, Gokarts, Oldtimer.

Alle versuchen zu überleben, so gut es eben geht. Kleine Fluchten.

In den letzten Tagen hatte ich hin und her überlegt, wie ich es am besten anstellen sollte, Sofia die Sache mit Berlin möglichst schonend beizubringen, war aber zu keinem befriedigenden Ergebnis gekommen.

Ich war nervös und traute mich nicht, mit der Sprache herauszurücken. So weit war es also schon gekommen, dachte ich entsetzt.

Als ich mich im Rückspiegel sah, hätte ich mich

am liebsten laut verflucht, doch heraus kam nur: »In ein paar Wochen muss ich geschäftlich nach Berlin.«

Meine Worte hatten sie aus ihren Gedanken gerissen, sie sah mich verblüfft an: »Wie lange?«

»Ungefähr eine Woche.«

»Ist das dein Ernst?«

»Ja.«

Sie seufzte, verharrte kurz in Schweigen und sagte dann: »Na gut. Wenn es sein muss, schaffe ich das schon. Oder kannst du noch absagen?«

»Leider nicht.«

Inzwischen ging mir eine solche Lüge problemlos über die Lippen, das hatte ich im Beziehungsalltag gelernt.

In meiner Zeit als Single log ich eher selten, es war einfach nicht nötig. Doch seit ich mit Sofia zusammen war, wusste ich aus Erfahrung, dass kleine Notlügen bisweilen äußerst hilfreich sind. Bedingungslose Ehrlichkeit funktioniert vielleicht bei einer kurzen Affäre, aber in einer festen Beziehung auf keinen Fall. Je intimer die Beziehung, desto schwieriger wird es, offen auszusprechen, was man sich wünscht oder was einen stört, ohne den anderen zu verletzen.

Sofia wirkte nicht wütend. Doch gerade weil die Sache so glimpflich abgelaufen war, fühlte ich mich noch schuldiger: »Vielleicht kann ja deine Mutter kommen.«

»Eine Woche mit meiner Mutter, das gibt nur Mord und Totschlag. Aber kein Problem, ich komme schon irgendwie zurecht.«

»Oder Elisabetta vielleicht, sie könnte sich ein paar Tage Urlaub nehmen.«

Sofia sah mich an, als wäre ich nicht ganz bei Trost: »Spinnst du? Ich soll Elisabetta fragen, ob sie sich freinimmt, um mir zu helfen, weil du nach Berlin fährst? Andere Leute haben auch ein Leben.«

»Ich finde das überhaupt nicht so abwegig, unter Freunden hilft man sich doch.«

»Hör mal Nicola, mach dir keine Sorgen, fahr einfach nach Berlin, und wenn du fertig bist, kommst du zurück. Wir schaffen das schon. Was sein muss, muss sein. Ich gehe mal davon aus, dass du dir das nicht aussuchen konntest, oder?«

Ich schluckte: »Stimmt.«

»Dann lass uns nicht mehr davon reden.«

Ich fragte mich, ob sie wohl ahnte, dass alles gelogen war und ich eigentlich nur nach Berlin fuhr, weil ich mal Abstand von ihnen brauchte. Und ich fragte mich auch, wieso ich das nicht offen sagen konnte. Eigentlich hätte ich Sofia doch vertrauen können.

Plötzlich standen wir im Stau. Leo kreischte, weil er aus dem Kindersitz herauswollte. Uns platzte der Kopf.

»Halt bei der nächsten Gelegenheit an, er muss unbedingt gewickelt werden. Riech mal.«

Da wir auf der Überholspur waren, dauerte es eine Weile, bis ich endlich irgendwo halten konnte. In der ganzen Zeit gab Leo keine Ruhe.

Als wir zu Hause ankamen, waren wir erschöpft. Ich machte mich ans Kochen, während Sofia Leo badete.

In der Küche gibt es zwei Kochlöffel, einen kurzen und einen langen. Ich nehme am liebsten den langen, doch als ich die Schublade aufmachte, war er nicht da.

»Wo ist denn der lange Kochlöffel?«

»Was hast du gesagt?«

»Der lange Kochlöffel, weißt du vielleicht, wo der abgeblieben ist?«

»Ich kann dich nicht hören.«

Ich ging an die Badezimmertür und stellte zum dritten Mal dieselbe Frage. Ohne sich auch nur umzudrehen, sagte sie: »Da, wo er immer ist.«

»Nein, da ist er nicht.«

»Ich habe ihn jedenfalls nicht weggetan.«

»Dann ist er wohl verschwunden«, antwortete ich.

»Zuletzt habe ich ihn noch in der Schublade gesehen, vielleicht hast du ihn selbst woanders hingetan und es nur vergessen.«

Festzustellen, wer nun recht hat, wird in so einer Situation überlebenswichtig. Das Badewasser war noch nicht abgelaufen, da wickelte Sofia Leo schon in ein Handtuch und folgte mir in die Küche. Sie war genervt, weil ich nicht lockerließ, und davon überzeugt, dass sie den Löffel nicht weggetan hatte.

Kommentarlos zog sie die Schublade auf, in der ich gerade nachgesehen hatte.

»Da habe ich schon geguckt«, sagte ich gereizt.

»Da ist er doch.« Er war die ganze Zeit da, nur ich hatte ihn nicht gesehen.

Das passierte mir laufend, ich sah Dinge nicht, obwohl sie direkt vor meiner Nase lagen.

Ich bat sie um Verzeihung, auch wenn ich am liebsten in den Löffel gebissen hätte.

Mitunter kann ein häusliches Versagen demütigender sein als eines vor tausend Menschen.

Leos Abendessen war fertig, und Sofia fragte, ob ich ihn füttern könnte, dann würde sie schnell duschen gehen. Bei jedem Happen pustete ich sorgsam, testete die Temperatur mit der Lippe, bevor ich Leo den Löffel hinhielt. Aber er war so ausgehungert, dass er nach jedem Bissen ungeduldig schrie, weil es ihm nicht schnell genug ging. Ich versuchte, ihm zu erklären, dass es noch zu heiß sei, aber es war sinnlos, er hatte Hunger und wollte essen.

Ich nahm einen Happen aus der Mitte, pustete ein paarmal und schob ihm den Löffel in den Mund. Voller Entsetzen riss er den Mund auf, er hatte sich die Zunge verbrannt und brach in Tränen aus. Mir war ein schwerer Fehler unterlaufen, denn in der Mitte ist der Brei immer am heißesten. Hastig versuchte ich, mit dem Finger möglichst viel von dem kochend heißen Brei aus seinem Mund herauszuholen und ihm Wasser einzuflößen, aber das wollte er nicht. Stattdessen bekam er einen dieser Heulkrämpfe, die uns in Angst und Schrecken versetzen, denn irgendwann hört das Gebrüll schlagartig auf, dann atmet er nicht mehr, das Gesicht sieht aus, als würde er schreien, aber er bringt keinen Ton hervor, ein stummer Schrei.

Sofia kam angerannt und wollte wissen, was passiert sei. Bei einem Kind, das noch nicht sprechen kann, hat man den Vorteil, dass man ungeniert lügen kann, man kann die Sache verharmlosen oder sogar eigene Fehler verschweigen. Aber das tat ich nicht: »Ich habe nicht gemerkt, dass der Brei noch zu heiß war. Tut mir leid.«

Sie nahm ihn auf den Arm und versuchte, ihn zu trösten.

Eigentlich müsste ich das machen, dachte ich, *es ist nicht richtig, dass sie ihn mir abnimmt, denn dann bin ich der Böse, der ihm weh tut, und sie ist die Gute, die ihn tröstet.*

Ich war stinksauer, auf mich, weil ich zu blöd war, ein Kind zu füttern, ohne dass es sich den Mund verbrannte, auf Sofia, weil sie mir das Kind sofort abgenommen hatte, als wäre ich zu allem zu blöd, und auf Leo.

Es tut mir immer schrecklich leid, wenn ich sein Vertrauen enttäusche, denn darauf lege ich großen Wert.

Einmal mussten wir mit Leo zu einer Urinuntersuchung ins Krankenhaus, aber er pinkelte einfach nicht.

»Dann müssen wir ihm einen Katheter legen«, sagte der Arzt.

»Können Sie damit nicht noch warten?« Die Schmerzen wollte ich Leo unbedingt ersparen.

»Nein, das muss sofort gemacht werden.«

Unter großer Anteilnahme aller Anwesenden führten sie ihm das Röhrchen ein. Während ich seine Arme festhielt, sah er mich an und weinte, ich kam mir vor wie ein Sadist.

Normalerweise ist Sofia sehr loyal, macht mir keine Vorwürfe, wenn mir ein Fehler unterläuft. Auch an dem Abend des Breiunfalls sagte sie nichts, ließ meine Entschuldigung stumm über sich ergehen, wiegte Leo in den Armen und würdigte mich keines Blickes.

Ich ging ins Bad, um mir in Ruhe einen Vorwand auszudenken, der ihr die Hälfte der Schuld zuschob. Fieberhaft kramte ich im Gedächtnis nach einem Vorfall, bei dem sie ihm versehentlich weh getan hatte. Schließlich fand ich einen anderen Aufhänger: Sie hätte bloß früher kochen müssen, dann wäre der Brei nicht zu heiß gewesen und es wäre gar nichts passiert. Hätte ich aber tatsächlich etwas in der Art gesagt, wäre die Welt untergegangen. Deshalb behielt ich die Sache lieber für mich und sagte nichts.

Als ich in die Küche zurückkam, war Sofia schon wieder dabei, Leo zu füttern. Der Stress war vergessen, sie dachte nicht mehr daran und machte mir auch keinen Vorwurf.

So etwas Blödes darf dir nicht noch einmal passieren, sagte ich mir.

Dreiundzwanzig

Ich wälzte mich im Bett herum, in wenigen Stunden würde ich im Flugzeug nach Berlin sitzen und meine Familie hinter mir lassen. Sofia duschte, ich stopfte mir zwei Kissen in den Rücken und lehnte mich an die Wand. Vor mir hing das gerahmte BITTE NICHT STÖREN-Schild.

Das Wasser wurde abgestellt. Ich blickte zur Badezimmertür hinüber und stellte mir vor, was Sofia gerade tat. *Jetzt wickelt sie sich das Handtuch zum Turban um den Kopf, jetzt cremt sie sich von oben bis unten ein, jetzt zieht sie den Bademantel über. Jetzt kommt sie gleich ins Schlafzimmer, schlüpft in einen Slip und lässt das Gummi schnappen,* dachte ich. Besonders sexy fand ich es, wenn sie einen Fuß aufs Bett stellte, um die Strümpfe anzuziehen, und dabei das nackte Bein aus dem Bademantel hervorlugte. Das machte mich immer noch an, selbst nach all den Jahren.

Doch dann kam sie schon angezogen aus dem Bad, kein Handtuch um den Kopf, kein Bademantel. Ich tat, als würde ich noch schlafen, keine Ahnung, ob sie mir das abnahm oder ob wir uns gegenseitig nur noch etwas vorspielten. Machte das überhaupt einen Unterschied?

Ich wartete, bis sie die Tür hinter sich zumachte, dann stand ich auf und packte den Koffer.

Dafür habe ich eine äußerst simple Methode entwickelt, ich nehme einen Stapel Hemden, Socken und Unterhosen, und während ich sie nach und nach in den Koffer lege, zähle ich laut die Wochentage ab, Mittwoch, Donnerstag, Freitag. Zum Schluss lege ich noch ein Reservehemd dazu.

Vor der Wohnungstür kontrollierte ich noch einmal, ob ich auch Papiere und Kreditkarte dabeihatte.

Alles da, ich war bereit für Berlin.

Ich gab Sofia und Leo einen Kuss: »Und dass du mir ja nicht die neuen Folgen von *Mad Men* ansiehst, damit musst du warten, bis ich wieder da bin.« Sofia lachte. Sieben Tage Wartezeit, um zu erfahren, wie es mit Don Draper und Dr. Faye Miller weiterging.

Als ich unten ankam, wartete das Taxi schon.

Wie oft hatte ich mir in den letzten Tagen ausgemalt, wie toll es sein würde, endlich allein im Taxi zu sitzen, mit der Aussicht auf eine ganze Woche nur für mich.

Doch es lief von Anfang an anders, als ich es mir vorgestellt hatte. Von der großen Euphorie keine Spur, dafür nur wieder das gewohnte Gefühlschaos, wie ich es schon seit Leos Geburt kannte.

Leo und Sofia fehlten mir. Ich war noch nicht einmal am Flughafen, da sah ich mir auf dem Handy schon Fotos von ihnen an.

Beim Einsteigen war ich ein bisschen nervös, ich hatte noch nie Probleme mit dem Fliegen, aber an diesem Morgen schon. Seit Leo da war, machte ich mir viel mehr Sorgen. Dauernd dachte ich daran, was alles passieren könnte, hatte schreckliche Angst, ihn zu verlieren.

Durch Leo hat der Begriff Präsenz für mich eine ganz neue Bedeutung bekommen, Leo ist immer präsent, auch wenn er gerade nicht bei mir ist. Als Vater ist man nie wirklich allein, man kann sich nicht entziehen. Offenbar ist diese Bindung so elementar, dass sich ein Teil des Gehirns unablässig damit beschäftigt und immer neue Bilder hervorbringt: bisweilen beglückende, die mir ein Lächeln entlocken und das Herz aufgehen lassen, dann wieder schreckliche von potentiellen Katastrophen, Tragödien, furchtbaren Unfällen.

Einmal habe ich geträumt, dass Leo plötzlich weg war und wir ihn nicht mehr finden konnten; beim Aufwachen hatte ich Tränen in den Augen.

Von Natur aus bin ich weder ängstlich noch pessimistisch. Doch kaum muss ich mit Leo auf dem Arm eine Treppe hinauf, überkommt mich sofort die Angst, ich könnte hinfallen und ihm einen Schaden fürs Leben zufügen.

Im Flugzeug hatte ich nun plötzlich Angst, ich könnte sterben. Zu meinem Erstaunen schreckte mich diese Vorstellung vor allem deshalb, weil ich dann nicht mehr für Leo würde sorgen können.

Die Liebe zu den eigenen Kindern macht Eltern unendlich verletzlich.

In Berlin war ich schon öfter gewesen, auch mit Sofia. Daher kannte ich zwei, drei Orte, vor allem Restaurants.

Nach dem Einchecken im Hotel machte ich einen Spaziergang. Es war toll, sich einfach treiben zu lassen, ohne Rücksicht auf andere, ohne Verantwortung, ohne Programm, und schon bald fiel das Gefühl, ohne Familie fehle etwas, von mir ab. Je mehr Zeit verging, desto weniger vermisste ich sie. Stattdessen fühlte ich mich unbeschwert.

Am nächsten Morgen erwachte ich erfrischt, weil ich endlich einmal durchgeschlafen hatte, frühstückte ausgiebig, ohne dass jemand kreischte, ging dann wieder auf mein Zimmer, um zu duschen und mich in aller Ruhe auf den Tag vorzubereiten.

Ich hatte zwar diverse Termine, aber alles verlief

ohne Stress, in der Arbeitsgruppe ging es entspannt zu, und ich hatte jede Menge Freizeit.

Mit Sofia telefonierte ich regelmäßig, einmal morgens und einmal abends, zwischendurch simsten wir.

Doch oft genug hatten wir uns eigentlich nichts zu sagen, riefen nicht an, weil wir dazu Lust hatten, sondern weil wir uns verpflichtet fühlten.

Das war ein ungutes Gefühl. Krampfhaft versuchte ich, das lähmende Schweigen mit irgendwelchen Banalitäten zu überbrücken. So meckerte ich beispielsweise ausgiebig darüber, dass im Hotel anstelle des traditionellen Föns ein brauner Kasten an der Wand hing, aus dem ein Schlauch herauskam, der nur lauwarme Luft verströmte: »Und der Luftstrom ist so schwach, dass jeder Hundeatem mehr Power hat.« Ob sie über meine geistreiche Bemerkung lachte, habe ich gar nicht mehr gehört.

Als sie sich danach erkundigte, ob es mir denn Spaß mache, wiegelte ich ab und sagte, die meiste Zeit sei es sterbenslangweilig. Wenn ich tagsüber irgendein kleines Problem hatte, bestritt ich damit die Hälfte des Anrufs. In Wahrheit jedoch amüsierte ich mich großartig. Eine andere Stadt, andere Leute, Englisch reden, jeden Abend essen gehen: göttlich.

Wir waren eine gute Truppe, alles intelligente,

sympathische Leute aus aller Herren Länder. Die Zusammenarbeit lief gut und wirkte stimulierend, jenseits der eigenen vier Wände existierte eine Welt voller Dynamik. Abends, wenn ich in mein Zimmer kam, hatte ich fast immer Lust zu masturbieren, ich glaube, das liegt an der speziellen Energie von Hotelzimmern. Ein paarmal habe ich es auch gemacht, es war schön, allein im Bett zu liegen und tun und lassen zu können, was man wollte. Denn zu Hause war selbst das Onanieren ein Problem.

Einmal schaltete ich anschließend den Fernseher ein, der Dalai-Lama wurde gerade gezeigt, er lächelte und sprach mit heiterem Blick und sanfter Stimme über tiefschürfende Themen. Und ich, ich aalte mich nackt wie ein Wurm auf dem Hotelbett. Plötzlich ekelte ich mich vor mir selbst und zog mich schnell an, als könnte er mich sehen.

Dann machte ich den Fernseher wieder aus und dachte darüber nach, dass der Dalai-Lama nur deshalb nie die Kontrolle verliert, sich nie ärgert oder wütend wird, weil er nicht mit einer Frau zusammenlebt, nicht verheiratet ist und vor allem keine Kinder hat. Käme er mal bei uns vorbei und sähe, wie ich das alles meisterte, wäre er bestimmt tief beeindruckt. Ich sah die Szene förmlich vor mir. Ich in der Küche beim Möhrenschälen, nach einem Streit mit Sofia, und er, er steht vom Sofa auf, kommt zu mir in die Küche und klopft mir auf die Schulter: »Nicola, wie machst du das nur? Bringst du mir das bei? Woher nimmst du nur die Kraft?«

»Manchmal frage ich mich das auch. Aber ich habe keine Ahnung, es ist mir selbst ein Rätsel.«

Beim Einschlafen kicherte ich vor mich hin.

Vierundzwanzig

Irgendwann saß ich beim Mittagessen zufällig neben Nadine, die für eine holländische Firma arbeitete. Zwar kannten wir uns schon, hatten aber bisher außer den üblichen Begrüßungsfloskeln kaum ein Wort miteinander gewechselt. Sie war hübsch, zwar ein bisschen dünn für meinen Geschmack, hatte dafür aber ein süßes Gesicht und hinreißend grüne Augen.

Wir unterhielten uns über Musik und über New York. Sie hatte ein paar Jahre in Brooklyn gelebt, war damals mit einem Mann aus Palermo zusammen und konnte daher ein paar Worte Italienisch. Jetzt wohnte sie mit einem neuen Partner in Amsterdam.

Nach diesem Essen trafen wir uns auch in den Kaffeepausen immer häufiger. Unsere Gespräche hatten gleich etwas Ungezwungenes, Vertrautes, wir verstanden uns auf Anhieb.

Seither stand ich morgens beschwingter auf, weil ich mich darauf freute, sie zu treffen. Ihre Anwesenheit versetzte mich in gute Laune und versüßte mir den Arbeitstag.

Eines Abends erging ich mich in Phantasien über sie, nicht nur sexueller Art. Ich stellte mir vor, wir würden zusammenleben, und hatte plötzlich das Gefühl, sie würde mich besser verstehen als Sofia.

Vielleicht wäre ich mit ihr glücklicher geworden, sagte ich mir.

Manchmal, wenn ich im Supermarkt Schlange stand oder in der U-Bahn saß, schossen mir solche Gedanken auch bei völlig Unbekannten durch den Kopf. Es kam auch vor, dass ich eine Schauspielerin in einem Film sah und plötzlich meinte, sie sei die richtige Frau für mich.

Am letzten Tag in Berlin trafen wir uns alle zu einem Abschiedsessen. *Morgen tauche ich wieder in mein altes Leben ab,* sagte ich mir, als ich das Hotel verließ.

Beim Essen war ich leicht angeheitert und amüsierte mich köstlich. Als mein Handy klingelte, stand ich auf und suchte mir eine ruhige Ecke, bevor ich abnahm: »Hallo, wie geht's?« Ich riss mich zusammen und versuchte, mir nicht anmerken zu lassen, wie aufgekratzt und angetrunken ich war: »Schläft Leo schon?«

»Vor zehn Minuten habe ich ihn ins Bett gebracht. Wo bist du?«

»Wir sind gerade beim Essen, du weißt schon, ein Abschiedsessen für alle.«

Sofia fragte nicht weiter nach, sondern erzählte von einem Streit mit ihrer Mutter, die offenbar gekränkt war, weil Sofia nicht zu ihr gekommen war.

Ich hörte mir alles an, wünschte mir aber nichts sehnlicher, als möglichst bald zu den anderen zurückzugehen.

»Nur sie kann mich so in Rage bringen. Unglaublich.«

Ich wusste nicht, was ich dazu sagen sollte, die Sache interessierte mich nicht die Bohne, ja sie langweilte mich: »So sind Mütter nun mal zu ihren Töchtern, das gehört zu ihrer Rolle.«

»Aber diesmal ist sie zu weit gegangen.«

Als ich zum Tisch hinübersah, lachten die anderen: »Aber das ist doch verständlich, Leo ist ihr einziger Enkel, und sie sieht ihn so selten.«

»Wieso musst du sie eigentlich immer verteidigen?«

»Tue ich doch gar nicht, ich versuche nur, ihren Standpunkt zu verstehen.«

»Schon komisch, dass du immer den anderen recht gibst, und dann auch noch ausgerechnet meiner Mutter, die du doch selbst unausstehlich findest.«

Mir war klar, ich konnte sagen, was ich wollte,

es war auf jeden Fall verkehrt, denn Sofia suchte Streit. Und ich wollte nur möglichst schnell zurück zum Tisch.

»Die anderen warten auf mich. Lass uns nachher darüber reden.«

»Nachher bin ich bestimmt zu müde, du brauchst auch nicht mehr anzurufen, wir sehen uns ja morgen.« Ihre Stimme klang nicht wütend oder vorwurfsvoll, sondern eher merkwürdig resigniert.

Wir verabschiedeten uns rasch, und nachdem ich aufgelegt hatte, sagte ich laut: »Du kannst mich mal.« Dennoch nahm ich mir fest vor, mir davon nicht den Abend verderben zu lassen.

Nach dem Essen kamen noch ungefähr ein Dutzend Leute mit zu uns ins Hotel. Wir hatten uns bei Javier verabredet, einem sympathischen Kollegen aus Madrid, der immer in Feierlaune war, gerne trank und die Nacht zum Tag machte. Sein Chef hatte ihm für den letzten Abend seine Suite überlassen. Außerdem hatte Javier irgendwo Gras aufgetrieben.

Ich kam mir vor wie in alten Zeiten, so etwas hatte ich schon ewig nicht mehr gemacht. Trotzdem wollte ich nur eine Stunde bleiben, höchstens.

Ich griff mir Javiers Computer, ich hatte Lust, mich um die Musik zu kümmern. Zuerst spielte ich *El Bandido* von Nicolas Jaar, dann Kalkbrenner. Bei *Sky and Sand* hatte ich plötzlich das Gefühl, beobachtet zu werden. Als ich hochblickte, entdeckte ich Nadine, die mich unverhohlen musterte. Sie lächelte mir zu, doch da war noch etwas anderes in ihrem Blick, ein Gedanke vielleicht. Ich lächelte zurück und widmete mich wieder meiner Playlist. Viel lieber hätte ich nachgesehen, ob sie noch da war, aber ich traute mich nicht.

Als ich schließlich auf YouTube einen passenden Mix gefunden hatte, setzte ich mich zu den anderen auf den Boden. Ab und zu drehte ich mich um und hielt nach Nadine Ausschau, die Art, wie sie mich angesehen hatte, ging mir nicht mehr aus dem Kopf.

Als ich sah, wie sie mit einem anderen flirtete, bekam ich einen derart heftigen Eifersuchtsanfall, wie ich ihn seit Jahren nicht mehr erlebt hatte.

Mein Magen revoltierte.

Ich war geschockt.

Als ich mir gerade eingestand, wie dumm ich doch war, klopfte mir jemand auf die Schulter. Es war Nadine.

»Hier, nimm einen Zug«, sie hielt mir den Joint hin.

»Danke.«

Sie setzte sich neben mich. Ich nahm ein paar Züge und gab ihr den Joint zurück. Sie drehte ihn um, steckte das glühende Ende in den Mund und beugte sich zu mir hinüber, der Teufelskuss, so nannte ich es als Jugendlicher, wenn einer die Glut in den Mund nahm und dem anderen so den Rauch ins Gesicht blies. Das fand ich ausgesprochen sinnlich.

Als sie sich zu mir hinüberbeugte, um mir den Teufelskuss zu geben, sah sie mich genauso an wie zuvor, den Blick habe ich heute noch vor Augen. Ihr Blick war so durchdringend, so bohrend, dass es mich schüttelte, er brachte jede Gewissheit zum Einsturz. Am liebsten hätte ich sie auf der Stelle geküsst, sie hätte mit mir machen können, was sie wollte. Ich begriff, wie anfällig ich war.

Seit Jahren hatte ich nicht mehr gekifft, die Wirkung spürte ich sofort. Wir saßen auf dem Boden und unterhielten uns, mit dem Rücken an der Wand, die Beine berührten sich, ab und zu streifte sie mein Knie. Ich war völlig hingerissen.

Plötzlich begriff ich, was mich so anmachte. Es war nicht, was ich sah, sondern was sie sah. Ich fühlte mich begehrt, faszinierend, anziehend.

Ich war erregt wie seit langem nicht.

In den Augen dieser Frau gefiel ich mir viel besser als in denen meiner Lebensgefährtin, die ich liebte und mit der ich ein Kind hatte. Plötzlich war ich wieder ein richtiger Mann, ein Jäger.

Das war bestimmt der Alkohol oder der Joint. Ich sah mich von außen, sah meinen Gesichtsausdruck, während ich mit ihr sprach, und ich fragte mich, was eigentlich mit mir los war. Wieso fühlte ich mich zu einer Fremden hingezogen, wieso träumte ich davon, in ihren Armen zu liegen, wo ich doch ein kleines Kind hatte? Ich war nicht mehr der, für den ich mich selbst hielt.

Während ich diesen Gedanken nachhing, streichelte sie mir übers Gesicht, um sie aufzuhalten, nahm ich ihre Hand und küsste die Finger.

»Ich gehe jetzt besser schlafen.«

Verblüfft sah sie mich an, das hatte sie wohl nicht erwartet.

»Bist du sicher? Das war doch nur der Anfang, das Beste kommt erst noch.« Sie stand auf und ging in Richtung Bad, wobei sie mir einen Blick zuwarf, der mein Blut zum Kochen brachte.

Sie verschwand und ließ die Tür angelehnt. Ich sah mich um, niemand hatte etwas bemerkt.

Ich ging ihr nach und blieb kurz vor dem Badezimmer stehen. Dann öffnete ich die Tür, sie wartete auf mich. Schweigend hob sie das Kleid und schob den Slip runter. Sie war nicht rasiert, hatte einen blonden Busch. Seit Jahren hatte ich keine Frau mehr nackt gesehen, bis auf Sofia.

Während sie sich auf die Toilette setzte und

pinkelte, forderte sie mich winkend auf, näher zu kommen.

Wie hypnotisiert ging ich auf sie zu. Als ich vor ihr stand, öffnete sie meinen Gürtel und knöpfte die Hose auf. Während ich ihr eine Hand auf den Kopf legte, stoppte ich sie mit der anderen, bückte mich, gab ihr einen Kuss auf die Stirn und sagte: »Nein, ich würde gerne, aber ich kann nicht. Entschuldige.« Ich machte die Hose wieder zu, verließ das Bad und Javiers Hotelzimmer. Mein Herz klopfte so heftig, wie ich es seit Monaten nicht mehr erlebt hatte, vielleicht seit Jahren.

Während ich vor meinem Zimmer nach dem Schlüssel suchte, fiel mir das Handy in die Hand, und ich sah, dass Sofia angerufen hatte. Doch inzwischen war es für einen Rückruf zu spät. Morgen würde ich ihr sagen, ich hätte schon geschlafen.

Ich überlegte, ob man das, was gerade geschehen war, als Betrug bezeichnen könnte. Wir hatten uns weder geküsst noch anderes getan, aber eine Frau hatte sich vor meinen Augen ausgezogen und meine Hose aufgeknöpft. Ich war zu weit gegangen, hätte viel früher aufhören müssen.

Was war nur mit mir los?

Betrug war schäbig, klar, unsere Beziehung konnte zwar durchaus scheitern, aber nicht wegen eines Betrugs.

Als ich gerade in mein Zimmer gehen wollte, hörte ich, wie mich jemand rief. Als ich mich umdrehte, stand Nadine vor mir. Sie schob mich zur Seite und ging hinein.

Ich schaffte es nicht, sie wegzuschicken. Sie nahm das BITTE NICHT STÖREN-Schild und hängte es außen an die Klinke, dann packte sie mich am Handgelenk, zog mich an sich und schloss die Tür.

Fünfundzwanzig

Nach der Rückkehr aus Berlin ging es mir beschissen, mir platzte schier der Kopf, und ich brachte kaum noch einen Bissen herunter.

So konnte es nicht weitergehen. Ich musste unbedingt mit jemandem reden, um herauszufinden, was mit mir los war, aber selbst mit Mauro klappte es nicht. Was ich empfand, so stellte ich irgendwann verwundert fest, war weder Schuld noch Scham, sondern Wut. Ich war wütend auf mich selbst und auf Sofia.

Dabei wollte ich mich gar nicht aus der Verantwortung stehlen. Doch daran, wie ich mich jetzt fühlte, so sagte ich mir, war auch sie nicht ganz unbeteiligt.

Ist das nur eine schwere Krise, oder ist alles aus?, fragte ich mich.

Unsere Beziehung stand auf Messers Schneide, deshalb musste ich den Mut und die Kraft aufbringen, offen mit ihr zu reden.

Eines Abends, als Sofia Leo ins Bett brachte,

tigerte ich unruhig durch die Wohnung wie ein Tier im Käfig. Ich konnte es nicht mehr aufschieben oder so tun, als wäre nichts, ich musste Farbe bekennen. Alles kam mir eng und beklemmend vor, so als wäre die Wohnung plötzlich geschrumpft.

Ich ging in die Küche und trank ein Glas Wasser, mir blieb die Luft weg. Als Sofia hereinkam, sagte ich: »Ich muss mit dir reden.«

Sie ging zum Waschbecken: »Kann ich zuerst noch das schmutzige Geschirr wegräumen?«

Als ich nicht antwortete, drehte sie sich um, und als sie mein Gesicht sah, begriff sie: »Ist was passiert?«, fragte sie besorgt.

»Ja, setz dich.«

Eine unnatürliche Stille breitete sich in der Küche aus, ich hatte viel zu sagen, wusste aber nicht, wo ich anfangen sollte. Während ich noch nach den Worten suchte, fragte sie: »Ist es was Schlimmes?«

»Sagen wir, schwerwiegend.«

Sie sah mich kurz an und sagte dann, als komme ihr ein Verdacht: »Hat es mit deiner Reise nach Berlin zu tun?«

Ich nickte.

Schlagartig veränderte sich ihre Miene, als wüsste sie schon Bescheid.

Plötzlich war ich wie erstarrt. Sofia wartete auf meine Worte, ich schwieg.

Vielleicht um ihren Gefühlen zu entkommen, stand sie auf und füllte ein Glas mit Wasser. Ohne sich umzudrehen, fragte sie: »Ist es das, was ich glaube?«

Ich wusste nicht, was ich antworten sollte. Sie trank und sagte dann, während sie das Glas abstellte: »Eine andere Frau? Hast du eine andere kennengelernt?«

Ich wartete eine Sekunde, mein Hals war trocken, nur mit Mühe brachte ich hervor: »Ja und nein.«

»Was soll das heißen?«, sagte sie, wobei sie sich umdrehte und mich ansah. Ihre Miene verriet eine ungewohnte Verletzlichkeit.

»Das bedeutet nein, es gibt keine andere, und ja, ich habe eine andere getroffen.«

»Verstehe ich nicht.«

Ich schluckte. Mit einer Hand begann ich, mit dem Deckel der Wasserflasche auf dem Tisch zu spielen: »In Berlin habe ich eine Frau kennengelernt. Am letzten Abend war ich auf einem Fest, das habe ich dir erzählt, und sie war auch da. Wir haben geplaudert, ich habe getrunken und auch gekifft.« Während ich redete, wechselte ihr Gesichtsausdruck. Von erschrocken zu angeekelt. Dann unterbrach sie mich: »Das reicht, wenn du mit ihr geschlafen hast, spar dir die Ausrede, du wärst betrunken gewesen oder bekifft.«

»Ich rede mich nicht raus, lass mich bitte ausreden.«

Sofia lehnte sich an die Spüle und umklammerte mit beiden Händen den Beckenrand. Ich setzte von neuem an: »Bei ihr habe ich etwas empfunden, das ich schon lange nicht mehr gespürt habe, zu lange.«

»Und, hast du nun mit ihr geschlafen? Du kannst es mir ruhig sagen, du brauchst es nicht künstlich in die Länge zu ziehen«, sagte sie herausfordernd.

»Unterbrich mich nicht.«

Sie löste sich vom Waschbecken.

»Als ich mich in den Augen dieser Frau sah, fühlte ich mich plötzlich lebendig, begehrenswert, sie sah mich so lustvoll an, wie du mich nie mehr ansiehst.«

Ihr Gesicht wurde immer härter, sie biss sich sichtlich auf die Zähne.

»Bevor ich ging, machte sie mir eindeutige Avancen, sagte unumwunden, dass sie gerne die Nacht mit mir verbringen würde.« Ich machte eine Pause, wir sahen uns an.

»Und was hast du gesagt?«

»Ich habe nein gesagt und bin in mein Zimmer gegangen.«

Sofia atmete tief ein, ich wartete, weil ich wusste, dass jetzt das Schwierigste kam.

»Du hast dich also verliebt und möchtest jetzt zu ihr?«, fragte sie in einem fast freundschaftlichen Ton.

»Nein.«

»Dann verstehe ich noch immer nicht. Du sagst, du hast mit einer geflirtet und hättest, wenn du gewollt hättest, die Nacht mit ihr verbringen können?«

Sofia erwartete eine Antwort, ich suchte nach den richtigen Worten: »Als ich meine Zimmertür aufschloss, stand sie plötzlich hinter mir und hat mich überrumpelt.«

Es brach ihr das Herz, ein Stück davon löste sich und stürzte ab, ein heftiger Schmerz durchzuckte sie, das sah ich in ihren Augen. »Du bist ein Arsch«, sagte sie und kam auf mich zu. »Du bist so ein Arsch.« Sie hatte Tränen in den Augen. Als sie mich wegstieß, packte ich sie an den Handgelenken: »Warte, ich bin noch nicht fertig.«

»Du kannst mich mal, ich will deinen Scheiß nicht hören.«

»Doch, du musst mir jetzt zuhören.«

Wie auf Kommando fing Leo genau in diesem Augenblick an zu heulen.

»Ich muss zu ihm, lass mich los.«

»Warte, bis ich fertig bin, vielleicht beruhigt er sich wieder.«

»Lass mich sofort los«, sagte sie drohend. Ich ließ ihre Handgelenke los, sie rannte weg.

Ich blieb in der Küche und wartete auf sie, ich war noch nicht fertig, denn das Wichtigste hatte ich noch gar nicht gesagt.

Nach zehn Minuten kam sie zurück. Sie hatte geweint, ihre Augen waren rot. Wir sahen uns an.

»Ich bitte dich, warte, bis ich alles gesagt habe.«

Sie verschränkte die Arme vor der Brust und blieb an der Spüle stehen, weit weg von mir.

»Ich habe sie gebeten zu gehen, aber sie hat mich am Gürtel gepackt und an sich gezogen.«

»Sei still, ich will das nicht hören, warum soll ich mir das antun? Hör endlich auf.«

»Wir haben uns angesehen, und in ihren Augen sah ich plötzlich eine Facette von mir, die ich schon längst vergessen hatte. Es dauerte nur ein paar Sekunden, aber das hat gereicht. Ich nahm ihr Gesicht in die Hände, begriff aber sofort, dass das ein Fehler war, da habe ich die Tür geöffnet und sie hinausgeschoben.«

»Das glaube ich dir nicht.«

»Ich schwöre es.«

»Du bist ein Lügner.«

»Aber das ist die Wahrheit.«

»Willst du damit sagen, du hast nicht mit ihr geschlafen?«

»Genau. Ich habe nicht mit ihr geschlafen.«

»Aber ihr habt euch geküsst.«

»Nein.«

Sofia richtete sich die Haare und fuhr sich mit der Hand über die Augen, als wolle sie unsichtbare Tränen abwischen. Dann setzte sie sich.

Mir klopfte das Herz bis zum Hals, meine Hände waren schweißnass.

»Es tut mir leid.«

Es herrschte Stille, man hörte nur den Kühlschrank brummen. So verharrten wir eine Weile, Sofia blickte zu Boden, ich zu ihr hinüber. Dann hob sie den Kopf und sah mich an: »Was soll das? Warum erzählst du mir das alles?«

»Weil ich will, dass du es weißt.«

»Fühlst du dich schuldig? Willst du dein Gewissen erleichtern?«

»Nein, ich erzähle dir das nur, weil es für uns wichtig ist, darüber müssen wir unbedingt reden.«

»Und was soll ich dazu sagen? Soll ich dich jetzt loben, weil du der Versuchung widerstanden hast?«

»Nein.«

»Sondern?«, fragte sie unwirsch.

»Ich will nur, dass wir einen Augenblick innehalten, uns ansehen und uns gegenseitig sagen, was nicht geht, denn ich will nicht, dass es irgendwann zu spät ist.«

Sofia machte eine lange Pause: »Vielleicht ist es ja schon zu spät.«

Daran glaubte sie selbst nicht, da war ich mir sicher.

»Weißt du, was mich an dem Abend gestoppt hat?«

Offenbar hatte es ihr die Sprache verschlagen.

»Es war ein Bild, ein Bild von dir und mir, das hat mir die Kraft gegeben, die Frau aus dem Zimmer zu schieben.«

»Soll ich mich jetzt darüber freuen?«, sagte sie sarkastisch.

»Warte, bis ich fertig bin. Auf dem Bild warst nicht du, wie du heute bist, sondern die Sofia, die ich in Rom kennengelernt habe, die, die ich dann gefragt habe, ob sie zu mir ziehen will, die Sofia, mit der ich mein Leben verbringen, eine Zukunft planen und meine Träume verwirklichen wollte.«

Aufmerksam blickte sie mich an.

»Ich weiß nicht, ob ich diese Sofia verjagt habe, ob es meine Schuld war, ich weiß nur, dass sie die Frau ist, die ich liebe und mit der ich den Rest meines Lebens verbringen will.«

»Glaubst du denn, dass du noch derselbe Nicola von damals bist?«

»Nein.«

»Gut, dann sind wir ja quitt. Wir sind beide voneinander enttäuscht«, sagte sie schroff.

Ich war nicht schlagfertig genug, um darauf sofort zu antworten. Deshalb fuhr sie fort: »Glaubst du etwa, es ist nur für dich schwierig?«

»Nein, ich weiß, dass …«

»Lass mich ausreden.«

Ich lehnte mich zurück.

»Glaubst du etwa, ich hätte mich nie gefragt, ob meine Entscheidung richtig war? Immerhin habe ich dafür eine Menge aufgegeben, meine Unabhängigkeit, meine Wohnung, meine Freunde, mit denen ich ausgehen und verreisen konnte, eine Arbeit, die mir gefiel und um die ich jahrelang gekämpft habe. Du musstest nichts aufgeben, um mit mir zusammenzuleben. Ich schon. Es gibt Tage, da komme ich zu nichts, ich schaffe es nicht einmal zu duschen, mir eine Unterhose zu kaufen oder eine Freundin anzurufen.« Sie hielt einen Augenblick inne und sagte dann: »Sieh mich an, Nicola, und sag mir, ob ich dir daraus je einen Vorwurf gemacht habe.«

»Nein, nie.«

»Und weißt du auch, warum?«

Ich schwieg.

»Weil ich es nicht für dich getan habe, sondern

für uns. Auch wenn es manchmal mühsam ist und ich oft verzweifelt bin, gebe ich nicht auf, weil ich mich im Gegensatz zu dir ganz bewusst dafür entschieden habe, eine Familie zu gründen. Du hingegen weißt nach all den Jahren immer noch nicht, was du eigentlich willst.«

»Das stimmt doch gar nicht.«

»Doch, das stimmt. Meinst du, ich merke das nicht?«

»Was denn?«

»Was dir im Kopf herumspukt. Meinst du, ich weiß nicht, dass du immer noch deinem früheren Leben nachtrauerst, dass du glaubst, du wärst ohne uns glücklicher, freier? Das war von Anfang an so. Gut, habe ich mir gesagt, du kannst nichts erzwingen, lass ihm Zeit, das wird schon. Aber ich warte immer noch, selbst Leo hat dich nicht davon abgebracht.«

Ich brachte kein Wort heraus, spürte, wie ich vor Scham errötete.

»Ich weiß, dass du manchmal mit dem Gedanken spielst, wie es wäre, ein anderes Leben zu führen. Ich verstehe das sogar, ab und zu geht es mir genauso, aber immer nur kurz. Wir haben ein Kind und erst spät gemerkt, dass einem das ersehnte Glück nicht einfach in den Schoß fällt, sondern dass man darum kämpfen muss. Vielleicht waren wir bloß naiv, vielleicht ist das aber auch der Lauf der Dinge, keine Ahnung, jedenfalls sind wir nicht die Ersten und ganz sicher nicht die Einzigen, denen es so ergeht. Alles, was ich weiß, ist, dass ich dazu stehe und keine Ausflüchte mache. Auch wenn es Probleme gibt, wenn du launisch, ungerecht und unausstehlich bist, suche ich mein Glück nicht bei anderen.«

»Ich auch nicht, aber vielleicht ist mir das erst jetzt klargeworden.«

»Was denn?«

»Dass ihr mir wichtig seid, dass ich dich liebe.«

»Und das ist dir erst in dem Hotel aufgegangen?«

»Kann schon sein, tut mir leid.«

»Und alles nur, um mal auszutesten, ob du es noch draufhast?«

»Stimmt doch gar nicht, ich habe nicht mit ihr gevögelt, das habe ich doch gesagt.«

»Wenn man erst mal so weit gegangen ist, macht das auch keinen großen Unterschied mehr«, sagte sie mit ruhiger Stimme, stand dann auf und ging ins Bad.

Ich blieb in der Küche sitzen und wartete. Bald käme sie zurück mit neuen Worten, die sie sich gerade überlegte. Dann hörte ich ihre Schritte, ich fuhr mir mit der Hand übers Gesicht, ich war bereit fortzufahren, doch statt in die Küche zu kommen, öffnete sie die Wohnungstür und ging.

Da setzte ich mich aufs Sofa und wartete.

Sie blieb nicht lange weg, eine Stunde vielleicht. Als sie zurückkam, wirkte sie nicht mehr aufgebracht.

Ich lud sie ein, sich neben mich zu setzen.

»Jetzt nicht, wir reden morgen weiter.« Sie lief in Richtung Küche, ich hinter ihr her. Sie drehte sich um und sagte: »Bitte nicht.« Ich ließ sie gehen.

In dieser Nacht schlief ich auf dem Sofa.

Am nächsten Morgen redeten wir kaum, wie üblich beherrschte Leo die Szene und nahm uns total in Beschlag. Als ich zur Arbeit ging, lag mir die Sache wie ein Stein im Magen.

Den ganzen Tag haben wir nicht telefoniert und uns keine einzige sms geschickt. Schwer zu sagen, was passieren würde, wenn ich nach Hause kam. Ich rechnete schon damit, sie gar nicht mehr anzutreffen, doch als ich die Tür öffnete, war sie da.

Beim Abendessen herrschte bedrücktes Schweigen, sie tat kein einziges Mal den Mund auf, ich schmeckte nichts von dem, was ich kaute. Als Leo schlief, hatten wir keinen Vorwand mehr, wir mussten die Sache angehen. Es war Sofia, die die Initiative ergriff. Ihre Stimme war leise und gefasst, eindringlich. Ich habe nie herausgefunden, ob ihr die Worte spontan über die Lippen kamen oder ob sie den ganzen Nachmittag und die ganze letzte Nacht darüber nachgedacht hatte.

»Ich will nicht mit dir streiten und auch nicht wieder von Berlin anfangen. Ich will dir nur sagen, ich weiß, dass du mich liebst, ich glaube nicht, dass du lügst, wenn du das sagst. Aber das ist nicht der Punkt. Der Punkt ist vielmehr, ob du mit mir zusammen sein willst, ob du dieses Leben wirklich willst. So wie bisher können wir jedenfalls nicht weitermachen. Ich weiß, ich habe das schon hundertmal gesagt, aber ich sage es jetzt noch einmal: Ich will, dass du dich für uns entscheidest, dich auf dieses Leben einlässt, voll und ganz hier bist. Denn momentan ist es, als hättest du zwei Leben, das hier und ein imaginäres. Aber auf keins von beiden lässt du dich wirklich ein. Du bist zwar da, aber zugleich mit deinen Gedanken woanders, so als stündest du vor dem Notausgang und könntest jeden Augenblick die Flucht ergreifen. Du musst dich entscheiden, was du wirklich willst, ob du bleiben oder gehen willst. Wenn du glaubst, dass du ohne uns glücklicher wirst, dann geh. Es hat keinen Zweck, wenn du nur bleibst, um mir nicht weh zu tun.«

Ich sah sie schweigend an.

»Du brauchst dich auch nicht sofort zu entscheiden. Nimm dir so viel Zeit, wie du brauchst. Geh zu Mauro, ins Hotel oder sonst wohin, und überleg es dir. Überleg es dir gut, und wenn du dich entschieden hast, kommst du wieder und sagst es mir.«

Ich ging auf sie zu, um sie zu umarmen, aber sie wich mir aus.

Von dem Tag an schlief ich bei Mauro.

Sechsundzwanzig

Mauros Sofa war nicht sonderlich bequem, doch zum Ausgleich kümmerte er sich liebevoll um mich. Dabei schreckte er auch nicht vor den üblichen Floskeln zurück: »Mach bloß keinen Blödsinn, so eine wie sie findest du nie wieder.«

Eines Morgens musste er zum Augenarzt und bat mich, ihn zu begleiten, er würde Atropin verabreicht bekommen und brauchte jemanden, der ihn anschließend wieder nach Hause brachte.

Als wir im Wartezimmer saßen, nahm ich mir eine Illustrierte und blätterte darin.

»Hast du heute schon mit Sofia gesprochen?«

»Zurzeit telefonieren wir nicht«, sagte ich, legte die Zeitschrift weg und nahm die nächste. Ich blätterte nur, ohne etwas zu lesen.

»Meines Erachtens bist du ja mitschuldig«, sagte ich.

»Woran denn?«

»Dass es mit Sofia und mir so weit gekommen ist.«

»Soso«, erwiderte er.

»Hättest du eine feste Beziehung, könnten wir uns gegenseitig helfen.«

»Interessante Theorie.«

»Wenn du auch Kinder hättest, hätte ich wenigstens einen Freund in derselben Lage.«

»Dafür hast du doch Sergio.«

»Das hat keinen Sinn, dem geht's doch genauso. Was mich verwirrt, ist dein Leben. Dauernd muss ich daran denken, was wir beide so alles unternehmen könnten, wie in alten Zeiten.«

Mauro grinste: »Von wegen alte Zeiten! Wir sind selbst alt. Guck mich an, jetzt brauche ich schon einen Begleiter wie mein Großvater. Außerdem habe ich mehr Haare in den Ohren als auf dem Kopf.«

»Trotzdem bist du immer noch ein schöner Mann«, sagte ich ironisch.

»Mit dem Gerede von den alten Zeiten machst du dir echt was vor, spätestens nach einer Woche hättest du davon die Nase voll, das war doch schon so, als du Sofia begegnet bist. Weißt du noch, wie Sofia mit Leo für eine Woche zu ihren Eltern fuhr?«

Ich nickte.

»Kurz bevor sie abfuhren, warst zu ganz euphorisch. Als sie dann weg waren, sind wir abends ausgegangen, auch am zweiten Tag, aber am dritten hattest du schon keine Lust mehr.«

»Na und? Da waren wir ja auch noch nicht getrennt, das kann man nicht vergleichen.«

»Doch, das ist genau dasselbe. Weißt du nicht mehr, was du damals gesagt hast?«

»Was denn?«

»Also ich mag ja blind sein, aber du, du hast ein Gedächtnis wie ein Sieb. Du hast gesagt, ohne sie fehle dir ein Stück, du kämst dir vor wie amputiert.«

»Amputiert? Nie im Leben, so ein schreckliches Wort habe ich nie und nimmer benutzt.«

»Doch, das hast du, damals hast du verkündet, allein zu sein sei nicht mehr dasselbe wie früher. Deine Worte.«

»Ich glaube, da täuschst du dich.«

»Kein bisschen, ich weiß es noch ganz genau. Wenn du so leben müsstest wie ich, würdest du dich zu Tode langweilen.«

»Nein, umgekehrt, du fändest mein Leben stinklangweilig. Wenn du plötzlich übers Wochenende nach Paris willst, steigst du einfach ins Flugzeug und los geht's, du brauchst dich mit keinem abzusprechen.«

»Ich weiß, aber besonders prickelnd ist das auch nicht, das habe ich doch alles schon mal gemacht und du auch, alles hinlänglich bekannt. Dagegen ist dein jetziges Leben, auch wenn es momentan Probleme gibt, doch das reine Abenteuer, alles völlig neu und spannend. Klar, ein Wochenende in Paris, das klingt verlockend, aber irgendwie macht man es dann doch nie. Wir wollen nicht die Freiheit, sondern die Idee von Freiheit, die Illusion, frei zu sein. Und wenn dann die große Freiheit da ist, braucht man Talent, um sie zu nutzen, und dieses Talent, das geht dir ab. Und um ehrlich zu sein, mir auch.«

»Wenn ich noch mal zurückkönnte, würde ich die ganze Welt bereisen.«

»Das redest du dir ein. Der Mensch, der du früher mal warst, den gibt es nicht mehr, das ist reine Illusion, ein Hirngespinst. Dieser Mensch existiert nicht mehr, genauso wenig wie das Leben von früher. Anstatt voranzugehen, willst du umkehren, doch diese Vergangenheit, an die du dich klammerst, existiert nur noch in deiner Phantasie.«

Wir schwiegen eine Weile, dann fuhr Mauro fort: »Stell dir vor, du wärst alt, sagen wir über siebzig. An welche Art Leben möchtest du dich dann erinnern? Überleg dir mal, welche Art Erinnerung du aufbauen möchtest. Stell dir vor, du sitzt an einem regnerischen Novembertag zu Hause im Sessel und denkst an dein Leben zurück, was für ein Leben hättest du dann gerne gehabt?«

Ich wusste keine Antwort.

Dann wurde Mauro aufgerufen, die Sprechstundenhilfe führte ihn in ein anderes Zimmer, ich blieb sitzen und dachte darüber nach, was er gesagt hatte. Als er wieder herauskam, war er kaum wiederzuerkennen. Ich fand es schon immer faszinierend, wie stark der Augenausdruck ein Gesicht verändern kann. Ein verlorener Blick, und schon hat man einen ganz anderen Menschen vor sich.

In dieser Phase ging ich zwar unter der Woche in unsere alte Wohnung, um Leo zu besuchen und mit ihm zu spielen, übernachtete aber nicht dort.

Eine sonderbare Situation, schwer zu erklären. Wir hingen in der Luft, wussten nicht, wie es mit unserem Leben weitergehen sollte, dümpelten in einer Art Vakuum, außerhalb von Raum und Zeit.

Sofia war nicht sauer auf mich, ich konnte kommen und gehen, wie ich wollte, sie war fast immer zu Hause, manchmal nutzte sie meine Anwesenheit, um einkaufen zu gehen, mitunter auch für ein Bewerbungsgespräch. Ich war erstaunt, wie gelassen sie mit der Situation umging. In aller Ruhe wartete sie darauf, dass ich meine Entscheidung traf, ob ich bei ihr bleiben oder mich trennen wollte. Ich begriff, wie viel Stärke dazugehörte, mich nicht zum Teufel zu jagen, ich an ihrer Stelle hätte es aus Stolz getan.

Wenn ich dann wieder auf dem Weg zu Mauro war, verkrampfte sich mein Magen, die beiden fehlten mir. Dennoch schreckte mich die Idee, zu ihnen zurückzukehren, denn ich befürchtete, nach einer anfänglichen Euphorie würde alles wieder von vorne losgehen.

Ich fragte mich, ob ich Sofia liebte oder nur die Vorstellung einer Familie.

In meinem Kopf herrschte ein wildes Durcheinander, ein Wechselbad von Empfindungen, Entscheidungen, Stimmungen.

Mauro, welcher der Ansicht war, ich sollte zu ihr zurückkehren, bombardierte mich Tag für Tag mit entsprechenden Bemerkungen.

»Wenn ich dein Sofa räumen soll, kannst du es mir ruhig sagen«, sagte ich eines Tages zu ihm, während wir im Supermarkt einkauften.

Er lachte, dann blieb er mit dem Einkaufswagen stehen und sagte: »Nach der Trennung von Michela bin ich nur mit Frauen ausgegangen, die entweder verheiratet waren oder einen festen Partner hatten. Weißt du noch?«

»Natürlich.«

»Je glücklicher sie mir vorkamen, desto versessener war ich darauf, sie zu verführen. Damit wollte ich ihnen und der Welt beweisen, dass sie ihr Glück nur vortäuschten, ein verlogenes Spiel. Dabei gab ich mich nicht damit zufrieden, sie ins Bett zu kriegen, ich wollte ihr gesamtes Leben über den Haufen werfen. Wenn ich das schaffte, hatte ich das Gefühl, das Richtige getan zu haben.«

»Und wie kommst du jetzt darauf? Willst du es etwa bei Sofia auch mal probieren?«

»Spinnst du? Ich erzähle dir das nur, weil ich dieses Gefühl bei euch noch nie hatte. Ihr beide kommt mir echt vor.«

»Bist du sicher?«

»Bei Sergio und Lucia glaube ich das nicht.«

»Sondern?«

»Bei ihnen ist es anders.«

»Wie anders?«

»Sergio hat Lucia ein Kind gemacht, weil er mit ihr zusammen sein wollte, Lucia wollte ein Kind, aber nicht unbedingt von Sergio. Hätte er abgelehnt, hätte sie es von einem anderen bekommen, mit derselben Zuneigung, derselben Liebe.«

»Also ich weiß nicht …«

»Ein Leben ohne Kinder ist wie ein Spaziergang auf dem Land. Irgendwann findest du ein schattiges Plätzchen an einem murmelnden Bach, setzt dich unter einen Baum, machst ein Nickerchen, isst von seinen Früchten. Nicht schlecht, würde ich sagen, da kann man nicht meckern. Dagegen ist ein Leben mit Kindern wie eine Bergwanderung, bergauf ist es zwar anstrengender als unten in der Ebene, aber wenn du dann oben bist, hast du eine wunderbare Aussicht, die man von unten gar nicht sieht. Auf deinem Weg kann man das Meer sehen, also beschwer dich nicht dauernd, wenn es mal ein bisschen steiler bergauf geht.«

»Was für eine Metapher, du hast Talent zum Schriftsteller. Mal abgesehen von der Geschichte mit dem Huhn, das fliegen will.«

»Sag das nicht, die ist fast fertig.«

»Erzähl keinen Quatsch.«

»Ich schwöre es.« Wir lachten.

Zu Hause ging Mauro an seinen Schreibtisch, zog eine Schublade auf und kam mit einer Kladde zurück.

»Hier sind ein paar Seiten aus der Geschichte mit dem Huhn.«

»Sieh einer an, da hast du dich über mich lustig gemacht, weil ich Schallplatten höre, aber selber schreibst du sogar noch mit Tinte.«

»Hat sich irgendwann so ergeben, und ich hatte keine Lust, es noch einmal abzutippen.«

Ich las ein paar Zeilen. Die Geschichte war witzig, ziemlich gut sogar: »Wenn du fertig bist, möchte ich es unbedingt ganz lesen.«

»Klar, du bekommst es als Erster. Aber ein ganzes Buch, das schaffe ich nicht. Deshalb schreibe ich jetzt einen Band mit Erzählungen.«

»Hast du noch mehr Geschichten?«

»Ja, sind aber alle traurig. Gerade arbeite ich an einer ganz tollen Story, sie handelt von einem hässlichen Mann, der sich in eine hässliche Frau verliebt. Er arbeitet wie besessen, gönnt sich nichts, und mit dem Geld bezahlt er ihr einen Schönheitschirurgen. Sie lässt sich Nase, Brust und Lippen operieren und ein paar überflüssige Kilos absaugen. Allmählich wird sie von Männern umworben, die sie zuvor keines Blickes gewürdigt hätten, und irgendwann geht sie mit einem von ihnen eine neue Beziehung ein. Ihr hässlicher Freund bleibt arm und allein zurück und begeht schließlich Selbstmord.«

Ich brach in Lachen aus. »Wie kommst du nur auf solche Ideen?«

»Ich glaube, ein Buch mit traurigen Geschichten wäre der absolute Renner, ein Bestseller«, sagte er grinsend.

Ich legte die Kladde auf den Tisch und sah ihm in die Augen: »Ich stelle dir jetzt eine Frage, aber du musst ehrlich antworten.«

»Schieß los.«

»Wärst du bereit, auf die Spaziergänge unten in

der Ebene zu verzichten, um auf die Berge zu steigen und die Aussicht zu genießen?«

Er antwortete nicht sofort, wir sahen uns an, und obwohl ich ihn seit Jahren kannte, hatte ich keine Ahnung, wie er antworten würde. Schließlich sagte er: »Natürlich würde ich das machen«, Pause, »wenn ich ein anderer Mensch wäre.« Wir lachten.

Ich wohnte schon seit zwei Wochen bei Mauro, als ich eines schönen Tages beruflich nach Rom musste.

Am Morgen vor der Abreise ging ich bei Leo vorbei, um mich zu verabschieden.

Als ich die Wohnung betrat, kam er mir freudestrahlend entgegen und wollte gleich auf den Arm. Das allein hätte gereicht, mich zur Rückkehr zu bewegen, doch Sofia und ich waren überzeugt, dass es für niemanden gut ist, nur wegen des Kindes zusammenzubleiben, auch nicht für das Kind.

Als ich ihr sagte, dass ich nach Rom fahren würde, machte sie ein Gesicht, das mir für immer unvergesslich bleiben wird.

Wir waren gerade allein in der Küche, und ich wollte ihr etwas Nettes sagen: »Die ganze Sache tut mir leid.«

»Mir auch.«

»Wie konnte uns das passieren?«

»Ich weiß es nicht.«

»Was ist nur aus den beiden geworden, die sich damals in Rom begegnet sind? Was haben wir bloß mit ihnen gemacht?«

»Nichts, das sind wir.«

»Glaubst du, wir können nicht mehr so sein wie damals?«

Sie antwortete nicht, sah mich an und sagte dann: »Ich will nicht mehr so sein wie damals. Ich will nicht umkehren, will nicht darüber nachdenken, wie es damals war, ich will nicht zurückblicken. Mich interessiert, wo wir jetzt stehen und wohin wir gehen. Es war eine schöne Zeit, aber jetzt will ich andere Dinge, ich will ein Erwachsenenleben, mit einem Mann an meiner Seite. Ich möchte Verantwortung übernehmen. Die beiden von damals wollten nicht bleiben, wie sie waren, sonst hätten sie sich anders entschieden. Sie wollten sich weiterentwickeln, Neues ausprobieren, neue Erfahrungen machen, eine Familie gründen. Doch die Träume sind immer noch dieselben, dazu stehe ich, und diese Träume möchte ich auf keinen Fall begraben.«

»Es ist alles meine Schuld.«

»Nein, wir haben beide Schuld. Wir haben diese Auszeit gebraucht, um aus dem Chaos herauszufinden, um in Ruhe nachzudenken, um uns darüber klarzuwerden, ob da noch etwas zu retten ist.«

Bei diesen Worten gefror mir das Blut in den Adern.

»Wie meinst du das?«

»Du hast gesagt, du möchtest die alte Sofia wiederhaben, weil dir die neue nicht gefällt. Soll ich dir ein Geheimnis verraten? Ich mag sie auch nicht, diese Sofia von heute. Ich mag weder sie noch dieses Leben, beides gefällt mir ganz und gar nicht. Ich kann mich selbst nicht leiden, trotzdem habe ich immer weitergemacht, weil ich dachte, es sei nur eine Phase und ginge irgendwann vorbei. Aber neulich ist mir klargeworden, dass ich es alleine nicht schaffe, ich bin müde. Ich habe es satt, mir immer wieder krampfhaft einzureden, dass hier der Ort ist, wo ich hingehöre.«

Ich sah sie an und versuchte zu verstehen, was sie meinte: »Ich weiß nicht, ob ich noch mit einem Mann zusammen sein will, der alles aufs Spiel setzt, was mein Leben ausmacht.« Sie zögerte kurz und fuhr dann fort: »Der Punkt ist, ich habe kein Vertrauen mehr zu dir, du bist nicht mehr der, für den ich dich immer gehalten habe. Wir alle machen Fehler, aber du hast den Platz zerstört, wo ich gern sein wollte. Was auch in der Welt passierte, hier hatte ich immer mein Eckchen, wo mir keiner etwas anhaben konnte, wo ich mich sicher und geborgen fühlte, mehr brauchte ich nicht. Deshalb habe ich mich in dich verliebt, nicht wegen der Reisen, der Abendessen oder des Sex, alles wunderbare Dinge, aber die hätte ich auch mit jemand anderem haben können. Es war dieses bedingungslose Vertrauen, dieses Gefühl, behütet und beschützt zu sein, das mich zu dir hingezogen und mir die Kraft gegeben hat, alles aufzugeben und dir zu folgen. Als ich es gefunden hatte, wusste ich, genau das will ich, danach habe ich immer gesucht, konnte es nur nicht in Worte fassen. Vertrauen. Und jetzt ist dieses Vertrauen nicht mehr da. Das bedeutet nicht, dass ich dich nicht mehr liebe, ich liebe dich immer noch, Nicola, aber ich vertraue dir nicht mehr.«

Ihre Worte verletzten mich, die Vorstellung, etwas so Kostbares fahrlässig zerstört zu haben, tat mir weh. Da fügte sie noch hinzu: »Ich schwöre dir, ich gebe mir alle Mühe, dir wieder zu vertrauen, aber bisher gelingt es mir nicht.«

Siebenundzwanzig

Ihre Worte hallten in meinem Kopf wider.
Wie vom Donner gerührt saß ich im Zug nach Rom, starrte geistesabwesend vor mich hin. Ich kontrollierte nicht ein einziges Mal das Handy, las kein Buch und warf auch keinen Blick in eine Zeitschrift. Alles war so verschwommen, als wäre ich unter Wasser. Als ich in Rom ankam, hatte ich das Gefühl, die Fahrt hätte nur wenige Minuten gedauert. Wie in Trance stieg ich aus, nahm ein Taxi und checkte im Hotel ein. Alles völlig mechanisch. Ich lief Gefahr, Sofia zu verlieren, alles zu verlieren. Wenn es gut lief, fühlte ich mich stärker als sie, aber jetzt, in der größten Krise, erwies sie sich als stabiler. Mir schwirrte der Kopf, ein heilloses Durcheinander von Gedanken und Fragen. Nur wenn ich ein Arbeitstreffen hatte, gelang es mir mehr schlecht als recht, nicht daran zu denken, doch danach versank ich wieder in widerstreitenden Gefühlen.

Am ersten Abend verzichtete ich sogar aufs

Essen, ich hatte einfach keinen Hunger. Ich blieb auf dem Bett liegen und starrte an die Decke. Immer mal wieder stand ich auf und ging im Zimmer auf und ab. In meinem ganzen Leben hatte ich mich noch nie so elend gefühlt. Ein unbekannter Schmerz übermannte mich, schlimmer noch als beim Tod meines Vaters.

An einem Nachmittag ging ich nach der Arbeit zu dem Platz, wo ich Sofia begegnet war, wo alles angefangen hatte. Ich suchte nach der Bar, wo wir zum ersten Mal miteinander gesprochen hatten, nach dem Tisch, an dem wir gesessen hatten, nach dem Schirm, der uns vor der Sonne geschützt hatte.

Doch die Bar existierte nicht mehr, die ganze Hauswand war mit Brettern vernagelt. Ich ging zu dem Brunnen, setzte mich auf eine Bank und versuchte, unsere erste Begegnung wieder aufleben zu lassen. All die Details, die mir sofort an ihr gefallen hatten, kamen zurück, und langsam tauchte ihr Bild vor meinem geistigen Auge auf, das haselnussbraune Kleid, die Frisur, das lachende Gesicht, ihre Gestik.

Als ich die beiden von damals vor mir sah, musste ich lächeln. In diesem Augenblick begriff ich plötzlich, was Sofia gemeint hatte: Diese beiden gab es nicht mehr, genauso wenig wie die Bar, sie existierten nur noch in meinem Kopf. Und ich ließ sie gehen.

Auf dem Rückweg ins Hotel musste ich wieder an Mauros Worte denken. Er hatte recht, in Erinnerungen zu schwelgen war sinnlos, das Vergangene war ein für alle Mal passé, genauso wie all die anderen potentiellen Lebensformen, die ich selbst verworfen hatte. Tatsächlich gibt es nur ein Leben, und zwar das, was man gerade lebt. Real ist nur die Gegenwart, und in dieser Gegenwart vermisste ich Sofia und Leo.

Plötzlich verspürte ich eine Leichtigkeit wie schon lange nicht mehr.

Bei der Abreise stand ich zufällig auf dem Bahnsteig, wo wir uns zum ersten Mal geküsst hatten. Und genau wie damals überkam mich wieder dieses überwältigende Gefühl der Zusammengehörigkeit, diese Frau gehörte zu mir und ich zu ihr: Für mich ist Sofia keine Option, ist sie nie gewesen. Irgendetwas verbindet uns, unabhängig von unserem Willen. Ich könnte leicht eine lange Liste von Dingen aufzählen, die ich an ihr liebe, wüsste aber nicht zu sagen, *warum* ich sie liebe. Das bleibt ein unergründliches Geheimnis, und diesem Geheimnis, dieser Vorsehung muss ich mich fügen. Ich weiß nicht, wie lange es hält oder ob wir womöglich eines Tages aufwachen und das

Geheimnis ist verschwunden. Aber nun habe ich den Mut, den Sprung ins Dunkel zu wagen, das Risiko einzugehen und mein Glück zu versuchen. Nichts ist sicher außer dem, was ich im Moment empfinde.

Auf der Rückfahrt kam mir die Landschaft völlig verändert vor, obwohl ich die Strecke schon dutzendmal gefahren bin.

Am Abend, als ich wieder bei Mauro auf dem Sofa lag, konnte ich nicht einschlafen. Ich musste wieder an seine Frage denken: An welche Art Leben möchtest du dich später erinnern? Ich schloss die Augen und suchte nach einer Antwort.

In allen Bildern, die sich spontan einstellten, sah ich die beiden: Sofia und Leo.

Da wusste ich plötzlich, genau das will ich, dieses heillose Durcheinander von Windeln, Geschrei, Unordnung.

Ich war bereit, den Widerstand aufzugeben und mich genau darauf einzulassen.

Höhen und Tiefen, Ordnung und Unordnung, Schweigen und Lärm, Konfusion und Ruhe, die volle Ladung Leben.

Mit einem Mal fiel mir mein Vater ein, dem ich mich plötzlich sehr nahe fühlte. Seit ich selbst Vater war, verstand ich ihn besser, als hätte sich manches durch meine Beziehung zu Leo wie von selbst geklärt. Weil ich ihn verstand, verstand ich mich selbst.

Es war ein Uhr in der Nacht, ich zog mich an und ging dorthin, wo ich hingehörte, ich ging nach Hause.

Als ich ins Schlafzimmer kam, wachte Sofia auf und sah mich beunruhigt an.

»Ich bin's.«

»Was ist passiert?«, fragte sie erschrocken.

»Nichts.«

Sie machte die Nachttischlampe an, wir sahen uns schweigend an. Ich legte mich ins Bett, sie drehte sich auf die andere Seite und schaltete das Licht aus.

Ich spürte einen Stich in der Brust. Ich war zurückgekehrt, hatte erkannt, wo mein Platz war, aber vielleicht war es schon zu spät. Sofia ist viel bestimmter als ich, falls sie beschlossen hatte, dass es zwischen uns aus war, dann gab es kein Zurück mehr. Ich war unschlüssig, sollte ich sie umarmen, mit ihr reden oder alles auf morgen verschieben. Doch dann rückte sie näher und kuschelte sich an mich, das tat sie immer, wenn sie gestreichelt werden wollte. Sie nahm meine Hand und legte sie auf ihr Gesicht.

Ich rückte näher und schmiegte mich an sie. Sie hielt meine Hand, dicht an ihren Lippen. Ich spürte ihren warmen Atem. Sie drückte einen Kuss auf meine Finger.

Mir war danach, ihr ins Ohr zu flüstern, was ich empfand, dass ich nun wusste, was ich wollte, aber ich beließ es bei der Umarmung. *Es hat lange gedauert, aber jetzt weiß ich, was ich will. Ich liebe dich mehr denn je, und ich will mein Leben mit dir teilen. Ich will neben dir einschlafen, neben dir aufwachen. Ich möchte, dass du da bist, wenn ich die Tür aufmache, ich möchte mit dir essen, mit dir verreisen, tausend Kinder mit dir haben. Ich will dich ganz und gar. Wenn ich mit einer Frau streiten muss, dann mit dir, weil ich dich nach jedem Streit noch mehr liebe. Ich liebe dich, wenn du unausstehlich bist. Ich liebe alles an dir, auch Dinge, die ich nicht mag. Nichts kann mich daran hindern, dich zu lieben, auch das Leben nicht.*

Ich war sicher, dass sie mich hörte. Ich umklammerte ihre Finger und drückte ihr einen Kuss auf die Stirn. Ihr Gesicht war warm.

Achtundzwanzig

Beziehungen sind wie eine Suche nach der Wahrheit.

Unerbittlich wie ein Spiegel halten sie uns die eigenen Schwächen, Ängste, Grenzen vor Augen und nötigen uns zum Hinsehen. Es ist erschreckend, wenn man es plötzlich mit einer unbekannten Person zu tun hat, mit einem neuen Ich, von dem man bislang gar nicht wusste, dass es in einem steckt.

Dieses neue Ich, das haben Sofia und ich uns gegenseitig abverlangt.

Eines Tages saß ich im Zug neben zwei älteren Damen. Danach zu urteilen, wie sie miteinander redeten, waren sie vermutlich Schwestern. Die eine las der anderen einen Satz aus einem Buch vor: »Liebe ist nichts anderes als die Freude, sich in dem anderen zu verlieren und aufzulösen.«

Zu sich selbst zu finden, indem man sich an den Partner verliert, das war es, was Sofia von mir wollte, was ich jedoch bisher nie geschafft hatte.

Mein Widerstand gegen jegliche Veränderung ist die Wurzel meiner größten Probleme.

Meine Unentschlossenheit, mein Festhalten an dem, was einmal war, verunsicherten Sofia, als hätte ich mich nie wirklich für sie entschieden. Sie spürte das.

Bevor Leo kam, existierte bereits ein *Wir*, und dieses *Wir* war eine Größe, eine Kraft, die es zu schützen, zu pflegen und zu nähren galt, sonst hätte es sich bald unwiederbringlich in Luft aufgelöst.

Es dauerte lange, bis ich das endlich begriff. Dazu brauchte es einen starken Willen, Entschlossenheit, Mut und die Angst, alles zu verlieren. Um dieses *Wir* am Leben zu erhalten, musste ich erst die Waffen strecken und Seiten von mir offenbaren, die ich bis dahin sorgfältig geheim gehalten hatte.

Doch dann habe ich mich ihr ausgeliefert, Sofia könnte mich im Handumdrehen zerstören.

Heute geht es uns gut, Sofia arbeitet wieder, wir haben eine Babysitterin, sie heißt Isabella, ist fünfundzwanzig und liebevoll zu Leo. Anfänglich waren wir auf sie angewiesen, aber auch jetzt, wo Leo schon im Kindergarten ist, kommt sie noch ab und zu.

So haben wir auch mal Zeit für uns, können ab und zu ausgehen und etwas unternehmen.

Ich weiß noch, wie ich Sofia nach meiner Rückkehr einmal vorschlug, eine Nacht außer Haus zu verbringen.

»Und Leo?«

»Ich habe schon mit meiner Mutter gesprochen, wir fahren Samstag los und sind am Sonntag wieder zurück. Und Isabella ist ja auch noch da.«

Sie lächelte.

Es war das erste Mal, dass wir eine Nacht ohne Kind verbrachten.

Am Samstagmorgen verabschiedeten wir uns von Leo, der bei seiner Großmutter auf dem Arm saß.

Schon im Aufzug hatten wir ein schlechtes Gewissen, und auf der Fahrt vergingen wir fast vor Angst, Leo könnte den ganzen Tag weinen oder sich weigern, zu essen oder zu schlafen. Schließlich riefen wir bei meiner Mutter an. »Er ist vollkommen ruhig und spielt«, sagte sie.

Im Hotelzimmer erwarteten uns ein Obstkorb und eine Flasche eisgekühlter Champagner. Das war Teil des Arrangements, zusammen mit dem Frühstück und einer Massage.

Wir stießen an. Dann packte ich Sofia, drückte sie an die Wand, zog ihr nach und nach sämtliche Kleidungsstücke aus und trug sie zum Bett.

Ich küsste ihre Füße, Knöchel, Waden. Dann

griff ich nach den Knien und spreizte ihre Beine. Ganz langsam arbeitete ich mich nach oben vor, küsste jeden Zentimeter ihrer Haut. Obwohl ich diesen Körper doch in- und auswendig kannte, kam mir alles neu und zugleich bekannt vor.

Als ich mit Mund und Zunge ihren Geschmack einsog, zuckte sie heftig, erbebte kurz und ergriff das Laken. Ihr Stöhnen wurde immer lauter, ihr Körper, der anfänglich weich und locker war, spannte sich. Sie hob unmerklich das Becken und versetzte es in wellenartige Bewegungen.

Die Seufzer kamen nun schneller, fast hörte es sich an wie ein leises Schluchzen, bis sie mit einem erstickten Schrei den Höhepunkt erreichte und ich ihre Lust an meinen Lippen spürte.

Ich hielt inne, ich wusste, dass sie in diesem Moment äußerst sensibel war. Dann fing ich wieder an, und nach wenigen Sekunden kam sie noch einmal.

Langsam wanderte ich nach oben, küsste den Bauch, die Hüften, die Brüste, die Schultern, den Hals, die Lippen. Ich hob den Kopf, wir sahen uns an. Das waren wir, wir beide, dieselben wie immer. Plötzlich hatten wir Tränen in den Augen, versanken in einer tiefen, intensiven Emotion. In diesem Blick fanden wir das, was wir seit je gesucht hatten.

Ich drang in sie ein, vergrub mein Gesicht an ihrem Hals und atmete tief. Ihr Geruch in der Nase und ihr Geschmack im Mund wirkten auf mich wie eine natürliche Droge, ich merkte, wie sich meine Sinne weiteten. Wir hielten uns an den Händen, verschränkten die Finger und liebten uns, endlos lange, mit Hingabe. Danach blieben wir aneinandergekuschelt liegen und fielen in einen tiefen Schlaf. Als wir aufwachten, waren wir ermattet, sogar die Massage ließen wir ausfallen.

Bevor wir zum Abendessen gingen, checkten wir, ob mit Leo alles in Ordnung war. »Er hat alles aufgegessen und ist sofort eingeschlafen«, sagte meine Mutter.

Als sich herausstellte, dass wir offenbar gar nicht so unabkömmlich waren, wie wir immer gedacht hatten, waren wir fast ein bisschen enttäuscht.

Sofia schminkte sich und zog sich zum Abendessen an. Als sie aus dem Bad kam, hätte ich sie am liebsten gleich wieder ausgezogen. Für mich war sie immer noch die attraktivste Frau der Welt. Ich nahm ihr Gesicht und küsste sie, dann gingen wir Hand in Hand ins Restaurant. Selbst im Aufzug konnte ich kaum von ihr lassen, klebte förmlich an ihr.

Beim Essen genossen wir die ungewohnte Freiheit, wir mussten kein Kind beaufsichtigen, mussten es nicht füttern, nicht wickeln, nicht ins Bett bringen. Wir genossen die Zweisamkeit, keiner wartete auf uns, wir nahmen uns alle Zeit der Welt.

Als ich Sofia beobachtete, wie sie die Karte studierte, merkte ich, dass ich richtig verliebt war.

So wie am Anfang unserer Beziehung redeten wir viel, ein paarmal brachte ich sie zum Lachen, was mir immer viel Freude gemacht hat. Hätte uns jemand beobachtet, wären wir ohne weiteres als Frischverliebte beim ersten Rendezvous durchgegangen.

Wir tranken eine Flasche Rotwein und waren ziemlich aufgekratzt, als wir wieder nach oben gingen.

Eigentlich sah alles danach aus, als würden wir noch einmal Sex haben, doch dann schliefen wir einfach Arm in Arm ein.

Wir schliefen die ganze Nacht durch, ohne eine einzige Unterbrechung. Für sie war es das erste Mal seit über einem Jahr.

Keine sms, kein Anruf, meine Mutter hatte sich nicht gemeldet, alles lief glatt. Also schauten wir uns Fotos von Leo auf dem Handy an. Er fehlte uns schon.

Dabei stellten wir erstaunt fest, wie sehr er gewachsen war: »Manchmal merkt man das nur, wenn man alte Fotos sieht«, sagte Sofia. Wir klickten uns bis zur Schwangerschaft durch. Wir sahen uns schweigend an, dann ging Sofia duschen.

Ich blieb im Bett liegen, ich war glücklich, über uns, über unser Leben, über alles, was wir bisher zusammen gemacht hatten.

Ein paar Tage zuvor lag ich abends auf dem Sofa, Sofia und Leo saßen vor mir auf dem Teppich und spielten. Sie im Profil, er mit dem Rücken zu mir, sein Gesicht konnte ich nicht sehen, er türmte Bauklötze aufeinander. Ich beobachtete sie schweigend, ohne mich an dem Spiel zu beteiligen. Wie sehr ich mich auch anstrenge, ich werde es niemals schaffen, Sofia zu durchschauen, irgendetwas entgeht mir immer, vielleicht ist es gerade das, was uns zusammenhält, nicht, was wir schon wissen, sondern was es noch zu entdecken gilt.

Ich musterte Leo: die Form des Nackens, die Ohren, die Haare, den Rücken. Wenn ich ihn beobachte, wird mir manchmal ganz warm ums Herz.

In solchen Augenblicken, wenn gar nichts Besonderes geschieht, weiß ich, dass es sich gelohnt hat. Mit einem Schlag sind dann der ganze Frust, das ewige Grübeln, die Spannungen, das widerwillige Verzichten, die Opfer, die Müdigkeit wie weggeblasen, und mich überkommt eine Seligkeit, die nur diese beiden mir vermitteln können.

Einmal, als Leo Fieber hatte, saßen wir auf dem Sofa, er klammerte sich an mich und wollte um keinen Preis loslassen. Er glühte, sein Arm lag um meinen Hals, und er stöhnte leise. Ich drückte ihn ganz fest, um ihm Sicherheit zu geben, ihm zu zeigen, dass ich für ihn da war und ihn nicht im Stich lassen würde.

Er war geschwächt, zitterte ein wenig, und in diesem Moment der Schwäche passierte etwas Unerwartetes: Mein Sohn nahm mir jegliche Angst. Plötzlich fühlte ich mich stark, irgendetwas gab mir das Recht dazu, auch wenn ich nicht wusste, wer oder was.

Je mehr ich ihn schütze, desto mehr schütze ich meine Familie und damit auch mich selbst. Je mehr ich mich um sie kümmere, desto sicherer werde ich, desto mehr schwinden meine Ängste und Zweifel.

Mit Sofia bin ich ein Risiko eingegangen, aber die beiden sind das Beste, was einem Mann wie mir passieren kann. In der ersten Zeit mit Leo war es, als hätten wir fast vergessen, warum wir zusammen waren.

Inzwischen haben wir gelernt, unsere Zeit besser einzuteilen, wir haben ein neues Gleichgewicht gefunden. Manchmal streiten wir zwar noch, wissen aber, dass unsere Beziehung dadurch nicht gefährdet ist. Wir können uns den Luxus eines Streits erlauben.

Perfekt ist bei uns so gut wie gar nichts, nach all den Jahren kann ich das ohne Zweifel sagen. Es ist eher ein fortlaufender Prozess, ein Zusammenspiel aus Aufmerksamkeit, Kompromissen, dauerndem Reparieren, Neujustieren, Improvisieren.

Ich spüre, dass ich bei Sofia auf dem richtigen Weg bin. Das ist die einzige Gewissheit. Sie gibt meinem Leben einen Sinn.

Sofia markiert die Trennlinie zwischen vorher und nachher. Inzwischen ist mein Leben davor Lichtjahre entfernt, so weit weg, dass es mir manchmal vorkommt, als hätte es nie existiert, als hätte ich es nur geträumt.

Alle wirklich wichtigen Dinge sind erst passiert, seit sie da ist. Durch sie wurden die Erwartungen Wirklichkeit.

Wenn ich abends nach Hause komme, läuft mir Leo entgegen, ruft: »Papa, Papa«, klammert sich an meine Beine, will, dass ich ihn auf den Arm nehme, lächelt mich an, küsst mich und hängt sich an meinen Hals.

Wenn ich ihn dann wieder absetze, nimmt er meine Hand und führt mich in sein Zimmer. Dort weist er mir einen Sitzplatz zu. Dann spielen wir zusammen bis zum Abendessen. Wenn ich ihn dann ins Bett bringe, gibt er mir einen Gutenacht-kuss, fast immer lachend.

Die Liebe, von der alle immer gesprochen haben, hat mich vollkommen erfasst, und ich habe begriffen, dass es die reinste und mächtigste Droge der Welt ist. Die Zeit, die ich mit Leo verbringe, ist kostbar.

Was er in mein Leben gebracht hat, ist so groß und tief, dass ich mich frage, ob mein Leben davor überhaupt einen Sinn hatte. Manchmal, wenn ich tagsüber an ihn denke, bin ich richtig gerührt.

Damals, nach unserer ersten Nacht im Hotel, ohne Leo, stand ich auf und zog mich an. Sofia kam aus dem Bad: »Gehen wir frühstücken? Ich habe einen Mordshunger, ich könnte einen ganzen Elefanten verspeisen.«

Ich sah ihr in die Augen.

»Komm mal her«, sagte ich und zog sie an mich.

Ich öffnete den Gürtel und ließ den Bademantel zu Boden fallen. Mit einer Hand ergriff ich ihren Nacken und küsste sie auf den Mund. Dann schob ich sie an die Wand und nahm sie. Ich spürte ihre warme Haut. Dann stoppte sie mich, warf mich aufs Bett, setzte sich auf mich.

Beim Frühstück langten wir derart zu, als hätten wir seit Tagen nichts gegessen und wären völlig ausgehungert. Wir fingen mit dem Süßen an und gingen dann zum Salzigen über. Wir ließen uns eine große Kanne Kaffee bringen und tranken sie vollständig aus.

Auf der Rückfahrt redeten wir wenig, schweigend genossen wir die gemeinsame Zeit, die Stille. Stille war rar, davon wollten wir jede Sekunde auskosten.

Länger zu bleiben kam für uns nicht in Frage, denn tatsächlich konnten wir es kaum erwarten, nach Hause zu kommen und Leo in die Arme zu schließen. Wir sehnten uns danach, wieder zu dritt zu sein. Ohne ihn fehlte etwas, unsere kleine Gang war nicht vollständig.

Als er uns sah, rannte er augenblicklich los und warf sich in die Arme seiner Mutter, ich trat hinzu und drückte alle beide an mich.

Als wir ihn wieder absetzten, flitzte er durch die Wohnung.

Es dauerte keine Minute, und schon hatte er sich am Wohnzimmertisch den Kopf gestoßen und brach in Tränen aus. Es war nichts Schlimmes, ein kleiner roter Fleck, der in wenigen Minuten blau werden würde.

Sofia nahm ihn auf den Arm und sagte etwas, das ich wegen des Geschreis nicht verstand.

Wir sahen uns an und lachten.

Fabio Volo
im Diogenes Verlag

Einfach losfahren
Roman. Aus dem Italienischen
von Peter Klöss

Micheles Leben ist perfekt: Job, Freunde, Frauen –
alles bestens. Bis sein engster Freund Federico aus
heiterem Himmel beschließt, den Alltag hinter sich
zu lassen und einfach loszufahren. Allein zurückge-
blieben, stürzt er sich in die Eroberung von Francesca
und hat Erfolg: Michele und Francesca sind für ein
paar Monate im siebten Himmel. Doch bald lassen
ihn Alltag und Routine zweifeln. Eine Nachricht von
Federico rüttelt ihn wach, und nun beschließt auch er,
einfach loszufahren.

»Ein frisch-frecher Roman über eine Männerfreund-
schaft und den mutigen Aufbruch in ein Leben abseits
vorgegebener Wege.«
Frankfurter Allgemeine Zeitung

»Fabio Volo formuliert, wie es ihm sein Name, der im
Deutschen ›Flug‹ bedeutet, vorschreibt: federleicht,
traumwandlerisch sicher, schwebend schön.«
Hendrik Werner / Die Welt, Berlin

Auch als Diogenes Hörbuch erschienen,
gelesen von Heikko Deutschmann

Noch ein Tag und eine Nacht
Roman. Deutsch von Peter Klöss

Eines Morgens fällt Giacomo in der Straßenbahn eine
junge Frau auf. Am nächsten Tag sitzt sie wieder da.
Über Monate beobachtet Giacomo sie, ohne sie anzusprechen – das morgendliche Treffen wird für ihn
zum geheimen Rendezvous. Als schließlich sie ihn an-

spricht, ist er für ein paar Sekunden auf Wolke sieben. Gleich darauf schlägt er aber hart auf dem Boden auf: Denn Michela geht fort. Für immer. Nach New York. Giacomo versucht, Michela zu vergessen, sich für andere Frauen zu interessieren. Doch schließlich packt er seinen Rucksack und reist ihr hinterher.

Verspielt, berührend, sexy – die Liebesgeschichte von Michela und Giacomo vor der traumhaften Kulisse Manhattans hat in Italien schon über eine Million Leser begeistert.

»Fabio Volo beschreibt eine dritte Form von Liebe: keine simple Bettgeschichte, keine Für-immer-und-ewig-Geschichte, sondern eine Lovestory nach dem Motto: ›Sehen wir mal, ob wir fähig sind, uns wenigstens für eine bestimmte Zeit aufrichtig zu lieben.‹«
La Repubblica, Rom

Zeit für mich und Zeit für dich
Roman. Deutsch von Peter Klöss

Lorenzo wurde im Leben wenig geschenkt: Er ist in einfachen Verhältnissen aufgewachsen und musste all seine Kraft darauf verwenden, sich durchzuboxen. Beruflich hat ihm das zu einer Traumkarriere in der Werbung verholfen, seine Familie und seine Freundin kamen jedoch zu kurz. Nun hat ihn Federica verlassen – und sein Vater sich enttäuscht von ihm abgewendet. Lorenzo setzt alles daran, die beiden geliebten Menschen zurückzugewinnen – doch womöglich ist es schon zu spät.

Zeit für mich und Zeit für dich ist die Geschichte eines jungen Mannes, der auf der Suche nach der verlorenen Liebe zu mehr Echtheit und zu sich selbst findet.

»Fabio Volo hat erneut ein fesselndes Buch über die süßen und bitteren Seiten des Lebens geschrieben.«
Alexandra Kraus / Kölner Stadt-Anzeiger

Lust auf dich
Roman. Deutsch von Peter Klöss

Elena ist eine junge Frau, die sich in ihrer Ehe gefangen fühlt. Nachdem sie sich mit Uni-Abschluss und früher Heirat ein vordergründig perfektes Leben aufgebaut hat, merkt sie, dass bei ihrer Traumkarriere Leidenschaft und Lust auf der Strecke geblieben sind. Als schließlich ein Fremder erscheint, der Neugier und Phantasie in ihr wieder zum Leben erweckt, wagt sie den Sprung – hinein in ein lustvolleres Leben: *Beim Sex erkenne ich mich nicht wieder. Ich bin eine andere Frau, und diese Frau gefällt mir.*
Die Geschichte einer jungen Frau, die die Lust am Leben und an der Liebe zurückgewinnt.

»Eine unmittelbare, direkte Art von Literatur. Millionen von Lesern lieben es, mit Fabio Volos Figuren mitzufühlen.« *Giordano Tedoldi / Libero, Mailand*

Der Weg nach Hause
Roman. Deutsch von Petra Kaiser

Die Brüder Marco und Andrea sind im Leben gegensätzliche Wege gegangen. Andrea suchte Sicherheit und fand sie in der Ehe und einem gutbezahlten Job. Marco suchte das Abenteuer bei den Frauen und betreibt nun ein Restaurant in London. Kaum zu glauben, dass die beiden früher ihr Zimmer teilten. Dieses betreten sie nun wieder öfter. Denn der Vater ist krank. Heimzukehren fällt Marco nicht leicht. Es scheint ein Weg in die Enge zu sein, in längst überwundene Zeiten. Doch mit Hilfe von Isabella, Marcos erster Liebe, finden die Brüder nicht nur einen neuen Zugang zum Vater, sondern auch zueinander.

»Ein lesenswertes Buch über das Leben, das zum Nachdenken und Schmunzeln einlädt.«
Antonia Barboric / Die Presse, Wien

Andrea De Carlo
im Diogenes Verlag

»Wenn Andrea De Carlo schreibt, scheint er die Kamera durch die Feder ersetzen zu wollen, und sein Stil, weit entfernt von jedem literarischen Vorbild, erinnert an die Bilder der Maler des amerikanischen Fotorealismus.« *Italo Calvino*

»Andrea De Carlo hat sich mit Geschichten über Hoffnungen seiner Generation, die Folgen der rasanten Industrialisierung und die Schattenseiten des haltlosen Hedonismus ein großes Publikum erschrieben.« *Maike Albath / Neue Zürcher Zeitung*

Vögel in Käfigen
und Volieren
Roman. Aus dem Italienischen von Burkhart Kroeber

Creamtrain
Roman. Deutsch von Burkhart Kroeber

Macno
Roman. Deutsch von Renate Heimbucher

Yucatan
Roman. Deutsch von Jürgen Bauer

Zwei von zwei
Roman. Deutsch von Renate Heimbucher

Wir drei
Roman. Deutsch von Renate Heimbucher

Wenn der Wind dreht
Roman. Deutsch von Monika Lustig

Das Meer der Wahrheit
Roman. Deutsch von Maja Pflug

Als Durante kam
Roman. Deutsch von Maja Pflug

Sie und Er
Roman. Deutsch von Maja Pflug

Villa Metaphora
Roman. Deutsch von Maja Pflug

Ein fast perfektes Wunder
Roman. Deutsch von Maja Pflug

Das wilde Herz
Roman. Deutsch von Petra Kaiser und Maja Pflug

Folgende Romane sind zurzeit ausschließlich als eBook erhältlich:

Techniken der Verführung
Deutsch von Renate Heimbucher

Arcodamore
Deutsch von Renate Heimbucher

Guru
Deutsch von Renate Heimbucher

Raffaella Romagnolo
Bella Ciao

Roman. Aus dem Italienischen
von Maja Pflug

1946 kommt Mrs. Giulia Masca in einer Limousine mit Chauffeur nach Borgo di Dentro zurück. Fast ein halbes Jahrhundert zuvor hatte sie als Fabrikarbeiterin die piemontesischen Hügel hinter sich gelassen – allein, schwanger und ohne eine Lira –, um in New York ein neues Leben zu beginnen. Während für Giulia der American Dream wahr wurde, machten die Leute in Borgo di Dentro zwei Weltkriege durch, erlebten das Aufkommen des Faschismus und den Befreiungskampf gegen das Regime. Nach und nach erfährt Giulia, wie es ihrer Freundin Anita Leone und deren Familie ergangen ist und wie dem Verlobten, den Giulia damals ohne eine Erklärung zurückgelassen hat. Es sind Geschichten von Krieg und Leid, aber auch von Mut und Liebe, die sie zu hören bekommt – Geschichten, wie sie das 20. Jahrhundert schrieb.

»Raffaella Romagnolo erzählt von tatkräftigen Frauen, die ihr Schicksal selbst in die Hand nehmen.«
Monica Virgili / Io Donna, Mailand

»Eines der herausragendsten Werke der letzten Jahre. Ein grandioses, berührendes Fresko, erzählt anhand der wechselhaften Geschicke zweier Frauen und derer Familien.« *Bruno Morchio / Il secolo XIX, Genua*

Tracy Barone
*Das wilde Leben
der Cheri Matzner*

Roman. Aus dem Amerikanischen
von Stefanie Schäfer

Alle glücklichen Familien gleichen einander, aber eine
Cheri Matzner hat die Welt noch nicht gesehen. Ein
herrlich wilder Familienroman – das Debüt einer tem-
peramentvollen amerikanischen Autorin.

Der Radiologe Solomon Matzner und seine italieni-
sche Frau freuen sich auf ihr Kind. Da erleidet Cici
eine Fehlgeburt, die sie so verstört zurücklässt, dass
Sol sich nicht anders zu helfen weiß, als hinter ihrem
Rücken schnellstens ein Ersatzkind zu adoptieren:
Cheri. Ein rebellisches Mädchen, das auch später als
Frau nicht ansatzweise dazu bereit ist, die Erwartungen anderer zu erfüllen. Ein Buch über die Familie,
an der man sich die Zähne ausbeißt und ohne die man
trotzdem nicht sein kann.

»Filmisch, tiefgründig, packend.«
Kirkus Review, New York

Jardine Libaire
Uns gehört die Nacht

Roman. Aus dem Amerikanischen
von Sophie Zeitz

Als Elise Perez an einem trostlosen Winternachmittag in New Haven den Yale-Studenten Jamey Hyde kennenlernt, ahnt keiner, dass hier und jetzt ihrer beider Schicksal besiegelt wird. Was als obsessive Affäre beginnt, wird zu einer alles verändernden Liebe. Doch Elise ist halb Puerto-Ricanerin, ohne Vater und Schulabschluss aufgewachsen, und Jamey der Erbe einer sagenhaft reichen Familie von Investmentbankern. Wie weit sind sie bereit zu gehen?

»Jede Seite dieses Romans knistert vor Intensität, Raserei, Lust und dem wahnsinnigen Gefühl der ersten Liebe. Jardine Libaire hat die Chronik einer obsessiven Liebesbeziehung geschrieben, großartig!«
Nathan Hill, Autor von ›Geister‹

»Vor dem Hintergrund der amerikanischen Klassengesellschaft ergründet Jardine Libaire in ihrem Roman *Uns gehört die Nacht* die Frage, wie viele Gegensätze die Liebe wirklich verträgt.«
Claire Beermann / Zeit Magazin, Berlin

»Intensiv, liebevoll und verstörend – ein wunderbares Buch.« *Elle, München*

Esmahan Aykol
im Diogenes Verlag

Esmahan Aykol wurde 1970 in Edirne in der Türkei geboren. Während des Jurastudiums arbeitete sie als Journalistin für verschiedene türkische Zeitungen und Radiosender. Darauf folgte ein Intermezzo als Barkeeperin. Heute konzentriert sie sich aufs Schreiben. Sie ist Schöpferin der sympathischen Kati-Hirschel-Romane, von denen weitere in Planung sind. Esmahan Aykol lebt in Berlin und Istanbul.

»Wer von der Schwermut skandinavischer Krimiautoren genug hat, ist bei Esmahan Aykol an der richtigen Adresse: Nicht in Eis, Schnee und Regen, sondern unter der sengenden Sonne Istanbuls deckt ihre herzerfrischend sympathische Heldin Kati Hirschel Mord und Totschlag auf.« *Deutsche Presseagentur*

»Esmahan Aykol ist eine warmherzige, vor allem aber kenntnisreiche Schriftstellerin.«
Angela Gatterburg / Der Spiegel, Hamburg

Goodbye Istanbul
Roman. Aus dem Türkischen von
Antje Bauer

Die Fälle für Kati Hirschel:

Hotel Bosporus
Roman. Deutsch von Carl Koß

Bakschisch
Roman. Deutsch von Antje Bauer

Scheidung auf Türkisch
Roman. Deutsch von Antje Bauer

Der folgende Roman ist zurzeit
ausschließlich als eBook erhältlich:

Istanbul Tango